之歌

魅丽文化　飞言情工作室

欢颜 2

六歌 著

江苏凤凰文艺出版社

图书在版编目（CIP）数据

欢颜 .2 / 六歌著 . -- 南京：江苏凤凰文艺出版社，
2023.11
 ISBN 978-7-5594-6606-8

Ⅰ.①欢… Ⅱ.①六… Ⅲ.①长篇小说 - 中国 - 当代
Ⅳ.① I247.5

中国版本图书馆 CIP 数据核字 (2022) 第 023763 号

欢颜 .2

六歌 著

出版统筹	曾英姿
责任编辑	张　倩
特约编辑	胡　月
装帧设计	殷　舍
出版发行	江苏凤凰文艺出版社
	南京市中央路 165 号，邮编：210009
网　　址	http://www.jswenyi.com
印　　刷	湖南天闻新华印务有限公司
开　　本	880mm×1230mm　1/32
印　　张	10
字　　数	258 千字
版　　次	2023 年 11 月第 1 版
印　　次	2023 年 11 月第 1 次印刷
书　　号	ISBN 978-7-5594-6606-8
定　　价	45.00 元

江苏凤凰文艺版图书凡印刷、装订错误，可向出版社调换，联系电话 025 - 83280257

第一章 回国 001
秦临霜身上那么多的疤痕，随便哪一道，都曾经差点带走她。

第二章 喜欢 018
君繁，这女人是不是疯了，她说你喜欢她？！

第三章 危险 036
她不是你能动的！

第四章 生病 054
她什么都不知道，以后别在她面前说这些。

第五章 威胁 071
你一定想不到，你那逐渐年迈的父母到底有多么信任我。

目录

第六章 宴会 089
你知不知道刚才那个女人的眼睛和你眼睛有多像？

第七章 渊源 105
颜震怎么样？你记住，我要的是他身败名裂。

第八章 过去 122
和君繁的过去有关，你应该也想听吧？

第九章 婚约 140
我不会和季闻洲结婚。

第十章 昏迷 159
他面色苍白，紧抿着唇，一动不动。

第十一章 烟花 178
温颜夏拒绝又如何,对于她,他势在必得。

第十二章 绑架 192
季闻洲让我失去一只手,我要你用命来替他还。

第十三章 红绳 209
如果你一点都不在乎我了,为什么还戴着这根红绳?

第十四章 大雪 228
已经是半夜了,外面风大雪大,她却孤零零一个人在山顶等他。

第十五章 命案 246
颜震在三天后出殡,温颜夏扶灵,季闻洲完全是以准女婿的身份陪着。

目录

第十六章 沈夕 265
你还不明白吗?我刚刚说的那个该死的女人就是你啊!

第十七章 离开 284
祝君亭那边已经来过人了,君繁已经不在医院了。

第十八章 放手 301
温颜夏,如果你带着你的颜氏熬过这五年,我就放过你。

番外一 日记 308

番外二 祝君亭 312

第一章　回国

秦临霜身上那么多的疤痕，随便哪一道，都曾经差点带走她。

"快，出来了！"

"快快快……跟上！"

"给特写！手，两人握着的手给特写！"

清江市机场外面，各大杂志、报刊的记者围了几层，长枪短炮加上话筒，手上工具一应俱全。阵仗之大，惹得来往旅客纷纷注目。

这些记者堵的不是别人，正是刚从国外回来的祝君亭和秦临霜。

最近这一年来，已经有多位热心网友在各类社交网站上发布帖子，表示自己在国外度假时偶遇了祝君亭和秦临霜。两人在同一家餐厅用餐，祝君亭体贴到连牛排都替秦临霜切好、码齐。据目击者称，那些牛排，块块大小均匀，刚好够秦临霜直接夹起放进嘴里。

还有人说见到两人深夜出入同一家酒店，举止十分亲密。于是秦临霜和祝君亭复合的消息在网络上传开，两人在一起被拍到的照片也不断被曝光。然而双方都没有澄清，默认一般任由消息传播。

他们这一举动，惹得国内的娱记记者和八卦群众彻底沸腾了。

要知道，祝君亭和秦临霜，一个是商界翻手为云、覆手为雨的人物，一个是娱乐圈里正当红的小花旦。这两位要是复合了，必是天天上热搜，一举一动都是自带爆点的大新闻。

于是清江市各大媒体都想第一时间从秦临霜或者祝君亭口中听到他们复合的消息。这些媒体的记者挤破头也想为自己所在的杂志社、报社拿到头版头条消息。

其实自从一年半前秦临霜被绑架又获救之后，坊间就传言不断。有说祝君亭为了救她差点放弃整个君庭集团；也有说为了救她，祝君亭差点性命不保……总之，那些传言让一众八卦网友心痒难耐。

可君庭集团当时就封锁了消息，真假根本无从考证。

后来，秦临霜去了国外度假兼拍戏，祝君亭则是国内、国外两边飞。就算大家都觉得两人之间有点什么，也都无法证实。

就在大家为两人关系到底会如何发展而好奇之时，秦临霜和祝君亭居然在众目睽睽之下牵手走出机场。这摆明了就是在昭告天下，两人真的已经复合了。

一时之间，媒体记者蜂拥而上，个个都将手里的话筒伸到了两位主角嘴边，只想听他们说上一句："没错，我们重新在一起了。"

可面对记者们提出的那些问题，两人都没有正面回答。祝君亭的手松开了秦临霜的手，改放在她的腰际，将她整个人圈在自己身侧。这一动作引得众人手里的相机对着他们不停地拍，在一阵"咔咔"声中，祝君亭又不紧不慢地补上一句话："请大家给我们一点私人空间。"然后，他一个眼神，几个保镖便上前把记者隔开了。

其实，机场出口到祝君亭的座驾不过几百米的距离，可记者和八卦群众太多，即便带着保镖，祝君亭和秦临霜依旧步履艰难。好不容易到了车旁,祝君亭打开车门让秦临霜先进去,然后才弯腰钻进了车里。

而他刚才说的那句话,在记者听来,分明带着一种欲语还休的意味。但主编要的是确切消息,不是这种模棱两可的回答。

可祝君亭又不是普通的人物,如果到时候报道出来说他和秦临霜旧情复燃,惹得他不高兴,那遭殃的可是杂志社。

所以大家谁也不敢先去问,又不甘心就此作罢,只得纷纷围着他的车,等一个胆肥的同行去要确切的答案。

祝君亭和秦临霜上了车之后,车窗都没降下来一丝缝隙,玻璃又是单向可视的,里面看得到外面,外面根本看不到里面。

车内,和祝君亭并肩坐着的秦临霜眼神还停留在车窗外举着话筒的记者身上,她问道:"为什么不走VIP通道?"如果他们走机场的VIP通道,完全可以避免这一场混乱,况且,祝君亭向来不喜欢这样的场面。

祝君亭看了她一眼,十分自然地替她挽起耳边掉落的一缕头发,面色平静道:"维持地下恋情,不是我的风格。"他说这句话的时候,表情和语气都没什么特别的,但秦临霜还是莫名地感受到一股醋意。

是了,要是换作平时,一下飞机就见到这种场面,祝君亭肯定一秒切换为黑面神。但今天,他非但没有变成黑面神,还回应了那些记者的提问。秦临霜不禁要怀疑,这场穷追猛打的采访,会不会是他默许的?又或者说,是他安排的?

她突然想起,一天前在她拍摄电影的片场里,祝君亭那张比冰山还冷上几分的脸。

那天她正在拍影片杀青前的最后一场戏,最后的定格画面是她和戏里的男主角路绍在泳池里相拥。

那是一个十分美好的场景,男女主角历经波折后终于"破镜重圆",在夕阳下的泳池里相拥。

她是女演员，对于穿着泳装和别的男人相拥这种事，只当是一份工作。一想到祝君亭说要过来和她一起庆祝影片杀青，她心里还是有些不自在，因为这场戏是临时加的，还没来得及和他报备，要是他一来就看到这样一幕，保不齐又要生气。

好在前一天晚上她和祝君亭视频的时候，他说第二天有个重要的会议，恐怕无法如约而至。听到这样的消息，秦临霜松了口气，如果祝君亭在场，她要顾及他的情绪，可能会影响自己的发挥。

可没想到，第二天她这边景刚搭设好，那边说要开会的祝君亭就来了。

彼时秦临霜的合约虽然还在纪氏，可祝君亭是电影的投资人，所以祝君亭到场不到五分钟，就被导演盛情邀请坐到了监视器前。

接下来的十分钟里，仅仅一个镜头就被祝君亭叫停了三遍。

第一遍是因为他觉得路绍该放在秦临霜肩上的手放得太低了，破坏了画面的美感。

第二遍是因为祝君亭觉得路绍的一句台词不符合逻辑，要改动台词。

第三遍是因为起了一阵风。

当时气温是十五摄氏度，秦临霜虽然穿着泳装站在泳池里，其实并不觉得冷。祝君亭自顾自地脱下自己的外套，在众目睽睽之下，将它披在了秦临霜身上。

他就这么站在她面前，语调极尽温柔地问："昨天不是说有点感冒吗？冷吗？要不要休息一下？"虽然祝君亭的面上没什么异样，但秦临霜一下就看见了他眼底的不悦。

秦临霜自知理亏，赶忙赔笑哄他，用只有他听得到的声音问道："生气了？没有提前和你报备是我不对，但你这醋吃得也太随意了吧，只是一个拥抱的镜头而已。"

祝君亭替她拢了拢身上的外套，挑起眉梢道："没有我的允许，牵手也不行。"他那样子活像个被人抢了糖果的小孩,让秦临霜哭笑不得。

当时路绍就站在他们身边,工作人员也都等着,秦临霜觉得因为自己而耽误进度不太好,只能半是哀求半是撒娇地说:"人家都等着我呢。"

祝君亭没有出声,双手始终停留在她的手臂上。

秦临霜一咬牙,使出了撒手锏,语气又柔和了几分:"上次你不是说要和我一起去看极光吗?我拍完这部电影就陪你去好不好?"

祝君亭平时很忙,对极光也没有什么执念,最初说要去看极光的其实是秦临霜。

她偶然提了一次之后,连着接了一部电视剧、两部电影。最近这一年,秦临霜一直在工作,比外界想象的更忙。

有一回她拍了一场打戏,头发都被汗水打湿了,直到她回到酒店也没有干。祝君亭很是心疼,拥着她说想让她休息一下,请假陪自己去看极光。

可谁承想,在工作面前,他这个爱人也只能往后排。现在连看极光都变成是他要去的了。

祝君亭看着秦临霜脸上的为难,到底还是不忍心,嘴上道:"下不为例。"说完,他就放开了她。

只是,他话音刚落,就听见导演说:"咔……那个,大家先休息一下,我再和编剧研究一下剧本。"

半个小时之后,导演就宣布剧本改动了一小块,连带着结局也改了,男女主角在泳池相拥的戏份没有了,甚至连男主角的结局也从原来的车祸生还变成了遇难。

导演一脸认真地说道:"其实我一直觉得悲剧比喜剧崇高,更能让观众印象深刻,所以我决定让这个故事有一个悲情的结尾。"

秦临霜那时候只以为是因为导演那样的艺术家都比较"善变",但现在想来，总觉得是祝君亭在背后搞鬼。

想到这里，秦临霜看了祝君亭一眼，试探着问道："君亭，那部电影的结局，其实是你让导演改的吧？"

祝君亭明显愣了愣，下一秒才微微侧过脸，道："我不过是跟导演提了个建议，让他遵从内心的想法，最后做决定的还是他自己。"他顿了顿，又道，"不过我也确实不喜欢那个男演员，他找人拍了你和他在酒店门口对戏的照片，企图和你传绯闻。"

他说这话时，语调冷了三分。

祝君亭想起了那张极其普通的照片上配的意味深长的标题——因戏生情，秦临霜忘旧情，与新戏男演员夜会酒店？！

可笑至极，他祝君亭何时成了她的旧情了，明明是现在进行时。

还有什么深夜密会！秦临霜新欢曝光！

对个戏也能被写成密会？那个路绍当演员真可惜，应该去当编剧！

总之，路绍触到了祝君亭的逆鳞，他无论如何都不痛快，所以，截下那些报道之后，他亲自去了一趟片场。

秦临霜和陆绍是第一次合作，只觉得他还算敬业，却没想到他也是那种靠绯闻博热度的人。秦临霜本人很少在意外界的传言，可她身处演艺圈，多少还是会受些影响的，毕竟以她现在的热度，要是闹出绯闻，她的团队光是辟谣就够忙的了。

其实她问祝君亭那个问题的时候，原本是带了点情绪的，因为早在她和祝君亭重新在一起之时，他们就商量好，如非必要，祝君亭不会干涉她的工作。她还以为，这一次是因为祝君亭吃醋才强迫导演改了电影原本的结局。

现在真相大白，她看着此时还臭着一张脸的祝君亭，心里难免有些过意不去。

秦临霜双手捏住他的袖口,轻轻摇了摇他的手臂,讨好道:"晚上想吃什么?我做给你吃。"

祝君亭并没有回答她。

以为他还在生气,秦临霜的语气比刚才还要柔和几分,讨好道:"蟹黄炒饭好不好?"她原本低垂着的脑袋微微抬了抬,目光停留在祝君亭的侧脸上。

她没想到,下一秒祝君亭便转过了脸。在与他四目相对,看见他眼底的笑意时,秦临霜就知道祝君亭刚刚并没有生气,自己被他骗了,她心里惊呼一声"糟糕"。

果然,下一秒祝君亭的嘴唇就凑到了她的耳垂旁。他语气带着魅惑和戏谑,沉声道:"是有点饿了……不过,我不舍得你为我做饭……我现在对你比较感兴趣。"

祝君亭的气息一点点地喷洒在秦临霜的耳朵上,让她一下子红了脸。

她下意识推开祝君亭,慌忙道:"干什么呀,外面那么多记者,车里还有司机呢。"

祝君亭被她推了一把,索性靠在座位的靠背上,慢悠悠地解开自己的领带,又解开了领口的两颗扣子,说道:"车窗玻璃是单向的,外面完全看不到里面。而我之所以买这辆车,也是因为车厢和驾驶室的隔音非常好。"他勾起嘴角,好整以暇地盯着秦临霜。

终于,在秦临霜的脸越来越红的时候,他闷闷地笑出了声。他并不打算做点什么,只是忽然想逗逗秦临霜。

见秦临霜咬着唇不说话,他补上一句:"今晚和我一起回祝家老宅?"

虽然两人已经复合,但秦临霜一直没有搬回祝家,而是自己用片酬在外面买了一套房子住着。房子不大,但她一个人住是足够的。

现在祝君亭这么一问,秦临霜又羞又恼,忙道:"谁要和你回祝家老宅,我要回自己家!"

祝君亭可怜兮兮地说："可是目目很想你啊，你一年半没在家，那小家伙天天叼着你给它买的玩具在门口等着你回家，看起来弱小又孤单。"

秦临霜瞪了祝君亭一眼，明明她昨天还和张嫂视频过，目目出现在镜头面前时，她喊了好几次，它都没看她一眼，而是自顾自地和隔壁的萨摩耶玩得欢。它不仅膘肥体壮，还毛色亮丽，完全没有一点弱小孤单的样子。

秦临霜看他一眼，道："既然如此，那你今晚就好好陪目目玩玩吧，给它一点温暖。"

祝君亭眼看自己的计划败露，也不恼，只是降下了车厢和驾驶室之间的隔板，对着司机道："去秦小姐家。"

秦临霜皱眉道："你不是要回老宅陪目目吗？"

祝君亭一脸"我也不想，我也很无奈"的样子，道："没办法，你不肯陪我回家，只能我牺牲一下陪你回家了。再说了，目目都这么大了，不能一直让人陪着，它得自己长大啊。"

这算哪门子的牺牲啊！

当车开到半路的时候，秦临霜才猛然想起，温颜夏还在机场。

温颜夏因为在国内有些事要处理，所以一个星期前就回来了。秦临霜起初以为祝君亭不会过来，所以让温颜夏来机场接机。决定和祝君亭一起回来之后，她的航班就改早了两个小时，再加上在机场被娱记这么一闹，她已经忘记要提醒温颜夏不必白跑一趟。

当秦临霜拿出手机正要通知温颜夏自己已经在回家的路上，叫她不必再等时，却被祝君亭阻止了。他说："我哥今天从瑞士回来，她去正好能接到他，我已经提前打过招呼了。"

说这话时，祝君亭扣住了秦临霜握着手机那只手的手腕，手指轻轻摩挲着她的皮肤。那里有一道淡粉色的疤痕，摸起来好像比别的部位更加光滑一点，但若是不仔细看，也看不出来。

秦临霜平时都戴着手链，有时也会在这上面涂上一点遮瑕膏。

也是在他们复合之后，祝君亭才发现秦临霜的身上、手腕上有许多道或大或小的疤痕。

那是她在他昏迷的七年里爱着他的证据，也因此他对她心存愧疚。

祝君亭这么一说，秦临霜也就放弃了打电话的想法。她也看得出来，祝君繁是真心喜欢温颜夏的。祝君繁这一年基本是定居在国内了，这期间他开设了一家投资公司。有祝君亭和君庭集团做后盾，再加上祝君繁自身也是能力非凡，仅仅一年时间，他的公司在业界已经混得风生水起，令人赞叹。

祝君繁虽然是一个医生，但他非常懂投资之道，在瑞士和国内都有好几处产业。如果温颜夏真的和他在一起，秦临霜是放心的。

车子一路疾驰，窗外的灯火一点点地在秦临霜面前掠过，祝君亭忽然问："还疼吗？"

秦临霜一时没反应过来，下一瞬才明白他说的是她手上的疤痕。她笑了笑，脑袋一歪靠在他的肩膀上，说："早就不疼了，只是样子有点难看。"

那些伤疤已经愈合七年了。

她心里的那头情绪猛兽，也在一年半前他从手术室里被推出来，睁开眼睛看她的那一刻，慢慢地睡去。在这一年半的时间里，祝君亭一直陪着她积极接受心理治疗，她服用的抗抑郁药在两个月前已经停用了。

他们之间曾经风雨交加，如今总算是天朗气清。曾经的那些伤口，现在也终于全部愈合，在时光的磨砺之下，逐渐变成了盔甲。

就在此时，祝君亭忽然低头在秦临霜的疤痕上落下了一个吻，他再开口，竟然语带哽咽："谢谢它没有带走你。"

是的，秦临霜身上那么多的疤痕，随便哪一道，都曾经差点带走她，但好在它们最终将她留了下来,仁慈地放过了她。

刚到机场的温颜夏正好遇上那些打道回府的娱记,当事人并未亲口回应恋情这一打击让他们垂头丧气。

可一抬眼,他们看到了秦临霜的执行经纪人温颜夏。既然当事人不肯回应,说不定能从当事人身边的人嘴里套出点什么,大家这么想着,就向温颜夏围了过去。

"请问秦临霜是不是和祝君亭复合了?"

"两人同时回国是不是好事近了?"

"你是不是早就知情,但一直帮她们打掩护?"

"你提前回国,是不是因为不想打扰他们的二人世界?"

"……"

温颜夏一看这阵仗,就知道秦临霜和祝君亭已经提前回来了,并且还被拍到了。

说时迟那时快,温颜夏一转身就往前跑。后面一群人穷追不舍,她情急之下钻进了停车场。她正猫着腰躲在一辆七座车后面张望,却被人猛拽了一把,拉到了车身后面。

她尖叫一声回过头,就看见祝君繁那张笑意盈盈的脸。

紧接着,她就看见娱记队伍浩浩荡荡地经过,躲过一劫的她顿时松了口气。祝君繁慢吞吞地开口道:"颜夏,想我没有?"温颜夏这才注意到自己的背正紧紧地贴着他的胸膛,她甚至能感受到他胸腔里心脏跳动的频率。

温颜夏没来由地红了脸,下一秒便迅速离开了祝君繁,嘴上有些结巴地说道:"谁……谁要想你啊。"她说着就要站起身来,可还没站稳脚跟,就又被祝君繁拉了下去,几个娱记没跟上刚才的大部队,此时正从温颜夏身侧的车旁走过。

等他们走后,祝君繁忽然抱住了她。

温颜夏感觉心都跳到了嗓子眼,一时之间忘记了挣扎,一动不动地任由他抱着,耳边都是他强有力的心跳声。

她听他低声道:"可是我想你了,好想你。"他的声音听起来还真是带着浓浓的思念。

祝君繁是一个月前去的瑞士。

他本来就有回国定居的打算,开了公司之后就更没精力顾及瑞士那边,索性回去将那里的产业都处理掉了。

自从公司成立,祝君繁就变得繁忙起来。好几次温颜夏和他见面,都是他刚结束某个商务谈判或者某个重要会议。他西装革履的样子和平时完全不同。有一回祝君繁约她吃饭,她就在他公司附近,就干脆去公司等他。

温颜夏进去的时候,正看到他被众人簇拥着从会议室里出来。祝君繁一开始没看见她,正偏着头和身边的人讲着些什么。那是温颜夏第一次看到如此认真的他,和平时在她面前的祝君繁简直判若两人,甚至让她觉得有些陌生。

她后来仔细想了一下,可能是祝家人都有经商天赋吧,他们一站在商场上就自带着一股王者之气,让人不得不退避三舍。

温颜夏这么想着,就出了神,直到祝君繁出声,她才回过神来。

祝君繁说:"我抱着你的时候,你却在神游天外,这样会让我以为自己很没有魅力。"他语气里没有丝毫责备,而是十二分的宠溺。

自己竟然在祝君繁的怀抱里走神了,温颜夏顿时有些气恼自己的不争气。

她慢慢地退出祝君繁的怀抱,站起身来,低头扯着自己包上的流苏,有些不自然地说道:"你……你本来就没有魅力!"

"哦,是吗?"祝君繁也站起身来。说完这句话,他忽然身子前倾,一下子将温颜夏困在自己和那辆七座车中间。他双手撑住温颜夏身后的车,面庞一点点地靠近她的脸,在离她脸颊不足一寸的地方,停止了动作。然后,他垂下眸子,若有所思道:"我哪里没有魅力,你说,我尽量改。"

温颜夏被这突如其来的亲昵吓了一跳,眼里只有祝君繁轻轻颤动的睫毛。不知为何,她竟下意识地吞了口口水,半晌,才结结巴巴道:"你……你……你……"你了半天,也没说出个所以然来,最后她索性破罐子破摔,推了他一把,急促地说道:"你走开,我要回家了!"

她这副样子,在祝君繁的眼里却又是另外一种风情。他忽然心情明朗地笑了一下,然后道:"那我送你回去。"

温颜夏还没从刚才的情绪里缓过来,张口就道:"谁要你送,我自己会回去的。"好吧,其实温颜夏是怕祝君繁再像刚才那样做出点什么来。她觉得自己对着他紧张得说不出话的样子实在太傻了。

"小姐,现在是晚上十一点。清江市最近频频发生女性深夜被劫事件,我在瑞士都听说了,你不会不知道吧?"祝君繁一听说温颜夏要自己回去,语气里带了点不放心。

说起这个,最近一个月里清江市确实发生了三件类似的事情,但温颜夏一直没放在心上,以为是偶然事件。现在听祝君繁这么一说,她好像真的还有点怕了。

祝君繁显然也注意到了这一点,摸了摸鼻子继续道:"听说这里去市区那段路最为偏僻……"

"那好吧,你的车呢?"祝君繁还没说完,温颜夏就打断了他。

祝君繁不着痕迹地勾了勾嘴角。

他用下巴指了指他们的右前方,然后长臂一伸,做了个"请"的姿势,十分绅士地说道:"温小姐请。"

温颜夏偏头一看,那里赫然停着一辆迈巴赫。要知道,就在一个月前,他们最后一次见面的时候，祝君繁才刚买了一辆跑车。祝君繁曾经用那辆跑车带着她去兜风，一路上收获不少目光。一圈下来，祝君繁送她回家的时候问她感受如何，她捂着耳朵道："有点吵，还有点想吐。"

这才过了多久啊，他又换车了？

温颜夏想起自己那台补过两次车胎、修过三次蓄电池的"小毛驴"，顿时感觉嫉妒让自己变得面目全非。

坐在副驾驶位上的时候，温颜夏忍不住问祝君繁："祝君繁，你是不是偷税漏税了，这才过了一个月，你就又有了一辆新欢。"

祝君繁细心地替她系好安全带，说道："对不起党和国家的事，我可不敢做。上次某人不是嫌跑车太吵吗？这不，我换了一辆隔音效果好的，希望能讨她欢心。"

他话音刚落，温颜夏的脸忽地红了。

一直到抵达目的地之前，温颜夏都以为祝君繁是要送她回家。

今天白天，她来来回回跑了一天，晚上又被记者追着跑，已经十分疲惫。上车十几分钟之后，她就睡过去了，再次醒来已经不知道过去多久了。

车停在一边，祝君繁不在驾驶室里。她的座椅被放倒了，安全带解开了，身上盖着他的外套。温颜夏坐起身子，这才发现车窗外黑乎乎的一片，除了远处的几盏昏黄的路灯，只看见一点细小的红色火星明明灭灭。她裹紧身上祝君繁的外套，打开车门下了车，发现那点火星是祝君繁手里燃着的一支烟。

温颜夏知道祝君繁会抽烟，但他们认识这么久，她也就见过两次。这是第三次，他左手拿着烟垂在一边，右手拿着手机正在打电话。他身子倚在车辆引擎旁，借着路灯的光，温颜夏看见他认真而严峻的表情，听到他对着电话那头问了一句："查到了？"

当他说完这句话，温颜夏脚下就踩到一根树枝，细小的声响让祝君繁回过头来。

他的目光好像有片刻愣怔，下一秒他挂了电话，掐灭了手里的烟，脸上挂上一抹笑，问温颜夏："醒了？"

睡眼惺忪间，温颜夏觉得此时的祝君繁和刚才打电话时的他简直判若两人。

"嗯。"她点了点头。

一阵凉风吹过，温颜夏打了个哆嗦，然后彻底清醒了。她发现这里并不是自己家附近，更像是一座山的山顶。

祝君繁三更半夜把她带到了一座荒无人烟的山上？

"我们这是在哪儿？你不是说要送我回家吗？"温颜夏一头雾水地问道。

祝君繁没有回答她，只是拉着她的手将她往前带了几步。温颜夏这才发现，整个清江市就在他们脚下。

从他们所在的这个位置，可以看见整个清江市的夜景。万家灯火瞬间投入温颜夏的眼帘，像是一条坠落在地上的银河。她不由得叹道："好漂亮！"

"本来是想送你回家的。可忽然想和你一起来这里看看灯火，就把你带来了。"祝君繁就站在温颜夏的身边，缓缓地说出这些话，过了几秒，他才又道，"如果你觉得累了，我现在就送你回家。"

温颜夏原本正盯着眼前的美景，听到这句话，觉得他的语气里好像带着一点失望，于是她连连摆手，急忙道："不不不，我现在还不急着回去。"说着她将脸转了过去，盯着祝君繁的侧脸，认真地说，"这里真美。"

"这里真美"——因为这四个字，原本脸上没什么表情的祝君繁忽然笑了起来。

他的眼睛微微眯了眯，温颜夏仿佛在他眼底看到了明明灭灭的星光。

她不知不觉看得入了神,再反应过来时,才发现祝君繁正饶有兴趣地盯着她看。

她觉得自己的脸有点发烫,匆忙转过脑袋,指着君庭集团那幢大楼道:"你看,那是君庭大厦。"温颜夏看见那栋大厦觉得有点亲切,语气里带着点兴奋。

她刚说完,就听见祝君繁那边传来一阵笑声。

也是,她这样大惊小怪实在显得有些幼稚,怪不得祝君繁取笑她。温颜夏这么想着,当即就把脸埋进了他的外套里。

祝君繁怕她闷着,伸手把她脑袋上的衣服往下拉了拉,笑道:"你是鸵鸟吗……"他话还没说完就顿住了,因为温颜夏忽然抬起了脑袋。祝君繁原本低着头,温颜夏抬间,额角一下子撞上了他的嘴角。

两人一下子都愣住了,最先反应过来的人是温颜夏,她慌忙转过脑袋,说道:"今天的月亮可真圆。"可她一抬头,只看见乌云密布。

气氛瞬间更尴尬,她又不死心地说:"这盏路灯可真别致啊。"谁想话音刚落,路灯闪烁几下,"啪"的一声就暗了下去。

……

这边温颜夏越来越尴尬,那边祝君繁却是憋笑憋得很累。不过是她的额头碰到了他的嘴角,瞧把她给慌的。

眼见她实在是转换不了话题了,祝君繁只得轻咳了一声,正色道:"嗯,今晚月亮很圆,路灯也很别致。"

温颜夏听见他这么说,忙附和道:"是吧,我就说……"

她话还没说完,就被祝君繁打断了,他说:"所以,温颜夏小姐能把一个月前欠我的答案告诉我了吧。"

他话音刚落,温颜夏微微一怔,然后抬腿就往车的方向走,边走边说:"实在太冷了,我得回车里躲躲。"祝君繁一转身就挡住了她的去路,他笑眯眯地问:"你该不会以为,我记性差到连一个月前的事都记不得了吧？"

一个月前，祝君繁去瑞士之前找过温颜夏。早上六点左右，温颜夏在睡梦中被祝君繁的电话吵醒，他在电话里让她走到她家阳台上。

她穿着一身睡衣，头发散乱，还打着哈欠。刚走到阳台就看见楼下的祝君繁靠着他那辆惹人注目的敞篷跑车正给她打电话，吓得她迅速回房间整理了一下着装。

她再出来时，他已经一脸悠闲地坐在了车里。见她出来，他望着她慢悠悠地开口道："听说你们公司最近有一个小帅哥对你穷追猛打？"

温颜夏浑身一震，竟然有一种干坏事被抓包的感觉。

确有其事，但那个小帅哥足足比温颜夏小了五岁，温颜夏只把他当成弟弟，对于他的追求也完全没有给出回应。她奇怪的是，为什么祝君繁会知道这件事？

温颜夏正欲解释，祝君繁却先她一步开口了，他直截了当地问："你喜欢他吗？"

"不喜欢，他太小了，不是我的菜。"温颜夏老实地回答。

电话那头有片刻沉默，祝君繁的声音再响起时，好像带着点愉悦，他又问："你喜欢年纪大的？"

"那倒也不是，我喜欢成熟一点的……"

"那你喜欢我吗？"温颜夏还没有说完，祝君繁忽然问道。

温颜夏听到这个问题，忽然呼吸一窒，一口风灌进她的嘴里，引得她一阵咳嗽。她大脑一片空白，一时之间说不出话来。

祝君繁抬起手腕看了看表，然后道："我待会儿的航班，去瑞士。"顿了顿，他脸上漾起一个笑，"大概会离开一个月，刚才问你的问题，等我回来再找你要答案。"说完，他意味深长地看了一眼还呆愣着的温颜夏，挂了电话，关上了车门。

等到他跑车的轰鸣声响起，温颜夏才反应过来自己刚刚经历了什么。

再次回到房间之后，她竟然睡不着了，耳边回荡着的都是祝君繁那句"那你喜欢我吗"，语调平和，却让她心跳加速。

第二章　喜欢

> 君繁，这女人是不是疯了，她说你喜欢她？！

一个月眨眼间就过去了，祝君繁如期来向她讨要答案。

其实这一个月里，温颜夏在心底问了自己好几次，答案是肯定的。可面对着祝君繁，她却觉得自己无论如何都无法平静地说出"我喜欢你"这四个字。

其实祝君繁一早就知道她心底的答案了。他在瑞士的时候，秦临霜不止一次问他，到底把温颜夏怎么了，还说她经常在工作的时候走神傻笑，当帅气的男艺人拿着蛋糕请同事们吃的时候，她更是退避三舍。

可如果这个答案不是真的从温颜夏口中说出来，落到他的耳朵里，他无论如何都不安心。

只是看温颜夏现在的样子，怕是已经在想着怎么从他身边溜走了。

也就在此时，不远处忽然响起一阵尖锐的刹车声。温颜夏和祝君繁一齐回过头，正好看见三辆跑车停在他们面前，车上大灯开着，直晃她的眼睛。

跑车熄火之后，车上下来三男两女，看起来也是来山上看夜景的。

其中一个穿着超短裙的混血女生，温颜夏觉得十分面熟，仔细一想，才想起来是清江市水产大王的女儿宋芸。温颜夏跟着秦临霜一起出席君庭集团年会的时候，见过她一面。不过，温颜夏并不知道祝君繁也认识宋芸，并且两人还很熟。

此时宋芸完全将她当成空气，一只手娴熟地挂在了祝君繁右手大臂上，笑得花枝乱颤，嘴上道："好巧啊，君繁，待会儿一起去喝一杯？"

宋芸的父亲一直对祝家兄弟俩很是欣赏，宋家和君庭集团也有很多生意往来。宋芸也对祝君繁有好感，甚至从不隐藏这种好感，他们男未婚女未嫁，宋芸一直觉得只有像自己这样的人才配得上祝君繁。

此时祝君繁却把手臂从她手里抽了出来，礼貌地笑了笑，道："恐怕不行。"他看了一眼温颜夏，才又道，"我有朋友在。"

宋芸随即用眼尾瞟了一下温颜夏，唇边漾起一抹讥笑："又不是女朋友，待会儿让她跟着我朋友回去好了，我们喝我们的。"

温颜夏下意识地看了眼宋芸说的朋友，他们的目光也正对着她上下打量。其中一个男生开口道："小妹妹别怕，待会儿哥哥们带你去玩。"这人语气十分轻浮，温颜夏下意识地往祝君繁身侧躲了躲。

她这一躲，正巧被宋芸看在眼里，她急忙在祝君繁和温颜夏两人之间插了一脚，将两人隔开，然后阴阳怪气地说道："这位小姐，请你看清楚，你面前这位不是你能高攀的。"

温颜夏明白了，宋芸完全把自己当成一只勾引祝君繁、渴望飞上枝头变凤凰的小麻雀了，既然如此，就干脆把她活活气死算了。

温颜夏这样想着，便绕到祝君繁的另一边，双手攀上他的手臂，温柔地说："你刚刚不是问我喜不喜欢你吗？我现在就告诉你，我喜欢你，喜欢到一刻也不想和你分离。"说完，温颜夏还一脸无辜地看了看宋芸。

宋芸一脸不可置信地对着祝君繁道："君繁，这女人是不是疯了，她说你喜欢她？！"

祝君繁本以为要听温颜夏说喜欢自己还得再等上好些日子，却没想到半路杀出个宋芸帮了他。他眼底瞬间漾起一片欣喜，看着温颜夏，目光温柔似水，回答宋芸："她没说错。"

他将温颜夏的手拿下来，十指相扣牵在手里，又对着宋芸道："所以，宋小姐以后还是别找我喝酒了，我怕我女朋友不开心。"

宋芸的脸立马黑了，她脚一跺就往自己车的方向走去，和她一起来的四个人追过去问："不看夜景了？"

她坐在车里大：看看看！你们留在这里看个够吧！"面子都没了，还看什么风景，这两人站在这里还不够煞风景吗！

说完，她一踩油门，跑车轰鸣而去。

剩下几个人互相看了一眼，也各自上了自己的车，追她去了。

温颜夏有些得意地对着他们离开的方向道："哼，气不死你！"

刚说完这句话，她就感觉手腕一凉，一低头就看见自己手上不知何时多了一根红绳，上面还绑着一颗圆弧形的桃红色水晶。

祝君繁冲她扬了扬自己手腕上一模一样的红绳，缓缓道："姻缘绳，卖给我的人说只要有人戴上我的绳子，这辈子都别想从我身边溜走。"

祝君繁送温颜夏回去的路上，温颜夏一直盯着手腕上那根红绳。她问祝君繁："祝君繁，你一个在瑞士长大的人，也信姻缘绳这类东西？"

祝君繁本来双手放在方向盘上，目视前方在开车，听到温颜夏的话，他忽然转头看了她一眼。然后，他空出一只手握住了温颜夏放在一边的手，嘴角弯了弯，才道："都说信则有，不信则无。我仔细想了一下，此事关乎你，还是得信。"

温颜夏的心跳猛然快了几分，她的目光一点点挪到和祝君繁交握着的手上，两根配对的红绳让她脸颊泛红。

到了温颜夏家楼下，祝君繁执意要送她上楼。

她家住在十七楼，一出电梯就是门口。

时间已经很晚了，温颜夏也想让祝君繁早点回去休息，就在电梯里和他告了别。等电梯到了，门打开之后，她正要跨出去，却被祝君繁拉住了。

他把她拉到靠里的一角，自己的背靠着轿厢，双手放在她腰上，以一个拥抱的姿势将她困在了自己怀里。温颜夏被吓了一跳，下意识就开始挣扎，可力量悬殊，她挣脱不开。她只得小声地说道："干什么呀，这里有监控！"

"那我给你挡挡。"祝君繁笑着说完，然后稍微松开了她一点，紧接着就将她衣服后面的帽子扣在了她头上。温颜夏穿着一件带帽子的外套，帽子很是宽大，戴上之后，她整张脸都埋在里面。他将手放在帽檐两侧，轻轻一用力，温颜夏整个人就往他这边靠近了一点。然后，祝君繁俯身，半张脸也一起埋进她的帽子里，吻住了她的唇。

温颜夏起初并不知道他要干什么，直到碰到他的唇，才惊觉他在做什么。她一时间没有反应过来，瞪大了眼睛。

祝君繁的唇在她唇上辗转，一句话含糊不清地逸出来："闭上眼睛。"

像得到某个指令一般，温颜夏真的就这么闭上了眼睛。直到她快喘不过气来，祝君繁才放开了她。

温颜夏觉得自己好像掉进了火里，浑身都在发烫，脸更是快要烧起来了。祝君繁将她的帽子摘下，重复刚才的动作将她拥在怀里。他当着她的面舔了舔自己的嘴唇，然后说："嗯，和我想象的一样甜。"

温颜夏羞得恨不得挖个坑把自己埋了，她知道祝君繁说的是自己的嘴唇。

她迅速推开祝君繁，按开电梯门，留下一句"晚安"，就飞快地出了电梯。

祝君繁被她这一气呵成的动作弄得怔了怔，追出去的时候，只来得及看见温颜夏进门前的背影。

他再次跨进电梯，忽然就笑得十分开怀。

手机铃声忽然响起，祝君繁看了一眼来电号码，笑容逐渐敛去。在电梯门关上之后，他的面色彻底沉了下来。

他对着手机那端道："刚才有事，你现在接着说……"

温颜夏一大早就被隔壁的声音吵醒了。

自从秦临霜回来之后，她就一直在忙。

好不容易工作完成得差不多了，祝君亭也觉得秦临霜工作太忙，便替她安排了一个假期。他顺便也和纪氏的纪东文达成协议，将秦临霜的合约从纪氏拿了回来。

温颜夏想着自己终于可以休息一下了，昨天晚上彻底放纵了一下，追剧追了一个通宵，凌晨才睡下。谁知道她睡下没多久就被隔壁的声音吵醒了，那边"乒乒乓乓"一阵乱响，工人们又搬又抬，她无论如何是睡不着了。

对面的房子已经闲置快一年了，半年前有施工队来装修过，但温颜夏一直没见到那家的人搬进来，想来是今天有人要搬进来了。温颜夏看了眼手机，这才早上八点，如此折腾对一个熬通宵的人来说未免残忍了一点。于是，她决定去和他们商量一下，能不能稍微轻一点。

她还没有完全睡醒，胡乱套了一件外套就出去了。走廊里到处是打包盒子和塑料袋，工人正在清理。

难道已经搬进去了？温颜夏这样想着，往对面的门口张望了一下。几个工人正从里面出来，温颜夏看到有家政人员正在清理。有一个人背对着她站着，好像正吩咐人往墙上挂画。那个背影对温颜夏来说实在是太熟悉了，隔得那么远，她都能闻到他身上那股熟悉的淡淡的古龙水的味道。

"祝君繁？"温颜夏脱口道。

那人慢慢转过身来，笑盈盈地看着她，可不就是祝君繁嘛。

说时迟那时快，温颜夏转身就要跑，祝君繁几步上前拽住了她外套帽子上那颗作为装饰的毛茸茸的球，说道："你跑什么？和我做邻居这么恐怖吗？"

温颜夏还在做无谓的挣扎，嘴里喊道："我要回去洗脸梳头……"她现在这副蓬头垢面的样子，无论如何不能让祝君繁多看。

祝君繁在她身后轻笑出声："你素颜的样子我也喜欢。"下一刻，他又说，"连你衣服上的帽子……我也喜欢……"他特意加重了"帽子"两个字的读音。

温颜夏一下子就想起了电梯里那个吻，脸上迅速飞起两朵红晕，慌忙转身阻止他往下说："你说什么呢！什么帽子电梯！不许说！"

祝君繁脸上笑意更甚："我可没说'电梯'两个字，倒是你……"说到这里，他将目光停留在她的唇上，慢慢吐出几个字来，"你想到了什么？"

实在是太丢人了！温颜夏心里想的事情被猜到了，抬起双手便想捂住脸。

祝君繁这时放开了她，替她整理好被他扯得有些歪斜的外套，表情变得极不自然，嘴上道："快去换件衣服，待会儿我带你去吃早餐。"说完这句话，他就移开了自己的目光。

温颜夏正纳闷，一低头就看见了自己胸前无限的风光。

她怎么没有想到，自己的睡衣是低胸的！本来还有外套罩着，可刚刚偏偏被祝君繁扯了一下。以他们俩的身高差距，他岂不是尽收眼底！

温颜夏惨叫一声，落荒而逃。

一起吃早餐的时候，温颜夏才知道，祝君繁早在半年前就买下了她家隔壁的房子,并且一买还买了两层,连楼上那层带天台的都买了下来。他半开玩笑道:"投资是一方面,更重要的是你在这里。以后我们要是吵架了,我就搬到楼上去,让你眼不见为净。"

吃完早餐后,祝君繁要去公司开会,温颜夏决定回家睡个回笼觉。其实吃早餐的地方离温颜夏家很近,可祝君繁执意开车送她回去。

祝君繁让温颜夏在街边等一会儿,自己去取了车。回来的时候,温颜夏正背对着他打电话,一听到他的车靠近的声音,她就挂了电话。她转过身来的时候,祝君繁看到她脸上有一闪而过的不自在。

"有什么事吗?"祝君繁问道,温颜夏看起来好像有哪里不对劲。

"没什么……就是一个推销电话。"温颜夏回答道。

"那上车吧,我送你回家。"看温颜夏的样子,祝君繁知道不会只是一个推销电话那么简单,但温颜夏不愿意说,他也不会追问。

"嗯。"温颜夏说着,打开车门坐了进去。

车辆驶出一段距离之后,她才发现自己捏着手机的手心里都是汗水。

手机被她调成了静音,所以正专心开车的祝君繁并未发现她的来电指示灯其实一直在闪。温颜夏悄悄地看了一眼屏幕上显示的"季闻洲"三个字,最终还是不动声色地将手机放进了自己包里。

要是真的只是一个推销电话,那该多好,可季闻洲偏偏比推销电话麻烦一万倍。

那天晚上,温颜夏第一次参观了祝君繁的家。进门的时候,温颜夏就差点撞倒一个工艺品。那是差不多有温颜夏一半高的猫的雕像,看起来并不便宜。祝君繁扶正那个雕像的时候,温颜夏好奇地问:"这个是不是很贵?"

祝君繁语气轻松:"在泰国买的,好像二十几万。"

温颜夏惊得差点咬到舌头,她刚刚差点撞碎二十几万啊……她小心地往旁边挪了挪,与那个雕像之间空出了一大段距离。

祝君繁忍不住笑道:"贵重物品小心点,别磕着碰着了。"温颜夏连连点头:"是是是,我知道了,我离它已经够远了,不会碰到它的。"

祝君繁看了她一眼,笑道:"我说的贵重物品是你。"

温颜夏只觉得自己无形之中又被他顺手撩了一下。

虽然祝君繁搬到了温颜夏对面住,但他工作其实很忙。

温颜夏处于半休假状态,她起床的时候,祝君繁早就已经出门了。

她有个坏习惯,没有工作的时候就不爱吃早餐。祝君繁知道她这个习惯不好,所以只要他有空都会叫她起床,然后带她一起去吃早餐。可后来他越来越忙,来不及等温颜夏起床就要出门了。于是他干脆提前在家做好早餐,顺便给了温颜夏一把钥匙,让她记得热一下再吃。

礼尚往来,温颜夏也给了祝君繁一把自己家的钥匙,可他一般都不用。温颜夏在屋里的时候他会按门铃,温颜夏不在家时,他也不会过去。

根据户型,两家的书房是相邻的。老小区隔音不好,温颜夏只要待在书房里,祝君繁那边有什么响动,她都能听见。

他在家的时候,两人会窝在房间里看电影;他不在家的时候,温颜夏会跑到天台上晒晒太阳、看看书。有一回祝君繁开会耽误了回家的时间,又忘记打电话给温颜夏,回家的时候已经接近午夜,想着温颜夏应该已经回去了。但当他回家打开门,发现家里真的没有灯光时,心里还是涌起一股失望。

他满身疲惫,没开灯,也没脱外套,胡乱扯散领带就靠在了沙发上。他捏了捏自己的眉心,有些嘲讽地望着窗外,窗外的万家灯火与他无关。

祝君繁从小生活在瑞士,母亲在他很小的时候就过世了,外公和外婆一直觉得是因为他,他母亲才会出事,所以一直对他的存在耿耿于怀。他十八岁时已经靠着自己的奖学金在外面租房子住了,仔细一想他好像从来都是一个人吃饭。十八岁之前,他想要的关怀没人给过他;十八岁之后,他不需要别人的关怀。他明明是习惯了的,可在这样一个漆黑的夜里,在无人的空房子里,他还是有些难过。

他告诉自己,喜欢一个人,不一定要让她陪着自己一起站在黑暗里。

既然他已身在黑暗中,那他喜欢的人一定要向着阳光,自由地生长,从前是,现在也是。

祝君繁这么想着,紧锁的眉头终于舒展了一点。

他起身想去开灯,刚走了一步,却冷不丁听见一声响动。不,那更像是一声闷哼。紧接着,温颜夏的声音从最里面的房间里传来,她大声问道:"祝君繁,是不是你回来了?"她的语气里带着一点惊恐。

祝君繁顾不得到门口开灯,拿起刚刚随意扔在沙发上的手机,借着它微弱的亮光几步上前走到了她身边。他这才发现,她一手拿着蜡烛,一手扶着墙,单脚站立着,表情痛苦,看来是在黑暗里碰到了脚。

"怎么不开灯?"祝君繁边扶住她边道。

在他的搀扶下,温颜夏单脚跳到了沙发上,然后才道:"我刚才不小心睡着了,醒来发现你家没电了,想起上次在客房里看见过蜡烛,就想去找一下。谁知道手机也没电了,出来的时候听到有动静,一激动就碰到脚了……"

"为什么不回家?"还没等温颜夏说完,祝君繁忽然问。为什么不回家,她家就在对面,为什么选在没有电的时候在他家里等着他,也不回家?

"因为怕你回来看见家里黑乎乎的,觉得冷清。"温颜夏想了想,才说出这句话。她在他家沙发上醒来的时候,发现停电了,觉得整颗心都空落落的。她想着,祝君繁如果回到一个黑漆漆的家里,一定也会觉得冷清,所以她留了下来。

"傻瓜。"祝君繁抱住了她。

他心里刚刚生出的失落感,因为温颜夏的话一下子全部消失了。

而温颜夏并不知道,此刻她的出现对祝君繁来说是黑暗中的光明、失望中的希冀。

过了好一会儿,祝君繁才放开温颜夏,把她手里的蜡烛放到一边,叫她在沙发上等着,自己则去看家里的电源总闸,打开电源保护盒的盖子,发现里面并没有什么问题。

于是祝君繁给物业打了电话。

物业值班人员一番解释之后,他才知道,是大厦的总电源出问题了,电力部门正在抢修,但可能没那么快来电。

"看来得到明天早上才能有电了。"祝君繁摸黑回到温颜夏身边道。

他话刚说完,手机电量就耗尽了。其实温颜夏本可以回家去的,可她坚持在这里陪他。祝君繁觉得温颜夏似乎将他当成了一个怕黑的小孩,可他又是如此贪恋她的陪伴。

最后,两人点亮了温颜夏拿出来的蜡烛。

香气逐渐飘出来的时候,温颜夏才发现那其实是香薰蜡烛。祝君繁在微弱的亮光下看见她惊讶的表情,边替她揉着脚边笑道:"你该不会以为我家会有那种纯粹用来照明的蜡烛吧?"

温颜夏忽然觉得,在这样的氛围中,点着香薰蜡烛好像有点暧昧。显然,祝君繁也是这么想的。他逐渐松开了温颜夏的脚,一点点靠近她,直到她的背抵在沙发背上退无可退,才停止。

他看着她,意味深长地说:"不过我觉得,在这么一个浪漫的夜里,好像应该十一点浪漫的事。"

温颜夏往后一躲,急忙转移话题:"你一个大男人独自一个人住,家里却留着香薰蜡烛,你想和谁浪漫……"说到后面,她明显底气不足。温颜夏后知后觉地发现,自己的语气听起来酸得很。

祝君繁的脸又凑近了些，微微侧过去，在她耳边低低地说道："那款香薰蜡烛是我偶尔用来助眠的，如果非要找个人干点浪漫的事，那也只能是你。"说完，他一张嘴，轻轻在她耳垂上啃了一口。

　　温颜夏觉得自己浑身像是过了电，又酥又麻，一时之间竟忘了做出反应。

　　她是在家里洗了澡才过来的，只穿着一件比较宽大的休闲裙，等她回过神来，身上的衣服已经被褪了一半，露出大半个肩膀。祝君繁双手撑在她脑袋两边的沙发上，一下一下地吻着她的脖子。

　　祝君繁的呼吸逐渐变得沉重起来，温颜夏浑身一个激灵。

　　祝君繁吻得动情，一只手穿过沙发和温颜夏之间的缝隙抚上了她的背，一只手穿梭在她柔软的发丝间。

　　温颜夏从未觉得自己的视力这么好，即使是在昏黄的烛火下也将面前的祝君繁看得一清二楚。他扯散的领带早已不翼而飞，衬衫的领口开着，露出一段锁骨，泛红的耳尖，上下滚动的喉结，看在眼里竟然觉得十分性感诱人。

　　她紧张到语无伦次："你……你饿不饿，都这么晚了，要不要先吃点东西……"

　　因为这句话，祝君繁埋在她脖颈间的脑袋抬了抬，用有些喑哑的声音问："怎么？你怕我体力不支？"明知道他是在开玩笑，温颜夏还是羞红了脸。

　　祝君繁又给了她一记深吻，吻到两人的呼吸都急促起来，他才松开她，低笑着说："我现在更想做别的。"

　　下一秒，温颜夏只觉得一阵天旋地转，自己就已经躺在了沙发上，刚刚受伤的那只脚被祝君繁一把捞起。

　　也正是这一捞，让她感觉自己的脚一阵发疼。

　　"嗞——"她忍不住发出了一声惊呼。

然后，原本俯在她身子上方的祝君繁慢慢站了起来。他半张脸都隐在黑暗里，让人看不清表情。好一会儿后，他才自嘲道："差点忘了你的脚受伤了，我刚刚表现得可真像个没见过什么世面的毛头小子。"

温颜夏听了这话，觉得心里一阵泛酸。她闷闷地问："怎么，你见过很多世面吗？"祝君繁的话让她觉得，他从前的情感生活十分丰富。

祝君繁往前走了一步，坐到她的身边。蜡烛的光照在他的脸上，他目光深沉地看着温颜夏，语气温柔地说："颜夏，我不想骗你。你也不能要求我在遇见你之前没有过几段感情，但我是一个不会为过去所累的人，一段感情如果结束了，我不会一直陷在里面。我现在只爱你。"

"嗯。"温颜夏应了一声，她也觉得自己这醋吃得好像有些没有理由，现在的他们不该为了已经过去的事不开心。

两人沉默了一阵后，祝君繁又道："我先抱你去房间休息。"说着，他慢条斯理地将温颜夏身上的衣服拢好，将她脸侧垂下来的头发绕到耳后，然后将蜡烛放到她的手上，弯腰直接将她抱了起来。

客厅到房间的距离并不远，温颜夏被祝君繁抱着一步步往里走，手里的蜡烛照着他的侧脸。

这是一张极其好看又熟悉的脸，可不知道为什么，温颜夏觉得有一点陌生。

一定是光线太暗了，她这么安慰着自己。

将温颜夏放到床上，为她盖上被子之后，祝君繁从柜子里拿了一床毯子和枕头，又拿了一些自己换洗的衣服和洗漱用品，然后他对温颜夏说："你先睡吧，我去冲个凉，待会儿就睡在沙发上。"他也没有拿放在床头柜上的蜡烛，直接就往房间外面的浴室走去。

温颜夏想起刚才自己踢到墙上的那一脚，急急地喊道："外面太黑了，你要不要带上蜡烛？"

祝君繁看着窗口落下的月光道:"蜡烛你留着,晚上如果醒了就没那么害怕。"略一停顿之后,他又说,"以前在瑞士的时候,我租过一间公寓,那时候因为交不起电费,整整一个月白天都在学校蹭电,晚上也没灯可以开,所以停电对我来说不算什么。"

他说这话时,温颜夏听到他语气里无尽的落寞。温颜夏一直以为,以祝君繁这样的身世,即使不在父母身边,也会过得衣食无忧,可没想到他是这样过来的。她看着他的背影,忽然一阵心疼。

她还没来得及对他说一句安慰的话,就因为祝君繁的一句话,便将脑袋严严实实地捂在了毯子里。

祝君繁转过身子,以略带警告的语气道:"你要是再不睡觉,今晚很有可能就没机会睡了,毕竟我相信自己有这个能力和体力。"

温颜夏整个人埋在毯子里喊道:"我马上就睡,而且我睡眠很好的,沾着枕头就会睡着!"

她这话惹得祝君繁发出一阵愉悦的轻笑。

第二天早上,温颜夏是被一阵食物的香味叫醒的。

她看了一眼祝君繁放在床边的手表,已经十点了。祝君繁端着牛奶和早餐进来,见她已经醒了,就问道:"脚还疼吗?"

"好多了。"温颜夏道。

本来脚就只是碰了一下,休息了一晚上,基本不疼了。

"你怎么还没去公司?"温颜夏从床上坐起来,问道。以往这个时候,祝君繁是不会在家里的。

"今天罢工。"他笑道,"家属病了,我得在家照顾着。"

"谁是你家属……"温颜夏刚喝进去的一口牛奶差点喷出来。

祝君繁抽出一张纸巾,说道:"现在不是,以后也会是。"替她擦干净嘴角之后,他又道,"我看最近天气还不错,明天我们一起出去逛逛吧。"

温颜夏正在喝牛奶的动作停了停，下一刻才道："那个……昨天忘了告诉你，我明天要去上班了。"说到这里，她看了看祝君繁，确认他表情平静之后，才继续说，"你知道的，临霜怀孕了，暂时不会有什么工作。我一直闲着白拿工资也不太好，所以我向公司申请去带新人。"

是的，秦临霜怀孕了。

她发现自己怀孕的时候，其实已经停服抗抑郁药两个多月了。

她和祝君亭商量好了，要一个孩子。然而，在得知那个消息的时候，她心中还是有一闪而过的害怕，毕竟她失去过一个孩子。

踌躇半天之后，她打电话给祝君亭，通知他即将成为一个父亲。

祝君亭很快接起了电话，他好像是在开会。

秦临霜听见那边传来一阵很小的议论声，她想着，他应该是走到了窗边接她的电话。

她几乎是脱口而出："你在忙吗？"

祝君亭在那边笑了一下，问道："怎么？祝太太又没带钱包？"

没错，最近这段时间，秦临霜好像突然变得马虎了，一周之内两次没带钱包，之前温颜夏和祝君繁去度假了，祝君亭已经救场了两次。

秦临霜的脸红了一下，下一刻，她说："不是，是找到了让我连忘两次钱包的罪魁祸首。"她停顿了一下，继续道，"我怀孕了，已经一个月了。"

祝君亭闻言沉默了下来。

"君亭，你在听吗？"秦临霜以为他那边信号很差。

又过了几秒，她才再次听见祝君亭的声音，他说："你在哪里？"

秦临霜听得出来，他的声音在颤抖，是那种带着喜悦的颤抖。

"我在家里。"她回道，彼时她已经从医院回来了。

"在家等我。"这是祝君亭挂掉电话前的最后一句话。

半个小时之后,他就出现在了她面前。

以往,祝君亭开车至少要四十五分钟才能从君庭集团赶到家里。

所以看着站在自己面前的祝君亭,秦临霜有些震惊,问道:"你怎么这么快就回来了?"

祝君亭没说话,一步步走到她跟前,将她拉到沙发上坐下,动作轻柔,好像怕惊动到什么似的。

他自己也坐在了秦临霜身边,缓缓地伸出手,贴在了她的小腹上。他的声音带着一点喑哑,他说:"宝贝,我是爸爸。"

很久之前,他也是这样,隔着毯子一下一下地摸着秦临霜的小腹。那时候他刚得知一个噩耗,强忍着心里的钝痛说:"宝贝对不起,爸爸不能与你见面了。"

而现在,他和秦临霜又拥有了一个小生命。这是一个会健康长大的、会叫他爸爸,也会在遥远的未来成家立业的小生命。

当他说完这句话,秦临霜忽然感觉自己眼眶一片湿润。

就在刚刚,在等他回来的那一小段时间里,她还害怕着,但现在那些不好的情绪彻底消失了。

因为她看到,祝君亭放下手头的事情马不停蹄地跑回来找她,只为了和她肚子里还未成形的孩子打个招呼。她看到已经而立之年的祝君亭不知所措地摸着她的小腹,像一个孩子。

她也听到,他在说完这句话之后自喉间传出的低低的呜咽。

祝君亭的手掌还停留在秦临霜的小腹上,秦临霜稍稍弯下身子,抱住了他。

过了很久,秦临霜才再次听见祝君亭的声音。

他平复了一下自己的情绪,带着一个父亲该有的沉稳与温和,说:"叫小满,他的小名就叫小满。"那是他在抛下会议上的众人急忙赶回来的路上想到的。

  他们一起经历过太多风雨，已经无法再承受一点磨难，只希望余生圆满。

  回到现实，温颜夏见祝君繁没反应，小心翼翼地问他："你不会生气吧？"她的声音软软的，听起来有些可怜兮兮的。

  祝君繁看了她一眼，道："嗯，我确实不太高兴。"

  温颜夏伸出手抱住祝君繁的胳膊，轻轻地晃了晃，讨好道："别不高兴嘛，我们离得那么近，随时都可以见到。"

  祝君繁任她抓着自己的手，眯了眯眼睛，过了一会儿，他才道："不行，得罚。"

  温颜夏愣了愣，道："怎么罚？"

  祝君繁步步逼近，温颜夏一点点往后退，直到脑袋紧紧抵着床头，她才不得不停下来。她侧过脸去，不愿意看面前祝君繁的脸。

  她忽然想起了昨天晚上的那一幕，只觉得心跳加速，一颗心似要从胸腔里跳出来。

  好在此时，祝君繁终于停止了动作。他的脸就在温颜夏的耳边，他低笑了一声才道："本来想罚你今天陪我去钓鱼，可现在看你的样子，好像心里想的是另一回事。"

  他的目光在她耳垂上流连，然后又靠近了她几分，缓缓地说道："如果你不想去钓鱼，我也可以陪你做别的事。"

  温颜夏的脸迅速红了，下一秒她就推开了祝君繁，结结巴巴地说道："谁……惟说我不喜欢，我最喜欢钓鱼了……我们现在就去！马上就走！"她说着就从床上起来了。

  温颜夏的力道根本不大，可祝君繁一下子摔在床上不起来了，他微微皱眉，嘴里"啦"了一声。

温颜夏以为真的是自己太用力了，慌忙去拉他，却被他猛地一拽，拉到了床上。她就这样趴在祝君繁的身上，与他四目相对。

温颜夏有一瞬间的恍惚，她总觉得祝君繁的眼神深不可测，好像有些什么东西她从未看透。

祝君繁在此时悠悠地开口："颜夏，我没想到你竟然这么主动。"

温颜夏浑身一个激灵，手脚并用地从他身上离开，嘴里嘀咕着："明明是你拉的我，却说得我像个女流氓一样。"

祝君繁忍不住轻笑一声，说道："好吧，确实是我高估了自己的自制力。"他原本只想逗逗她，可当她在他的怀里时，他就真的想将她吃干抹净。可是她的脚刚好，他怕她再受伤。

说完，他也起了身。

温颜夏的脸又是一阵烧热，她觉得再和祝君繁待在同一个房间里，自己会很危险，于是她忙说："我先去换件一衣服，等会儿跟你一起去钓鱼。"

祝君繁带温颜夏去的地方是一个海湾码头，周边是一个很大的渔港，他们在这个地方钓鱼也算是闹中取静了。温颜夏看着祝君繁熟练地架阳伞，调整鱼竿，挂鱼饵，然后抛鱼竿，动作一气呵成。她忽然觉得，自己认识他这么久，其实也没有很了解他。连他喜欢钓鱼，她也是现在才知道的。

正这么想着，祝君繁已经钓上来了一条。他可能是看她兴致缺缺，拎着鱼在她面前转了一圈，然后道："这条晚上给你清蒸。"

温颜夏连连点头。

祝君繁做的菜，温颜夏吃过不少，那水平不是一般人能比得上的，以至于在他面前，她一直觉得自己的厨艺实在是拿不出手。

祝君繁最近一直很忙，她已经很久没吃到他做的菜了，所以一听到晚上他要下厨，她也就顾不得别的了，只盼着祝君繁能多钓几条鱼。

一下午时间，祝君繁收获颇丰，两人提着战利品和鱼竿等东西往回走，一路商量着那几条鱼的吃法。

第三章　危险

她不是你能动的!

温颜夏和祝君繁刚走到岸边,就看见远远走来几个人,其中一个人隔老远就对着祝君繁打招呼:"君繁,你也在这里。"

等他们走近了一点,祝君繁才侧头对温颜夏道:"是我在瑞士的几个朋友。"

等他们走到了他俩面前,祝君繁才向他们介绍温颜夏:"这是我女朋友,温颜夏。"几人一番寒暄之后,其中一人的目光在温颜夏脸上转了转,好一会儿之后才像想起了什么似的对着祝君繁道:"我说温小姐怎么如此面熟,原来是……"

"少卿。"他似乎意有所指,却忽然被祝君繁打断了。

祝君繁意味深长地看了他一眼,才继续向温颜夏介绍道:"许少卿,许氏集团的接班人,我的大学同学。"

"许先生你好。"温颜夏对着许少卿笑了笑,打了个招呼。

她本以为祝君繁和许少卿是朋友，难得碰上，应该会有些话要聊，可是他好像着急走，因为他说："抱歉，我们还有事，得先走了。"

　　可那个叫许少卿的并不打算让祝君繁和温颜夏就这样离开。

　　他往右一步挡住了温颜夏的去路，看了一眼祝君繁，道："君繁，这些年在你身边的人都知道那件事，没想到温小姐竟然是个例外……"

　　"听说你父亲的公司最近遇到了点麻烦，好像是资金链断裂了。"许少卿的话还没说完，就再次被祝君繁打断了。

　　祝君繁忽然说出这句话，温颜夏觉得气氛瞬间尴尬了起来。

　　许少卿后面那些人也面面相觑，显然那些人并不知道许氏的近况，大概也是刚刚才从祝君繁嘴里知道许氏的资金链断了。

　　许少卿的面色逐渐变得难看，再开口时语气里明显带着不快，他说："祝君繁，我们这么多年朋友，你就这样拆我的台？！"

　　祝君繁睨了他一眼，漫不经心地说道："正是因为这么多年朋友了，你才该知道什么该说，什么不该说。"说完这句，祝君繁拉起温颜夏的手就要走。

　　可许少卿并没有让开，反而气急败坏地说："祝君繁，你别欺人太甚。你把我惹急了，我就把当年的事一字不落地讲出来。"

　　"我虽然不在君庭，可还是听说你父亲有意想和君庭达成合作。许氏需要资金，而我相信自己有能力影响许氏和君庭的合作。"祝君繁比许少卿高半个头，他居高临下地看着他，冷冷地说出这句话。

　　温颜夏看见许少卿的面色瞬间变得惨白。

　　祝君繁拉着她，绕过许少卿，头也不回地往前走。

　　等到离得够远了，他才对着她道："你不必在意许少卿的胡言乱语。"他语调平和，不复刚才的冰冷。

　　温颜夏心里百转千回，最终还是问道："他说的那件不能说的事……是什么？"

037

她话音刚落,祝君繁就猛地停下了脚步。

过了好一会儿,他才说:"不过是一段没必要再提起的往事。"片刻后,他又转换了话题,"还有两条鱼做成生滚鱼片粥和炸鱼排好不好?"他说这话时,脸上已经挂着点笑意,如春风般和煦,让温颜夏觉得刚才他和许少卿之间的不愉快只是幻觉。

"好。"好半天之后,她才回答道。

温颜夏知道,祝君繁有事瞒着她,可他如果不想让她知道,那就不再问了,她没那么强烈的好奇心。

毕竟,每个人都有一点不能与人道尽的秘密,包括她自己也是。

下午,温颜夏临时被叫去谈一个广告合约。

那是一个手机广告,也是她最近在带的男演员顾谦的第一个广告。那个手机品牌的负责人非常欣赏顾谦,有意让他来当代言人。顾谦仗着自己有了些许名气,对着合约一通乱改,所以还有许多细节需要温颜夏去和手机品牌方协商。

本来祝君繁约了她吃晚饭,不得已她只得说要加班。

到了谈合约的地方,温颜夏才发现这是一家清吧。想着和她对接的那位张总是位女士,温颜夏也没有多想。谁知对方讲到一半,忽然说有急事要先走,并表示她的上司吴总正好在附近,让温颜夏和吴总详谈。

随后,一个微胖的中年男子就坐在了温颜夏的对面。那人刚坐下五分钟,温颜夏便觉得有些不妙。

对方借着缓和气氛的由头,递过来一杯酒。

温颜夏本来不想喝,正想着要怎么拒绝,一抬头就看见正从门口进来的季闻洲,她脑子一热,一杯酒就下了肚。

在她眼里,季闻洲比她面前这杯酒要可怕得多。

烈酒呛喉,她猛地咳嗽了一声。几分钟之后,她就觉得整个人晕晕乎乎的,后背密密麻麻地爬上一阵汗意。

对面那个吴总又递过来一杯酒,嘴上道:"温小姐好酒量,我再敬你一杯。"他的目的再明显不过了——灌醉温颜夏。温颜夏在娱乐圈这么些年也不是白混的,什么合约不合约的,她已经顾不上了,此时只想马上脱身离开。

这么想着,她就推开了吴总递过来的那杯酒,摇摇晃晃地站起身,说道:"不好意思吴总,之前合约的事一直是张总在和我对接,合同的内容还是她比较清楚,既然张总今天有事,那我们改天再约时间。"说完,她就要走。

可那吴总不想这么轻易地让她走,他说道:"温小姐要走,我也不拦着,但我觉得签约的事宜早不宜迟,要是我们今天就能把合约敲定好是再好不过的。"他的手紧紧抓着温颜夏的胳膊,力道不小,她难以挣脱。

"请你放尊重点!"温颜夏醉得厉害,不想再待下去,情急之下声音也大了一些。

清吧里,柔和的音乐声中,她的声音显得有些突兀。

四周有人将目光投来,温颜夏慌忙坐下。她小心地看了看季闻洲所在的方向,确定他没有往这边看,才稍稍松了口气。

即便自己处于如此难堪的境地,她也不想让季闻洲发现她在这里。

吴总还在纠缠,温颜夏忍着醉意警告道:"你再这样,我喊人了!"吴总这才放了手。

温颜夏趁着这个空当迅速拿起自己的包,努力保持清醒,跌跌撞撞地跑出了清吧。

到了清吧门口的拐角处,她就掏出手机给祝君繁打电话。这时身后突然冒出一个人来,一把夺走她的手机。温颜夏还没反应过来,手就被人抓住了。又是刚才那个吴总,他死死地扯着温颜夏的手把她往自己身边带,嘴上道:"温小姐你喝醉了,我在对面酒店有个包房,先送你去休息吧,合约的事我们到了房间再详谈。"说完,他极其熟练地关掉了她的手机。

此时时间已经不早了,街上早已没什么人了,原本站在门口的几个保安也不知道去了哪里。

温颜夏的手被拽得生疼,依然努力往后躲。

可她越躲,吴总越来劲,伸手就要去抱她,嘴上还说着:"走吧,我带你去休息。"

两人拉扯间,温颜夏只觉一阵头晕目眩,终于她忍无可忍,一巴掌打在他脸上。

挨了一巴掌之后,吴总瞬间怒了,反手就还了温颜夏一巴掌。他的力道很大,温颜夏被打得跌坐在地上,整个脑袋都在发蒙,一时之间无法从地上起来。

眼看着他的脚步越来越近,温颜夏又急又怕,手足无措地往后躲。

就在此时,她听到一道熟悉的声音,瞬间湿了眼眶。

那声音说:"她不是你能动的!"语气冰冷至极,却让温颜夏心里升起一团温暖的火焰。

她一转头,就看到了一身正装的祝君繁,他身后还跟着一个人,是他的司机,他平时喝了酒会让司机开车。

"能起来吗?"祝君繁快步走到温颜夏面前,脱下自己的外衣盖在她身上。

温颜夏挣扎着站起来,仍然晕得厉害,一双手紧紧地抓着祝君繁的手臂,整个人都在发抖。祝君繁看着这样的她,又看看那个吴总,眼神简直要将他活剐了。

原本祝君繁是打算和温颜夏一起吃晚饭的,因为她临时说要加班,他便约了几个合作伙伴出去吃饭。

吃完饭回去的路上,刚好经过一家温颜夏很喜欢的甜品店,想着她可能还在公司，祝君繁便打包了一份红豆沙，打算给她送去。

到了她公司楼下，还没进门，祝君繁就听见那个叫顾谦的男演员在打电话，他说："那个温颜夏仗着自己当过秦临霜的执行经纪人，就想对我的事情指手画脚。

"我把她打发去搞定那份广告合约了。

"对，就是之前那个手机品牌，听说他们老总在业界出了名的好色。"

祝君繁拿着甜品的手瞬间捏紧。

最后，他揪着顾谦的衣领问出了地址。

刚赶到这里，他就看见那个中年男人打了温颜夏一巴掌。看她倒在地上，他的心都在颤抖，居然有人打她！

"老李。"祝君繁叫了一声，司机立马过来扶住了温颜夏。

祝君繁扯松自己的领带，上前几步，原本站在那里的中年男人竟然一下子退开了几步，然后迅速转身想跑。

祝君繁没让男人走成，他一把拽住对方的衣领，一拳挥在男人的脸上，然后，又是两拳将男人打得直接摔倒在地。那人跪趴在地上，指着祝君繁大声嚷嚷："你别过来，你再过来我报警了！"

祝君繁置若罔闻，他一点点地逼近男人，一脚将对方踩在地上。然后，祝君繁缓缓地弯下腰，将那人的右手手腕扣住，往上用力一提，声音带着杀气："是不是这只手碰了她？"

那人身体被踩住，手被提起，一阵痛感传来，他连忙哀求道："对……对不起……饶了我吧……我错了……我再也不敢了……"

可祝君繁并未打算就此放过他，他将男人的手往后用力一扭，男人脸色苍白地惨叫着。清吧里的两个保安听见动静，忙跑出来阻止，嘴上喊着："先生，你再这样我报警了！"

祝君繁不屑地看了他们一眼，手上又用力将男人的手一扭，男人又是一声惨叫。祝君繁嘴上道："这个中年男子在酒吧门口骚扰一个独行女子被我撞见了,我不过是见义勇为罢了。倒是你们该好好想想,警察来了,调了监控之后,你们领导发现你们在上班期间擅离职守,还保不保得住自己的饭碗。"

两个保安顿时张口结舌。

眼看事情就要闹大,司机老李将温颜夏扶到一边,赶忙去拉不远处的祝君繁。温颜夏听到他说:"祝总,温小姐醉得厉害,要不先送她回去休息?"下一瞬间,温颜夏看见祝君繁往她这边看了一眼,然后他才慢慢地收回踩着那人的脚。

他的皮鞋上沾了一点那人的血,他一点点在那人的白衬衫上擦干净,丢下一个字:"滚!"语气阴冷至极。

然后,他几步走到了温颜夏面前。

祝君繁面上不复刚才的冷酷,将自己的外套环在她的腰上,然后弯腰一把将她抱了起来。温颜夏吓得发出一声惊呼,胳膊下意识地环上了祝君繁的脖子。

他们靠得很近,她可以闻到自己和他身上淡淡的酒气。

老李早已在车旁打开了车门等着他们,祝君繁抱着温颜夏一步步往车的方向走。到了车旁边,他才对她说了一句话:"抱歉,今天我喝了点酒,刚才是不是吓着你了?"

温颜夏认识祝君繁这么久,从没见过他像今天这样失控,他向来是一个十分冷静的人。

今天是为了保护她,他才会那么冲动。

温颜夏将脑袋埋在他的胸口,轻声道:"只要你在身边,我什么都不怕。"

直到祝君繁的车开出一段距离之后,站在清吧门口后面的季闻洲才走了出来。

他面上带着笑,眼里却毫无笑意,许久后才自言自语道:"小颜夏,你终究是逃不出我的手掌心的。"

下了车,祝君繁小心翼翼地把温颜夏抱进了家。温颜夏穿着一条及膝的短裙,膝盖破了一点皮,脸也有点肿。她家里没有药箱,祝君繁替她放好了热水,确定她能自己到浴室洗澡之后,才去自己家里拿了医药箱来。

温颜夏洗完澡出来,发现祝君繁已经靠在她家的沙发上睡着了,看起来像是累极了。

她自己上了药,又去房间里拿了毯子给他盖上。

祝君繁虽然睡着了,眉头却紧紧蹙着。温颜夏看着他,情不自禁地把手伸到了他面前,轻轻按在他的眉心上。看着祝君繁的眉头逐渐平展,温颜夏不自觉地笑了一下。

她正要缩回手,却被祝君繁抓住了。

他没有睁开眼睛,只是抓住了她的手,力道不大,温颜夏稍一用力就可以挣脱开来,可她任由他这么抓着。

最后她索性就这样靠着他,伴随着他平稳的呼吸声沉沉睡去。她不知道的是,祝君繁只有在握着她的手的时候,才会觉得稍稍安心一点。

三天后,祝君繁出差了。

走之前,他千叮咛万嘱咐要温颜夏晚上外出时必须找人陪着,而他每天结束工作之后都会打电话给她。

祝君繁走后的第三天下午,温颜夏就接到通知,说关于顾谦的一切活动先暂停,让她不必再跟顾谦的行程,等公司另做安排。

温颜夏当然明白暂停顾谦的工作意味着什么,意味着公司要将他彻底雪藏。

她不明白为什么顾谦会突然被雪藏,明明他现在正处于上升期。

晚上温颜夏对祝君繁说起这件事的时候，他没多做评论，只说最近天气变冷了，让她好好照顾自己，他过几天就会回去，要是遇上了什么棘手的事，可以联系他的助手。

祝君繁这次去的是一个四季如春的城市，温颜夏没想到他出差在外还会关注着清江市的天气，心里顿时泛起一阵暖意。

这几天，清江市的气温确实骤降了十几度。

可怕的是，在打完这个电话的第二天，温颜夏便感冒了，直接烧到39℃，一整天都昏昏沉沉的、没有力气。她吃了一粒退烧药，晚上出了一身汗，才有了一点精神。

祝君繁的电话打进来的时候，她刚喝完一碗粥。

几乎是在她说完"喂"字的同时，祝君繁就在那边皱了皱眉。

"感冒了？"他问，他听到了温颜夏浓重的鼻音。

温颜夏在接起电话之前其实已经很用力地清了清嗓子，没想到还是被他发现了。

她只得老实交代："已经吃了药了，好多了，你别担心。"

"多喝点热水，喝到身体出汗为止。"即便温颜夏说自己已经吃过药了，祝君繁还是如是说道。顿了顿，他又道，"你走到阳台上来。"

温颜夏有些疑惑，难道他提前回来了？

她这样想着，有些欣喜地走到阳台上。

可是外面除了月光和路灯，连辆车都没有，更别说是祝君繁了。温颜夏顿时有些失望，她对着手机那头的祝君繁道："我在阳台上了。"

"你等等。"祝君繁说完这三个字，就是一阵沉默。

大约半分钟之后，他才道："你看天空。"在他话音落下的一瞬间，空中忽然升起一朵烟花，紧接着，是第二朵、第三朵。

漫天绚烂在温颜夏眼中晕开来时，她听到了祝君繁磁性的声音："生日快乐！"

温颜夏这才记起今天是她的生日。不过她向来没什么仪式感，再加上今天几乎昏睡了一天，也就忘了个干净。

其实自从她十五岁之后，就很少有人为她庆祝生日了。此时，她看着漫天的烟花，竟然不自觉地湿了眼眶。

祝君繁在那边又说："本来想到了十二点再让你看这些，可是想到你应该早点休息，就让人提早了一点，生日礼物等我回去补给你。"

"烟花很漂亮，我很喜欢。"温颜夏尽量让自己的声音听起来平稳一些，"你什么时候回来？"

"怎么？想我了？"祝君繁发出一阵轻笑，问道。

"嗯，想你了，很想很想。"不知道为什么，在这样的夜里，温颜夏觉得自己特别想念祝君繁。不知道是因为这场美丽的烟花秀，还是因为这场来势汹汹的感冒，让她不再吝啬自己的言语，将内心的思念对他说了。

"我下周四回来……"祝君繁说完这句话，温颜夏忽然听见那边一片嘈杂，直接吞没了他还没来得及说出的后半句话。过了一会儿，她才听见他说，"我这边还有点事要处理，你早点休息。"然后，他就挂了电话。

温颜夏又在阳台上站了会儿，等到感觉到凉才回到屋子里。

她本来想泡个澡就去休息，门铃却在这时响了起来。

她放下手上刚拿起的换洗衣服，凑到门上的猫眼孔前往外看了一眼。刚看清外面站着的人，她就猛地往后退了一步。

她无论如何也没想到，外面站着的会是季闻洲，他竟然连她的家都找到了！

温颜夏并不想见他，所以不打算开门，可季闻洲像是知道她在里面似的，拨了电话过来。温颜夏将手机丢到一边，任由它响着。

手机响了几分钟，才终于安静了下来。温颜夏本以为是季闻洲的耐

045

心耗尽，终于走了。可下一刻，手机收到一条短信，是季闻洲发来的："你父亲几个月前进了医院，他想见你一面。"

读完这条短信，温颜夏瞬间就将手机丢到了沙发上。

季闻洲一定是在骗她，她父亲不会想见她的。十五岁生日的那个夜晚，他明明对她说过，永远不要再出现在他面前。他那时明明对她厌恶至极，恨不得将她生吞活剥。在他看来，都是因为她这个没用的二女儿，让他失去了最引以为豪的大女儿。

外面的季闻洲像是猜透了她的心思一般，又发过来一条短信："医生说，他的情况不太乐观。"

温颜夏伸手拿起手机看着，不由得沉默了。

即便他将她视作仇人，可他毕竟是她的生父。

她捏着手机坐在那里，身上一层层地冒虚汗，不知道是因为生着病，还是因为那条短信。

温颜夏回过神来再次走到门口的时候，透过猫眼看到了季闻洲离去的背影。

那一夜，她陷入了梦魇之中。

梦里有漫过她口鼻的水，呛人的泥土腥味席卷着她的鼻腔。脚被水底的草死死缠住，让水性极佳的她毫无施展余地。

姐姐在旁边拼命拉着她，想带她钻出水面，可温颜夏失控了一般，死死地将手箍在姐姐的脖子上……

温颜夏在一阵溺水的窒息感中醒来，她在黑暗中摸到手机，找到季闻洲的号码之后拨了过去。

那边很快就接了起来，她惊魂未定地说："他在哪家医院，我要见他。"

温颜夏在十六岁之前其实不姓温，温是她母亲的姓，她原来叫颜夏。她的父亲是颜氏的创始人，颜震。

八年前,一桩新闻轰动了清江市:颜氏集团董事长爱女颜佳游泳时意外溺亡。

颜佳是温颜夏的姐姐。那一年颜佳二十二岁,温颜夏十六岁。

颜震很疼这两个女儿,但颜佳各方面都比温颜夏出色一些,所以颜震从小是把颜佳当成接班人培养的。

当年报纸上报道颜佳意外溺亡,但其实这个溺水事故的发生是因为温颜夏。

那年暑假,温颜夏非要拉着颜佳去海边。温颜夏从小喜欢游泳,甚至梦想成为一名游泳运动员。

暑假期间,海边人山人海,温颜夏找了很久,才找到一片没人的水域。颜佳提醒过她,那片水域可能会有危险,但温颜夏固执地认为,那片水域只是比较偏僻,还未被人占领。最后,她还是下了水。

可是,她还没来得及上岸去向颜佳证明自己的想法是正确的,就被水草缠住了脚。那水草死死地缠住她,像是要把她拖到黑暗的最深处一般。她无法将脑袋钻出水面,只能拼命挣扎着将手臂伸出水面,最后是颜佳跃入水里来救她。

那时的温颜夏已经到了有些神志不清的地步,求生欲让她紧紧地箍住了颜佳的脖子。她的大脑只来得及指示她要快速离开这个危险的地方,没来得及发觉颜佳的状态不对劲。

幸运的是,有路过的人发现了她们。

但不幸的是,最后上岸的只有温颜夏,颜佳永远留在了那片水域里。这些年温颜夏渐渐长大,可颜佳的生命永远定格在二十二岁。

颜震知道这个消息之后,几乎是一夜白头。她的母亲温婉更是从此一病不起。

颜佳出殡那天,温颜夏在她的墓前跪了整整一天。颜佳年轻的面容定格在那块冰冷的墓碑上,她依然像从前那样对温颜夏笑着,却再也无法说一句话，眨一下眼睛。

温颜夏哭着抚摸着那块墓碑，立碑人那里有她父母的名字，可没有她的名字。她知道，自己永远没有资格出现在那里，是她的任性害死了颜佳。

回到颜家的时候，温颜夏两个膝盖都是红肿的，看着那个被她毁掉的家，她悔恨万分，恨不得死掉的人是自己。

颜震几乎是在看见她的瞬间就上前给了她一巴掌。即便时隔多年，温颜夏也记得那天他说的话。

他说："我向来宠你爱你，把最好的一切都给你。可我没想到，到头来，你害死了你的姐姐！"

他说："就当我颜震从此没有你这个女儿！我们颜家的族谱里也不会有你的名字！"

后来，是她的母亲将她送到了外公外婆身边。她从此改姓温，和外公外婆一起生活了八年。这八年里，温婉和颜震没有来看过她一次。

温颜夏怎么也没想到，八年后再一次见到自己的父亲，会是在市中心医院的 VIP 病房里。

她像是一个偷窥者，不敢走进病房，只是远远地站在外面张望。

她看见温婉一直坐在病床旁握着颜震的手，八年不见，他们更加苍老了。她无法坦然地走过去，以一个女儿的身份去探望自己的父亲。

她在那里站了许久，温婉忽然抬起了头。时隔八年，透过医院病房门上那块小小的玻璃，母女俩终于再次见面。

温颜夏看到温婉眼里涌出泪水，她不知道那是出于一种什么样的心情，是一个母亲对孩子的思念，还是一个母亲对一个害死自己孩子的人的愤恨。

她只能迅速退到一边，消失在温婉的视线里。温颜夏靠在医院的墙上，身子一点点地往下滑，最后瘫坐在地上，她咬着唇，拼命不让自己哭出声来。

从医生那里了解了颜震的病情之后,温颜夏才知道,几个月前他突发脑出血,一直昏迷到现在。

温颜夏当然知道,昏迷的颜震是不可能说出想要见她这样的话,而她的母亲今天看见她时,眼里的震惊也说明对她的突然到来很是意外。

季闻洲骗了她。

他说颜震想要见她,其实只是一个把她约出来的借口。

医院外的餐厅里,温颜夏和季闻洲面对面坐着。

"你父亲病倒之后,颜氏股价一直在跌。"这是季闻洲看到她时说的第一句话。他的语调没有丝毫波澜,好像在说今天的空气很好。

温颜夏却不由得攥紧了衣角。

季闻洲的父亲是清江市著名房地产公司致恒的总裁季牧生。季牧生在两年前由于身体原因退了下来,由季闻洲全权接管了致恒。

颜佳出事之前,颜震和季牧生有撮合两人的心思。如果颜佳没死,那现在季闻洲很可能就是温颜夏的姐夫。

"你应该比我清楚,我父亲病倒之后就没有醒过来,他根本不可能说出想见我这样的话。"温颜夏盯着面前的季闻洲道。

季闻洲漫不经心地喝了一口水,然后道:"你说得没错,可是如果不是这样,你怎么会来见我?"

这段时间季闻洲频繁地联系她,她也明确地告诉他,自己不想见他。他和八年前的事情有关,而她不想再去想那些事情。

可她没想到,他会用这样的方法逼她现身,更让她觉得匪夷所思的是他接下来说的话。

他说:"颜氏股价明面上看着是因为你父亲忽然病倒才一直在跌,但其实是有人暗中搞鬼,并且幕后黑手一直在悄悄买入股份,目的很明确,就是趁着你父亲倒下时,吞了颜氏。这些日子是你母亲一直勉力撑着颜氏,股东们早就不甘心被你母亲压着,暗自都在动作。颜氏现在面临内忧外患,急需一笔资金注入。"

"季先生该不会以为我会有这么大一笔钱吧?"听他说完,温颜夏无奈道。

她当然知道季闻洲想表达什么,可是他把这些事情告诉她,没有任何作用。如果颜佳还在,或许还有办法能救颜氏,可她没有这方面的能力。

"你当然不会有那么大一笔钱,但致恒有。"说到这里,季闻洲看了温颜夏一眼,一下子就想起八年前他最后一次去颜家时见到她的场景。那是在她姐姐的葬礼上,她被颜震勒令不能走出后院。

那时候她还没有成年,整个人瘦瘦小小的,罩在一件宽大的黑色大外套里。那天她站在雨里,眼里是一片化不开的哀愁。

葬礼结束之后,她就被颜震赶出了家门。季闻洲坐在车里离去的时候,正好从后视镜里看见她跌倒在路边。巨大的雨幕将她笼罩着,他的心好像也一下子变得湿漉漉的。

或许,是那样的温颜夏激起了他的保护欲吧,他想。

这些年他身边从来不缺女伴,环肥燕瘦,什么样风格的都有。

可那个瘦瘦小小、跌倒在雨里的人,这些年好像一直在他心里。他执拗地非要得到她不可,而现在,他终于有了机会逼她就范。

他说:"只要你和我结婚,致恒就会给颜氏注资。"

几乎是在季闻洲话音落下的瞬间,温颜夏就惊得站了起来,她身后的椅子与地面发生摩擦,发出一声巨大的响动。

因为姐姐的关系,温颜夏一直把季闻洲当成哥看待。可现在,他们时隔八年第一次见面,他却说,要她嫁给他。

"季闻洲你疯了!"她脱口而出。

温颜夏的反应在季闻洲的意料之中,因为连他也觉得自己疯了。

他明知道比温颜夏好的人太多了，可他偏偏就是想要她。

下一刻，他也从自己的座位上站了起来，一把抓住温颜夏的手，不顾周边的目光，缓缓道："如果当年你姐姐没有出事，我可能已经成了你的姐夫。反正当年季家和颜家就是要联姻的，没有了你姐姐，你也可以。"

温颜夏忽然起了一阵鸡皮疙瘩，不知道为什么，季闻洲的话竟然让她觉得毛骨悚然。

"我早已经……不姓颜了。"温颜夏说完这句话，紧盯着季闻洲的手。下一刻，她用力将手从他手中抽了回来。

她早已经不姓颜了，颜家的族谱上没有她这号人。对颜家来说，她不过是一个让他们痛失颜佳的罪人。

就在这时，温颜夏的手机响了，她看了一眼，是祝君繁打来的。她本不该在这样的时候接他的电话，可是她实在是太害怕了，她渴望祝君繁的声音能给她带来一点安全感。

她犹豫再三，还是拿起手机走到了走廊尽头的洗手间里。她深吸几口气平复心情之后，才接起电话。祝君繁在那头问："在家吗？"

其实温颜夏本可以告诉他，自己现在在外面见朋友，可不知怎么回事，她竟鬼使神差地说了谎："嗯，我在家。"她明知道祝君繁看不到她的表情，还是心虚地垂下了头。

祝君繁沉默了几秒，说："没什么事，只是想知道你好些了没有。"末了，他又说一句"你好好休息"，然后挂了电话。

温颜夏觉得自己捏着手机的手都微微发烫。

等她回到座位上，季闻洲正慢条斯理地切着一块牛排。切完之后，他抬眼看她，说："你不必马上答应我，我给你时间考虑。"他将装着牛排的盘子递到温颜夏面前，面色逐渐变得深沉，他道，"但是你要记住，是你害死了你姐姐。如果她还活着，颜氏不会是现在这个情况。"

051

"是你害死了你姐姐。"

这句话多么真实，又多么残忍！

每一个字都像是一把刀，一下下扎进她心里，而留下的伤口永远不会愈合。

餐厅附近的街角，一辆迈巴赫正停在那里。祝君繁将车窗一点点升上去，冷声吩咐司机："先不回家，去隔壁街的蓝岸咖啡。"

他提前回来了，司机刚把他从机场接回来，路过市中心医院的时候，他正好看见温颜夏从里面出来。以为她是身体太难受来医院看病，他本来满腹担心，可下一秒他又看见她走进了医院旁边的餐厅。她对面坐着的人，他并不陌生，是致恒集团的季闻洲，他与季闻洲在生意场上有过几次交锋。

车辆缓缓驶离餐厅，祝君繁有些疲惫地将身子靠在座椅上，不再多发一言。

天色好像忽然暗了下来，华灯初上，温颜夏失魂落魄地拐过几个街角。路口有一个卖气球的"小丑"，一不小心把气球吹得直接爆裂。

气球里面原本放着一些彩色的锡箔纸，一下子纷纷扬扬地落在温颜夏的眼前。

她恍惚间想起了祝君繁送给她的烟花，然后一抬头，就看见了对面的咖啡店里坐着的祝君繁。

"我下周四回来。"这是祝君繁离开前告诉温颜夏的归期。

可他现在坐在咖啡店里，对面坐着一个穿着时髦红衣的女子。

祝君繁提前结束工作回来了？可他刚才在电话里为什么一句都没有提起？温颜夏这样想着，拨通了祝君繁的电话。电话响了几声，她看见祝君繁看了一眼手机，然后将它翻过来，倒扣在桌子上。

他不接她的电话。

温颜夏呆愣许久，才将手机收回自己的包里。

清江市这几天一到傍晚就下雨，没完没了缠缠绵绵的，这会儿雨水也如期而至。

当雨落在脸上的时候，温颜夏才想起自己的雨伞忘在了医院。雨有逐渐大起来的趋势，她最后望了一眼对面的咖啡店，然后拦下一辆出租车钻了进去。

第四章　生病

> 她什么都不知道，以后别在她面前说这些。

雨天交通拥堵，温颜夏到家的时候，天已经完全黑了。

意外地，她发现家里的灯竟然亮着。本以为是自己出门的时候忘记关灯了，打开门，她却看见祝君繁正站在她的小厨房里。

小小的屋子里升腾起几缕雾气，鸡肉粥的香味一点点地往她的鼻子里钻。

祝君繁背对着她，没穿外套，腰间系着她那条卡通围裙。可能是因为外面气温太低了，温颜夏见到这一幕，心里忽然涌起一股暖意。

祝君繁听到她回家的动静，转过身来，他脸上本来带着笑意，见到她被淋湿的肩膀时忽然皱起了眉。

他连忙将她拉到一边，拿起自己放在一边的外套披在她身上。

"明知自己感冒了，出门还不带伞。"祝君繁的语气中带着点心疼和责怪，双手却不停地搓着温颜夏冰冷的手。

温颜夏的手本来冻得快僵掉了，祝君繁手上力道又不小，这一连串动作下来，疼得她眼泪直在眼眶里打转。

祝君繁低着头看她的手，没有察觉到，直到温颜夏小声道："疼……"

他手上的动作顿时轻柔了几分，将她拉进自己的怀里，好一会儿之后，才叹气道："你呀，怎么就不懂得照顾自己。"

温颜夏被他抱着，瞬间觉得周身寒气散去，整个人都温暖了几分。刚才咖啡店里的一幕在眼前来来回回地晃，最终她只问了一句："怎么提前回来了？"她没有问他为什么不接她的电话，也没问为什么他今天在电话里一句都没有提。她只是问他，怎么提前回来了。

祝君繁环在她腰际的手收紧几分，然后他道："因为想你了，想着你一个人病着，也没人照顾。这么多想几次，就心疼得不行，所以临时决定提前回来。"

"我有那么娇弱吗？"温颜夏整个人埋在祝君繁的怀里，声音显得闷闷的。

祝君繁的下巴抵在她的肩窝上，语气温柔："你不娇弱，是我太想保护你了。"

两人相拥良久，直到瓦锅里熬着的鸡肉粥溢出来，祝君繁才放开了温颜夏。看着他转身有些手忙脚乱地去关火，温颜夏觉得心里最柔软的地方被戳中了。

她忽然上前抱住了祝君繁的背，半晌之后，才低低地说："祝君繁，我好喜欢你。"我好喜欢你，比我以为的还要再喜欢一点。

祝君繁的身形猛地一顿，虽然听到她说喜欢他，他很欣喜，但是温颜夏今天实在是太反常了，反常到祝君繁都不确定她说这话是不是跟季闻洲有关。

好半天之后，他才微微松开温颜夏环在他腰际的手，转了个身抱住她，语气柔和地问道："怎么了？出什么事了？"

055

温颜夏摇了摇头,说:"没什么,只是想起昨天看的一部剧,忽然有些感性。"

说完,她从他的怀抱里挣脱出来,将双手放在自己嘴边哈了几口气,才道:"好冷啊,我想先去洗个热水澡。"

祝君繁没有追问,只说了一句:"那我去帮你放水。"说完,他就进了一旁的浴室。

再出来时,他手里拿着一条浴巾。他将自己的外套从她身上拿下来,将浴巾披在她身上,推着她往浴室走,边走边说:"快去泡一泡,等你出来就可以喝粥了。"

温颜夏就这么进了浴室,有些心不在焉地洗完后,才想起原本放在浴室里的睡裙今早被她拿去洗了,烘干之后,被她放在自己卧室的柜子里。而她的浴巾刚刚被她弄湿了。

一个多小时过去了,厨房里的祝君繁已经将放凉的鸡肉粥倒回锅里温了一遍,眼看着温颜夏还没从浴室出来,他想着会不会是她太不舒服,在浴室里昏倒了。

于是他便去敲了门,连声问了几句,才听温颜夏犹犹豫豫地说道:"那个……浴巾不小心掉水里了,换洗的衣服在卧室的柜子里,你能不能帮我拿一下……"

"好。"祝君繁愣了愣,才答了一句。

等他进入温颜夏的卧室,打开她说的那个柜子,看到里面花花绿绿的睡裙时,终于明白温颜夏刚刚为什么犹豫。她的那些睡裙基本都是卡通图案的,就连小叮当的都有一套,像个大儿童。

祝君繁强忍着笑意,走出门问道:"今天想穿哪件?小丸子还是小叮当?"

温颜夏在浴室里听见他这一问,瞬间红了脸,好半天之后,才有些窘迫地答道:"都……都可以。"反正她也没有正常一点的家居服,哪一套都可以。

她话音刚落,浴室的门就被叩响了,接着祝君繁带着笑意的声音响起:"给你放在门外面?"

温颜夏目测了一下自己和门的距离,想象了一下自己暴露在空气中的寒冷,只得认命地说:"如果你不介意的话,帮我把它扔进来吧。"她的声音很小,可祝君繁听在耳里,不知为何觉得十分愉悦。

"当然不介意。"他语气轻快地说完这句话,就打开了一点浴室的门,将衣服递了进去。

在温颜夏的指挥下,祝君繁调整好角度,然后手一扬,就将衣服丢了过去。

可祝君繁家的浴室比温颜夏家的大了很多,他预判错误,手上力道太大,丢过去的时候,衣服直接掉到了浴缸里。温颜夏没来得及接住它,不禁发出一声惨叫。

祝君繁在门外听到这一声惨叫,还以为是温颜夏跌倒了,下意识便开了门,然后他就看见了温颜夏暴露在外的一截雪白的肩膀和漂浮在水上的睡裙。

温颜夏条件反射地护住自己胸前,祝君繁则迅速退了出去。想起她柜子里还有一条浴巾,他就去拿了过来。怕自己再次把浴巾丢到水里,这一次,他直接进了浴室,侧着身子别过脸,将浴巾递给温颜夏,嘴上有些不自然地说道:"我怕它再掉进浴缸里。"

温颜夏见他并不看她,也就放心地接过浴巾,站起身来裹住自己。

可祝君繁就在这里,这时候如果要他出去,又实在是有点尴尬,于是她咬牙控制住因为紧张而颤抖的手,拿着浴巾在自己身上绕了两圈。

她正要从浴缸里出来,双脚却因泡在热水里太久,脚步有些虚浮,一下子没站稳就往后倒去。她目光所及之处,只有祝君繁的手臂,于是伸手一拉。

她还是倒在了浴缸里,而祝君繁被她拽得半个身子摔进了浴缸里。水花溅起一大片,祝君繁反应过来之后,慌忙伸手护住温颜夏的脑袋,怕她磕到后脑勺。

可这一护,他整个身子前倾,一下子就和温颜夏贴在一起。他身上的白衬衫此时已经湿了大半,呈半透明状贴在身上,温颜夏甚至可以看见他精壮的腰部。他的袖口被挽起了一点,此时一只手贴着她的后脑勺,另一只手则握着她的手腕。

两人的身子紧密贴合,温颜夏甚至可以感受到自己和祝君繁的心脏正在以同一频率跳动。

她清晰地看见他眸子中涌动着某种渴望,他喉结上下滚了滚,声音低哑,强忍着什么般问道:"可以吗?"

温颜夏意识到他在说什么,恨不得将自己的脸埋进水里,羞得声音都在发颤:"不……不可以……我感冒了……会传染的……唔——"

她还没说完,祝君繁的唇已经凑了上来。他的吻由浅至深,让她逐渐丧失了思考的能力。

在祝君繁也挤进那个不算大的单人浴缸时,她的耳边响起他那句:"和你一起生病是我的荣幸。"

祝君繁醒来的时候,发现温颜夏早已经醒了。

她睁着眼睛,正目不转睛地看着他。在温颜夏的那张小床上,两人挨着彼此,但祝君繁还是伸长手臂将温颜夏往自己怀里带了带。

他抱着她,正准备再眯一会儿,却忽然听到温颜夏说了一句话,那句话让他原本染着倦意的眼眸瞬间清明了几分。

她说:"祝君繁,以后如果你喜欢上了别人,一定要亲口告诉我。"

她的眸子好像染上了一片水汽,雾蒙蒙的,看得祝君繁一阵心疼。他并不知道她只是又想起了昨天白天在街角看见的场景,那就像一根扎进她心里的刺，看不见摸不着，也拔不出来。

祝君繁小心地在她额头印下一个吻，说："别胡思乱想，除了你，我谁也不喜欢。"

温颜夏小声地嘟囔："万一呢？"

祝君繁愣了愣，把她的身子扳正，认真地看了她一会儿，然后把脑袋埋进了她的颈窝里，他细微的呼吸弄得温颜夏脖子痒痒的。温颜夏正要挣扎，猝不及防地被他轻啃了一口，下一秒他沉声道："看来我还不够努力。"

"嗯？"温颜夏不明所以，祝君繁的下一轮攻势已经开始了。

在她彻底沦陷之前，耳边回荡着他充满磁性的声音，他说："如果我够努力，你应该没有多余的精力来想这些有的没的。"

最后……真的如祝君繁所说，温颜夏再没有精力思考别的了。

浴室事件之后，祝君繁果然感冒了。温颜夏幸灾乐祸道："我就说会传染吧。"祝君繁眯眼看她一眼，语气哀怨道："怪不得我，要怪就怪某人太过诱人。"

温颜夏的脸瞬间红得发烫。

祝君繁这次感冒比温颜夏严重得多，高烧持续了一周。

他的家庭医生黎时天天往他家跑，温颜夏有一回无意间听到他们的对话，黎时提议祝君繁这次病好之后去医院做个身体检查。

彼时温颜夏手里正端着一杯给黎时倒的水，听到这话，一哆嗦，洒了半杯在自己手上。祝君繁和黎时齐齐回过头，温颜夏看到了他们脸上还来不及切换的严肃表情。

她将手里的杯子放在一边，慌忙上前询问黎时："不过是一个普通的感冒，真的这么严重吗？"

为了不吓着她，黎时面上表情稍稍缓和些，开口道："正常情况

059

下,高烧不会持续超过一周,如果一直高烧不退,可能是免疫系统出了问题……"

"黎时,别吓着她。"黎时还没说完,祝君繁就打断了他。他面上没什么表情,定定地看着黎时。

黎时面上的表情忽然变得有些无奈,顿了顿,他继续道:"这只是一个可能,我只是从朋友的角度提醒君繁注意身体。他曾经是医生,对自己的身体状况应该还算清楚,你用不着担心。"

听到这里,温颜夏才松了口气。

"过来我这边。"祝君繁用那只没有打吊针的手轻轻拍了拍自己身边的位置。

等温颜夏坐了过去,他便抬起她的手仔细查看了一番,见她手背上红了一块,他心疼道:"你先去用冷水冲一下,我家药箱里有烫伤膏,待会儿我叫黎时拿给你。"

刚才不觉得,现在祝君繁这么一说,温颜夏还真的觉得手背上火辣辣地疼了起来。于是她就按祝君繁说的,起身走进他房间里的浴室。

等里面传来水流声,祝君繁将身子往后靠了靠,仿佛累极了一般,合上了眼皮。好一会儿之后,他才对着黎时说了一句:"她什么都不知道,以后别在她面前说这些。"

"我知道你每年都会做身体检查,但最好还是不要掉以轻心,毕竟你母亲……"

"我答应你,等忙完这阵我就去做检查。"黎时还没说完,又被祝君繁打断了。此时祝君繁已经睁开了眼睛,仿佛刚才那个疲惫至极的人根本不是他。

黎时仔细一听,才发现是浴室里的水声停了。

看来祝君繁是真的很在乎温颜夏,黎时这么想着。毕竟,他从没见过祝君繁对哪一个女孩儿像对温颜夏这般上心。哦不,能让他这样上心的,除了温颜夏,还有一个人。可是斯人已逝,他是断不敢再在祝君繁面前提起那个名字的,毕竟逆鳞触不得。

温颜夏从浴室出来后,在黎时的帮助下涂了一点烫伤药膏。他们再次回到祝君繁的卧室时,发现他已经睡着了。药瓶里的药快滴完了,黎时替他拔了针,又量了一次体温,发现体温已经没有刚才那么高了,才放下心来。

他走之前吩咐温颜夏时刻注意祝君繁的体温,如果温度再度升上来,就给他打电话。

黎时走后,温颜夏索性搬了一张椅子坐到了祝君繁的床边。她帮他掖了掖被子,生怕他再次着凉。这一觉祝君繁睡得十分踏实,体温也一直维持在正常范围。这几天温颜夏一直在照顾祝君繁,其实也很累,不一会儿,她就觉得困意袭来。

可她又不放心祝君繁一个人待在这里,最后,她是伏在他床边睡着的。

祝君繁醒来的时候,一扭头就看见窗外的暮色和温颜夏恬静的睡颜。他的手被她轻轻握着,因为室内温度不低,两人手心有些薄汗。祝君繁浑身都很酸痛,温颜夏的手此时在他手臂上方,无形中压迫着他,让他手臂的酸痛感觉更甚。可他没有动,就这样侧头看着她,直到困意再度袭来,他再次沉沉睡去。他在国外那些年一直被失眠困扰着,一度要靠药物助眠,可最近他发现,只要温颜夏在他身边,他似乎就睡得格外安稳。

祝君繁再次醒来时,已经是晚上了。温颜夏早已经醒了,正坐在床边托着腮看着他。

她并不知道他中间醒过一次,此时见他醒来,眼中流露出惊喜。她忙问道:"你醒了!饿吗?渴吗?"下一秒,她已经匆匆地去外面端了一杯水和一碗粥过来,然后她又问道,"还有哪里不舒服吗?要不要打电话叫黎时过来?"

061

祝君繁看她紧张的样子，忍不住笑了笑，回答道："已经退烧了，但不是很有胃口吃东西。"

说完，他尝试着起来，温颜夏慌忙去扶，刚扶他坐好就听见他说："我现在最需要做的事，是去洗个澡。"

温颜夏这才发现祝君繁额间的头发都被汗湿了。"那我去给你准备热水。"她说完就进了浴室，等热水准备好了，又出来扶祝君繁进去。

祝君繁其实没那么虚弱，可在温颜夏眼里，他像是完全丧失了生活能力一般。温颜夏扶着他进了浴室，然后站在一旁没出去。

他忍不住清了清嗓子，说道："喀……"可他还没来得及说话，就听见温颜夏语调慌张地问道："怎么了，你怎么咳得这么厉害？"

"我没事。"祝君繁强忍着笑意，往前走了两步，将温颜夏困在自己和浴室的墙中间，一手撑着墙，然后才缓缓地说道，"我现在要洗澡，你难道想帮忙？"

温颜夏的脸瞬间红了，这才后知后觉地开始责备自己为什么会一直待在浴室里不出去。她登时觉得有些无地自容，不动声色地弯曲了腿，打算从祝君繁手臂下方钻出去。

祝君繁发现她这一小动作，也忍不住弯了弯腿。待视线与她同高，他才一字一顿地说道："还是你想在这里干点别的什么？"在这样的场景下，温颜夏不免想起了前几天的浴室事件，恨不得找个地洞钻进去。

她的脑袋越埋越低，祝君繁却越靠越近，当两人的脸近在咫尺时，祝君繁才终于停止了动作。他语气里带着些揶揄："虽然我不想拒绝你，但我怕你着凉。"他的声音低低的，落到温颜夏的耳里满是暧昧气息。

"你自己慢慢洗，我先出去了！"温颜夏说完这句话，就转身推开浴室的门，溜之大吉。

在温颜夏的逼迫下，祝君繁最后还是去医院做了全身检查，因为在他退烧后的第二天夜里，他又烧了起来。

彼时温颜夏已经回到了自己家里，祝君繁不想在大半夜打扰她，自己吃完退烧药后想去倒水喝，结果直接昏倒在厨房。

温颜夏知道以后，让他无论如何都要去做个全面检查。

祝君繁不想让温颜夏担心，再加上那天黎时说的话也让他对自己的身体状况重视了起来，于是他抽空去了一趟医院。因为要抽血检查，祝君繁需要空腹去医院，温颜夏贴心地往他大衣里放了两块巧克力，说是怕他低血糖。

祝君繁一手放在口袋里，一手将她圈在自己怀里，他笑道："从前怎么没发现你是个贪吃鬼，随身带着糖。"

温颜夏很没底气地小声嘟囔："哪有，只是偶尔带着。"祝君繁笑着直说她狡辩。

本来温颜夏是想陪着祝君繁一起去医院的，可他出差提前回来了，他去体检的这一天，温颜夏刚好要去附近的少年宫当一天代班老师。她的朋友是教手工的，前段时间趁着放假出国旅行了，本来昨天就会回国，但临时有事耽搁了两天，来不及赶回来上课。

手工课虽然课时不长，但一天有好几班小朋友要来，相当于她一整天都要上课。少年宫别的老师又都有自己的课，抽不开身。正巧温颜夏大学时也学过一些手工，再加上教小朋友也不是很难，所以就答应了朋友过来代一天的班。

祝君繁告诉她不必担心，黎时正好有空，会陪他一起去。

少年宫离温颜夏家很近，她本可以比祝君繁晚出门半个小时，但她还是送祝君繁出了门。

祝君繁准备进电梯时，忽然听见温颜夏在叫他。他一回头，温颜夏几步上前抱住了他。

在他反应过来之前，她已经一下亲在了他的脸颊上。对于温颜夏突然的主动，祝君繁呆愣了好半天。

温颜夏满脸通红，小声地说："给你一个幸运之吻。"她的意思是，给他一个幸运之吻，希望他今天的身体检查顺顺利利。

祝君繁笑了笑，在她额间留下一个吻，安抚似的说："你给我的幸运我收下了，不会有事的，放心吧。"

其实他心里本来是有些忐忑的，毕竟从他记事起，母亲的事一直影响着他。虽然他身体一直很健康，但保不齐……保不齐哪一天会出现一点状况。像这样连续高烧不退，他很少遇到，更何况这次连黎时都建议他去复查。

现在因为温颜夏的这个所谓的幸运之吻，他又松了口气，倒不是真的相信能传递幸运这回事，而是觉得他不是一个人在面对这些事情。

等他回到家的时候，有人会在家里等他。

温颜夏忙了一上午，手机一直处于静音状态，午休的时候才有时间翻看手机，发现手机上并没有祝君繁给她的电话和信息。也不知道他的体检进行到哪一步了，她顾不上吃饭，站在食堂后面的楼梯间里给祝君繁打电话。

祝君繁很快就接了，说一切顺利，还剩下最后两个项目没做，没给她打电话是怕她在忙。

温颜夏终于放心了，又和祝君繁聊了一些今天代课的趣事。

下午的上课预备铃声响起的时候，一个学生忽然跑出来，往温颜夏手里塞了一块小饼干，奶声奶气地说道："老师，给你吃饼干。"

温颜夏这才后知后觉地发现自己早已把吃饭这回事忘在了脑后，收下小饼干，捏了捏那个小朋友的脸，说了声"谢谢"。

电话里的祝君繁显然也听到了小朋友的声音，忽然问道："你还没吃饭？"

"有点担心你，所以就先给你打电话了，等会儿有空就去吃。"确定小朋友已经走远之后，温颜夏才说出这句话。

下一秒,她听见电话那端传来黎时的声音,声音由远及近,他说:"君繁,我和医生都建议你复查……"然后,听筒那边一阵静默,像是有人捂住了手机的话筒。

安静了几秒之后,祝君繁的声音才再度传来:"快去吃饭吧,别饿着。"他的声音听起来没有波澜,顿了顿,他又道,"我这边没事,有项指标稍微有点高,可能是最近工作太累了,别担心。我还有别的检查项目要去做,先挂了。"

他说完这句话,就挂了电话。温颜夏心里隐约觉得有点不对劲,思索再三,才拨通了黎时的电话。

她先向黎时问了祝君繁在不在他身边,确定他被带去做检查后,才问道:"你刚才说要复查什么?"

黎时的声音轻松中带着调侃:"没什么大事,就是某个炎症指标高了点,我估计是他这段时间太忙了累的。唉,我说你怎么当人家女朋友的,和你在一起之后,他怎么就累成这样了,你们这一天天的都在干些什么……"

黎时的话滔滔不绝,温颜夏的脸越来越红,最后,是下午正式上课的铃声拯救了她。

她匆忙挂了电话,使劲吸了几口气,才推开门走进去。等到了教室门口,她又仔细看了看自己的脸,确定没有红得很明显,才进了教室。

医院的某间VIP病房里,黎时对着已经挂掉的电话,终于松了一口气。他看了坐在病床上的祝君繁一眼,道:"我这个语气和说法,你可以放心了吧?"

祝君繁将目光从他身上挪开,右手缓缓地滑动鼠标,看着电脑上公司最新的报表,慢慢地说道:"在得到确切的结果之前,我不想让她担心。"

065

温颜夏最后一节课上完，差不多是晚上七点。

此时天基本上已经黑透，而且还下起了雨。温颜夏早上出门的时候是阴天，所以连伞都没带。少年宫大门口有一条室外长廊，温颜夏要穿过那条长廊，才能打到车。

见雨下得不是很大，温颜夏一咬牙，将包顶在脑袋上，准备跑到长廊尽头打车。她一只脚还没跨出去，就被人一把拉了回来。

惊恐之下转过头，她才发现祝君繁不知何时站在她身后。他举着一把黑色的雨伞，身上带着一点点医院特有的消毒水味道。温颜夏眼里的惊恐变成了惊喜，她笑着问道："你怎么过来了？"

祝君繁一手举着雨伞，一手将她颈间的围巾弄正，然后他一边替她将脸上被雨水淋湿的一点碎发挽到耳后，一边道："别的小朋友都有人来接，我也得来接我的小朋友啊。"

他说这话时眉眼温柔，温颜夏觉得心里瞬间被安全感填满了。

祝君繁开了车，温颜夏坐着他的车经过一个街角等红灯的时候，正好看见中午给她小饼干的那个小朋友和她妈妈从车上下来。

她指给祝君繁看："看到那个小朋友了吗？中午她给了我一块小饼干呢。"

祝君繁也看了一眼，然后他握住温颜夏放在一旁的手，半开玩笑半认真地说："你这么喜欢小朋友，以后我们也可以生。"

"谁要和你生小朋友……"温颜夏眼里满是羞怯，声音低如蚊呐。

祝君繁笑了笑，说："也对，你现在还是我的小朋友，我们家里有一个小朋友就够了。"

到了小区的地下车库，祝君繁在车位上停好车。他的车位离电梯很近，温颜夏下车后就想去按电梯，祝君繁却叫住了她："我的电脑在车子后备厢里，你帮我拿一下。"

温颜夏不疑有他，转身就去帮他拿电脑。后备厢打开之后，温颜夏看到的却是满后备厢的糖果，并没有什么电脑。

这是她最常吃的一种糖果，外壳是管状的，里面是小粒的水果软糖。这种糖果很畅销，一家店里往往买不到几管，每次她想多囤点货都买不到。

她甚至在祝君繁面前说过想成为那个糖果品牌的经销商这种大言不惭的话，那时候祝君繁笑话她，也不怕赚来的钱都送给牙医。

而现在，他将一整个后备厢的糖果送到了她面前。

祝君繁此时来到了温颜夏身边，和她一起看着满后备厢的糖果，凑到她的耳边道："这是欠你的生日礼物。"

祝君繁不说，温颜夏其实已经不记得这些了。看到祝君繁精心准备的糖果，她心里很是感动，可她脱口而出的竟然是："那么多糖果，很难买吧？你不怕我的积蓄都献给牙医吗？"

祝君繁随意地拿起一管糖果，打开之后，拿出一粒放进了温颜夏的嘴里，道："我们公司已经成了这个品牌在国内的经销商，我想我赚到的钱应该够你看牙医了。"

温颜夏差点被嘴里的糖噎住，猛咳了几声，道："你们公司的业务这么广？现在都对零食界下手了？"

祝君繁不停地轻拍着她的背，嘴上一本正经地说道："说实话，我对这个品牌没什么兴趣，它也不值得我为它下手。"

说到这里，他忽然停了下来，若有所思地看着温颜夏。

温颜夏被他看得浑身不自在，不动声色地想避开他热烈似火的目光，叫祝君繁没让她得逞。他一把将她捞了回来，与她四目相对之际，慢悠悠地吐出一句话："我最想下手的是你。"

即便已经相处了几个月之久，温颜夏面对现在这样的场景还是有些紧张。她一紧张，就把嘴里的糖果一下子吞了下去。

在她因为糖果呆愣的瞬间，祝君繁忽然问："不小心吞下去了？"

温颜夏愣愣地点头。

下一秒祝君繁就凑近她，吻在了她的唇瓣上，说出的话在温颜夏口齿之间回荡："那我给你做人工呼吸。"

温颜夏瞬间觉得全身血液都涌到了脸上，吞下一颗那么小的糖果而已，哪用做什么人工呼吸？

可祝君繁攻势猛烈，她没有机会说出这句话。

等她有机会说出这句话的时候，已经到了祝君繁家里。

她也不知道自己是怎么进到他家的，只知道他的吻不曾间断，只知道祝君繁的外套不知何时已经盖在她脑袋上，替她遮挡着电梯里的监控。

当她气喘吁吁地说出那句话时，已经到了祝君繁卧室的床上，身上衣物也没剩下多少。

祝君繁俯身在她上方，勾唇一笑，然后道："就算你不用人工呼吸，我也想尝尝你喜欢的糖果到底有多甜。"说完这句话，他就在温颜夏早已裸露的肩窝上轻咬了一口。

温颜夏浑身一颤，唇间不可自控地溢出一声呻吟。祝君繁似乎对她的表现十分满意，又是一口下去，才缓缓地说道："你比糖果要甜得多，"他的声音越来越哑了，"简直让我欲罢不能。"

温颜夏嗅到了一丝危险的气息，恍然想起浴室事件的最后结果，累得半死的人是她。

可她此时要逃，也为时已晚。

最后，温颜夏的下场比上一次更加凄惨，这一次她睡醒的时候，已经是第二天下午。祝君繁给她留了字条，说是临时有事要出去一下，早餐在桌上，热一下就可以吃。字条最末，他还贴心地写上了一句：好好休息。

温颜夏羞得捂着脸在床上打了两个滚才起来。出了房间，她就看见原本躺在祝君繁车后备厢里的那些糖果不知何时已经被他搬到了家里，整齐地码在客厅,看起来很是壮观。

温颜夏将近一天都没吃什么东西,饿得脚步虚浮,直接拿起一管糖就拆了开来。刚倒出一粒放进嘴里,她就发现有些不对劲。

那些盒子里只有顶端放着几粒糖果,那几粒糖果下面放着的是一支口红。她又连续打开十几管糖,每个盒子里都有一支口红。

那个色号是温颜夏最喜欢的,可三个月前那个口红品牌宣布破产,不再生产了。温颜夏这些日子逛遍了各大购买渠道,也只买到了两支。她从没和祝君繁说过这件事,他却为她买了这么多。

就在此时,祝君繁的电话打了过来。

"吃东西了吗?"他好像正在开车,温颜夏听见那边传来车辆鸣笛的声音。

"吃了一颗糖,很甜。"温颜夏手里攥着一支口红,回答道。

"别光吃那些糖,我煮了早餐,你热一下就可以吃。"祝君繁又道。

温颜夏本来想等他提口红的事,可他没说,于是她只能问道:"你怎么知道我喜欢这个牌子的口红?"

电话那头的祝君繁忽然笑了一下,然后反问道:"发现口红了?"

"你是不是用过我的电脑?"略一停顿之后,他又问道。

温颜夏这才记起来,刚得知这个牌子的口红停产这个噩耗的时候,她家网线正好坏了,于是就借用了祝君繁的电脑紧急购买了两支。祝君繁应该是发现了她的搜索记录,才知道她喜欢这支口红的。

可是市面上明明已经没有那么多这个牌子的口红了,祝君繁是从哪里弄到的这些?温颜夏这么想着,便问出了口。

谁知祝君繁轻描淡写道:"我找了一点关系让工厂又生产了一批,然后买了下来。"他说得好像只是去菜市场买了一袋青菜。

温颜夏手一抖,差点把手机摔在地上,这个代价未免大了一点。让一家已经倒闭的工厂重新开一条生产线生产一批口红，得花多少钱啊！

祝君繁好像猜到了她的疑虑，忽然道："毕竟你的口红是易耗品，而且大多数时候都是我和我的衬衣在用。"

啪！温颜夏手里的手机这下是真的摔了，因为她想起了昨晚不小心擦在祝君繁衬衣领子上的口红印。

手机另一端的祝君繁还在闷闷地笑，像是努力憋着的样子。

温颜夏手忙脚乱地捡起手机，匆忙说了一句："你好好开车，我先挂了。"

她怕再和他讲下去，她的脸会烧起来。

第五章　威胁

你一定想不到，你那逐渐年迈的父母到底有多么信任我。

温颜夏在祝君繁家里收拾了一下自己，吃了早餐之后才回自己家。

她本以为祝君繁会很快回来，可一直到了晚上，他都没回来。

温颜夏本来想问问他回不回来吃晚饭，给他打了一个电话，可没人接。

温颜夏正准备简单吃点东西，门铃却又响了起来。

她还以为是祝君繁回来了，一打开门，却看到外面站着季闻洲。

季闻洲当然也明白温颜夏不会毫无顾忌地替他开门，也不会一脸期盼地来给他开门。所以，她无非是在等一个除了他的另一个人，于是他问："你在等谁？"温颜夏的手还握在门把手上，她见到季闻洲的瞬间就要关门。

可季闻洲按住了门，他的力气很大，温颜夏无论如何都关不上那道门。季闻洲的声音让她觉得很不舒服，他说："没关系，不管你在等谁，最后你还是会来到我身边的。"他的语气里带着一点笃定。

那天在酒吧门口带走她的人,他查过了,是最近风头正盛的商业新贵祝君繁。他知道祝君繁的身后是君庭集团,可那又如何,谁都知道祝君繁在国外多年,他父亲当年把君庭集团交给了祝君亭。说得好听一点,祝君繁独自在国外多年;难听一点,他不过是祝家不受器重的、流落在外的大儿子。

更何况,他还查到了一些旁人不知道的事情,那是祝君繁无论如何都不会出手救颜氏的原因。

温颜夏如果想要挽救颜氏,只能靠他和致恒。

温颜夏对于季闻洲这样无理的行为很是恼火,几乎是喊道:"季闻洲,我很累,我想休息了。你那天说的事,我不会答应,请你离开!"

那天见面之后,温颜夏担心颜氏和颜家,拜托秦临霜动用祝君亭的关系去查了查颜氏的近况。

在秦临霜的认知里,温颜夏一直和外公外婆生活在一起。温颜夏并没有向秦临霜说明自己和颜家的关系,只说是朋友要查,实在没办法了才找秦临霜帮忙。

颜氏现在确实处于内忧外患的境地,但并没有季闻洲说的那样严重。

季闻洲却不依不饶地说:"别急着拒绝我,我们再谈谈。"

"对不起,我现在只想休息,况且我们之间没什么好谈的,你再不走,我就叫小区保安了。"温颜夏冷声道。

季闻洲的手终于离开了门,缓缓举起并停留在与肩膀同高的地方,五指张开,手心对着温颜夏,像是一种安抚的手势,他说:"你如果不愿意和我谈,我就在这里等着,等你休息好了我们再谈。"顿了顿,他又道,"不过我要是一直等在这里,不小心遇到你的熟人,让人家误会了,我可不会替你解释。"说完,他有意无意地往温颜夏家对面望了一眼。

温颜夏心里顿时一惊,她不是担心祝君繁看见季闻洲后会误会什么,她只是不想让祝君繁知道八年前的那些事情。

她不想让他知道，八年前的她害死了自己的姐姐。

所以最后，她还是和季闻洲坐在了附近的一家咖啡店里。

两人刚坐下，季闻洲的助手就送了一份文件过来。季闻洲将那些东西摊在温颜夏的面前，一样一样指给她看。那里面有颜氏最近一个季度的财务报表，还有一份颜震的诊断书和几张颜震躺在病床上的照片。财务报表上面的数字密密麻麻，温颜夏一半都看不懂。诊断书上医生措辞严谨，字字句句指明颜震病情严重。

上一次她虽然远远看了一眼颜震，但并没有向医生询问他的病情。现在诊断书就在她面前，温颜夏才知道，颜震的病比她想象的要严重得多。

比起她，她的父母显然更爱她的姐姐，可他们花了那么多心血培养出来的姐姐，却因为救自己而长眠地下。

即便八年前父亲说过她和颜家已经没有瓜葛，可现在看到躺在病床上瘦得只剩下皮包骨、靠营养液度日的颜震，温颜夏心里还是会难过。

季闻洲一下就看出了温颜夏眼底的心疼，他言语间带着蛊惑："你父亲虽然已经醒过来了，但现在他的情况仍不容乐观，颜氏也快要撑不住了。为了救颜氏，你父亲已经准备卖掉WE。你知道WE吧，那是你姐姐生前一手创建的子公司。如今WE的经营状况不错，如果运气好遇上一个欣赏它的买家的话，或许可以暂时解了颜氏的燃眉之急。但现在能救颜氏的只有致恒，而致恒出手的条件只有一个……"说到这里，他忽然停住了，抬起头，毫不避讳地望着温颜夏的眼睛道，"那就是，你嫁给我。"

温颜夏当然知道WE，那是颜佳创建的一家主打婚纱设计的公司。也是颜氏旗下最赚钱的子公司。自从颜佳离开之后，颜震一直用心经营WE，如今颜震要把WE卖了，可见这次颜氏遇到的问题之大。

可秦临霜上次查到的情况，分明没有季闻洲说的那么严重。

温颜夏的眼神里带着疑虑，季闻洲意有所指地说道："你以为，以你父亲的手段，会让外人轻易查到颜氏现在的情况？你听到的、看到的，不过是一些表象。一个苹果烂了心,如果不亲手剖开,是看不见的。"

"那你呢,你又是如何知道这些的?"

连祝君亭都查不到的东西,他季闻洲是如何知道的?

对于这个问题,季闻洲没有立刻回答,而是笑了笑,才继续道:"颜夏,你想过没有,这些年你不在你父母身边,他们想念你姐姐的时候会如何做?"

温颜夏一怔,仿佛明白了什么。接下来季闻洲说的话,也验证了她的想法。他说:"这个世界上,除了你,能和他们共同拥有关于颜佳记忆的人只有我了。"他眯了眯眼睛,才继续道,"所以,我比任何人都清楚颜氏的状况。你一定想不到,你那年迈的父母到底有多么信任我。"

"为什么是我?"良久之后,温颜夏才艰难地问出这个问题。

季闻洲拥有致恒,身边投怀送抱的美女数之不尽,为什么他非要让她嫁给他?

季闻洲看了她半晌,扯了扯嘴角,才漫不经心地说道:"可能是因为你比较有趣吧。"他说出这个理由时,连自己都觉得有些可笑。

温颜夏原本放在腿上的手掌骤然握紧。她觉得季闻洲像一只躲在暗处的狼,她的父母把信任给了他,他却利用这些东西企图把她玩弄于股掌之中。

服务员端来两杯咖啡,一杯摩卡,一杯黑咖啡。两杯都是季闻洲点的,他将那杯摩卡端到自己面前,动作熟练地加好了糖和奶,然后推到温颜夏面前。

他看了她一眼,然后说:"摩卡,按你的喜好加的糖。"以前温颜夏跟着颜佳和季闻洲见过几次面,两人每次都在颜氏附近的咖啡馆里谈些温颜夏听不懂的生意,说的都是些商业术语。温颜夏无聊,每次都会点一杯摩卡,多奶多糖,然后打开电脑看网络小说,一看就是一下午。

如今已经过去八年了,她的口味早就变了,性格也早就变了。八年前,她面对这样的颜氏和病重的颜震或许真的会向季闻洲妥协，但如今的她不会。

"比我有趣的人有很多，你去找别人吧。至于颜氏那边，我自己会想办法。"温颜夏看着季闻洲，一字一句地说出这句话。

且不说现在颜氏到底到了何种地步，就算真的像季闻洲说的那样，她也绝不会马上向他妥协。

"哦？你说的办法是求助于祝君繁吗？"季闻洲没有丝毫避讳地问。

温颜夏一怔，她知道季闻洲想查一个人是轻而易举的事，但她没想到他会当着她的面直截了当地说出来。

"你难道不好奇，那天和他一起坐在咖啡厅里的人是谁吗？"季闻洲还在继续说着。

温颜夏满目震惊，语气瞬间慌张了几分："什么咖啡厅？我不想知道。"说着她起身就要走。

可是季闻洲没让她如愿，他走到她身后，双手放在她肩上，将她按在了座位上，然后他拿起桌子上一个未开封的文件袋递给她，说："打开看看。"

温颜夏没有动。

季闻洲索性替她打开，然后将里面的东西放在她眼前。那是一份类似于简历的东西，上面还有一张照片。照片上的人，温颜夏一眼就认出来了，正是那天和祝君繁在一起的人。

季闻洲的嘴角浮现出一抹若有似无的笑，他对着温颜夏道："她叫盛希文，曾经是国内某企业的高管，手腕和魄力在国内都是数一数二的。在事业巅峰期她选择出国深造，直到前段时间才回国。"

季闻洲字字句句仿佛都在提醒她，她比不上盛希文。

盛希文这个名字温颜夏听秦临霜提过一次，祝君亭有意邀请盛希文去君庭任职，却被她拒绝了。据说她还在国外的时候，就已经定好了回国后要入职的公司。

而她去的那家公司,连祝君亭都不好意思挖墙脚。

现在看来,盛希文十有八九是去了祝君繁的公司。

"我这里有一个地址,你去看看就会知道,祝君繁这么晚不回家到底是在干什么。"季闻洲并不打算就此作罢,他不知从哪里掏出一支钢笔,在桌上随意拿了一张纸巾,写下一个地址之后,将纸巾塞到了温颜夏的手里。

他意有所指,温颜夏只觉得那张写着"浣西南路六号"的纸巾格外烫手。

她将那张纸巾揉成了团,丢在一边,嘴上道:"我为什么要相信你?"

季闻洲也不生气,松开了她,然后坐回了自己的座位上。

"只要你去看了,就会知道我说的是不是真的。"他抿了一口咖啡,才道,"当然,你如果不愿意面对这些,我也不会勉强你。"

温颜夏不知道自己是怎么走出咖啡厅的,只知道季闻洲在说了那个地址之后,便放她走了。他没有逼她,也没有绑着她非要带她去浣西南路六号,可她现在满脑子都是那个地址。

季闻洲一定是在骗她,她只要去了就会看到那里并没有祝君繁,一定是这样的。温颜夏这样想着,就拦了一辆车,告诉了司机那个地址。她笃定祝君繁不在那里,在去的路上她甚至已经做好了回家之后,把这件事当成笑话讲给祝君繁听的打算。

到了那里之后,温颜夏让司机等在路边,自己进去。那是一片别墅区,浣西南路六号在最右边。此时已经是午夜,那栋房子的大门紧紧闭着。温颜夏终于松了一口气,她嘲笑自己为什么会因为季闻洲的一句话就大老远跑到这里来。

她正准备往回走,面前忽然亮起一束光,是一辆车正从右侧的路面上拐过来。车灯太过刺眼,温颜夏用手挡了挡。灯光晃了一下就投射到了另一边,温颜夏看到浣西南路六号的大门缓缓打开,那辆车开了进去。

那是一辆迈巴赫,是祝君繁的那辆迈巴赫。

温颜夏觉得自己的眼睛被刺痛了一下,她本能地躲到树丛后面。她看见司机下了车,恭敬地打开后车门。

然后,车上下来两个人,有人迎上去,叫了一声:"先生、盛小姐。"紧接着两人就进了屋,门口的灯光暗了下来。几分钟之后,二楼阳台上的灯光亮起。

从温颜夏所在的地方望去,正好可以看到祝君繁站在阳台上,他脱了外套,靠在阳台围栏上点了一根烟。他另一只手掏出了手机,紧接着温颜夏调了静音的手机闪烁起来。

她是鼓起很大勇气才接起那个电话的,她想,或许祝君繁会告诉她,自己正在和盛希文谈论工作,要晚点才能回家。

"睡了吗?"这是电话接通之后祝君繁说的第一句话。

"还没有……"温颜夏回答道,停顿良久,才问道,"你忙完了吗?什么时候回来?"

"我还要忙一会儿,今晚不一定会回去。看到有一个你的未接电话,所以回一个给你。早点休息,晚安。"这是祝君繁挂断电话前说的最后一句话。

他并没有提及盛希文。

温颜夏就站在离他几十米远的地方,觉得浑身发冷。

有那么一瞬间,她觉得他往她的方向看了一眼,她直往树丛里躲,一不小心脚扭了一下,疼得眼眶泛红,却忍住没发出一点声音。

温颜夏再抬头时,阳台上不知何时多了一个盛希文,她身上穿着一件浴袍,低头和祝君繁说了些什么,然后两人就从阳台上进去了。

她心里一寸寸地疼,想起他给她戴上那根红绳的时候对她说的那句话:"戴上我的绳子,这辈子都别想从我身边溜走。"

她还想起他说,不放心她一个人病着,所以提前回来。

她又想起他出差提前回来,和盛希文坐在咖啡厅里,却没有接她的电话。

她也想起他说,他不会为过去所累,一段感情结束了就结束了,他不会留恋。

她苦笑了一下,有些无奈地想,自己在祝君繁的眼里是不是也会是一个过去式。她强忍着脚上的疼痛,一点点挪到屋子的正门口,抖着手按响了门铃。

有人在里面问:"请问是哪位?"

温颜夏没有回答,只是一遍遍地按着门铃。里面的人以为是有人恶作剧,本想着不理就算了,可温颜夏不依不饶,门铃响个不停,连楼上的祝君繁也被惊动了。

温颜夏听到他在里面冰冷地喊道:"再不走就叫保安。"

她微怔,终于停止了按门铃的动作,哑着嗓子开口叫他的名字:"祝君繁。"

屋子里正转身往楼上走的祝君繁猛然停住了脚步,下一秒,他快步走到了门铃旁边,试探道:"颜夏?"

"颜夏?!"回应他的是一片沉默,空气寂静得可怕,他又叫了一遍她的名字。

许久之后,他才听到了她的声音,浓重的鼻音里带着失望:"我不是说过,如果我们要分开,你一定要亲口和我说吗?我不是那种死缠烂打的人……如果你要我走……我会走的……"

祝君繁觉得自己的心狠狠地被人揪了一把,他怎么也没想到温颜夏会出现在这里,并且是在这样一个时刻。

他心里思绪万千,站在那里许久,语速缓慢地说:"事情不是你想的那样,我可以解释。"

温颜夏踉跄着往后退了一步,看着那扇始终没有打开的大门呢喃:"那你告诉我,一个男人深夜和一个穿着浴袍的女人出现在一间屋子里,这意味着什么?如果事情不是我想的那样,那是怎样?"

那是怎样呢?是他家里除了他和盛希文,还有十几个人和十几台电脑;是他连夜在操控其他人大量购入颜氏的股票;是他企图在今晚吞并三分之一的颜氏,他要让颜氏回天乏术。

可这些,他还没有打算让温颜夏知道。他和颜氏的渊源与他的过往有关,他不想现在就将那些不堪的东西一股脑地撕开扔在她面前。

他不想她因此害怕他。

他说自己可以解释,可是面对温颜夏的质问,他久久没有开口。

而站在门外的温颜夏觉得自己用完了最后一丝力气,她再也没有多余的心力等那一扇不会在她面前打开的门。

她走了,拖着伤痛的脚缓慢转身,一点点地消失在黑夜里。

她没发现,在不远处还停着一辆车。车里的季闻洲静静地看着温颜夏离开,然后对着电话那头等待的人说了一句:"开始吧,只有这几分钟,抓紧机会。"他将车掉头,驶向温颜夏消失的方向。

"君繁,现在有人在跟我们抢颜氏的股票。"就在这时,原本正盯着电脑屏幕的盛希文忽然开口。对方好像有备而来,在祝君繁出神的时候,迅速占领了一点先机,开始抢夺颜氏的股票。

一边是伤心欲绝的温颜夏,一边是半路杀出的程咬金,祝君繁的手一点点地握紧又逐渐松开,最终他还是转过身,往盛希文的方向走去。

他不知道现在这么做对不对,可他用心布置多年的计划,眼看在今晚就会成功,无论如何他都不能松懈。

盛希文看着祝君繁,他正死死地盯着电脑屏幕上的数据曲线,她故意道:"是不是我让她误会了?你不去追吗?"

"打电话给黎时,让他过来。"祝君繁毫无波澜地说出这句话。除了他自己,没人知道他藏在桌子下的手正轻轻地颤抖。

温颜夏走到路边的时候,才发现原本说好要等她的出租车早已没影了。她身后的路上甚至连一盏路灯都没有。

她觉得,自己在这个深夜里似乎被整个世界抛弃了。她的脚很疼,心也很疼,原本死死扛着的情绪终于在此刻彻底崩溃。

她不管不顾地坐在地上号啕大哭,身边忽然呼啸而过一辆车,紧接着响起一阵刺耳的刹车声,然后是车辆倒过来回到她身边的声音。

季闻洲从车上下来,看着路边缩成小小一团正在哭泣的人。那一瞬间,她和他记忆里那个被雨幕笼罩的温颜夏重合在一起。

他没有丝毫犹豫地走到她面前,蹲下身,然后掏出一块方帕递到她面前,一点点地把她的眼泪擦拭干净。

温颜夏并不知道,在季闻洲的心里,这块方帕早在八年前就该递到她的面前。她推开了他的手,将脑袋扭向一边,胡乱抹了一把脸。她不想自己这副样子被季闻洲看见,她挣扎着想起来,然后离开这里。可是她的脚已经肿得通红,疼得根本站不起来。

季闻洲扶了她一把,一只手留在她的胳膊上,好像并不打算放开,他说:"这里很难打到车,我送你回去。"

"不用,我自己可以回去。"温颜夏拒绝了他,她不想和他待在一块儿。季闻洲忽然弯腰一把将她抱了起来,温颜夏吓了一跳,连忙大力挣扎,胡乱挥舞的手好几次打在了季闻洲的脸上。

季闻洲还是没有放手,他将她塞进了自己车里,又拉过安全带替她系上。他一言不发,温颜夏因为害怕,趁着他钻进驾驶室的空当转身去解安全带。

可季闻洲动作很快，一伸手就死死按住了她放在安全带扣上的手。他并不看她，手上力道也不曾减轻半分，他说："你如果再动，我不敢保证自己不会对你做出点什么来。"

如果按他一贯的行事风格，他或许真的会对她做点什么。毕竟他是个商人，乘人之危这种事，在他看来也是一种手段。可是他今天不想这么做，他也不知道到底是为什么，大概这就是他非要得到温颜夏的原因，因为只有她让他屡屡破例。

温颜夏听了他的话，倒是真的不敢再动了。她双眼无神地盯着车窗外的一片漆黑，就在季闻洲以为她太累睡着了的时候，她忽然掏出了自己的手机。

她定定地看了几秒，发了一条信息，然后按下了关机键。

浣四南路六号，一场战役终于结束，黎时也到了。一进门，他就发现气氛不太对。他还没来得及开口问，就被祝君繁拉走了。

祝君繁只对他说了一句："跟我出去一趟。"

黎时上了车之后，才问道："出什么事了，急成这样？"

祝君繁开着车沿着浣西南路一直走，半天之后才说："她找到了这里，还看见盛希文穿着浴袍和我一起站在阳台上。"

黎时一脸疑惑地问："谁？"

"温颜夏。"祝君繁头也不回地答道。

车速逐渐加快，黎时被吓得死死地抓住了顶棚拉手，心想这回事情可真是闹大了，他嘴上道："不是吧，你和盛希文旧情复燃了？"

祝君繁和盛希文多年前有过一段感情，不过后来他俩分开了，听说是祝君繁提的分手，盛希文不太高兴。但祝君繁的性格他和盛希文都再清楚不过，决定的事不会再变。原本以为盛希文会闹，谁想她竟一步步地成了祝君繁的合作伙伴。现在，连黎时都不知道盛希文对祝君繁到底

081

怀着怎样的心思。

现在听祝君繁这么说,他又有点摸不着头脑了。

祝君繁抽空剜了他一眼,道:"我最近在忙什么,你又不是不知道,是盛希文不小心把果汁倒身上了,所以在我家洗了个澡。"说到这里,祝君繁才忽然意识到,一切都太巧了,正巧盛希文把果汁倒在了身上,正巧温颜夏出现在浣西南路六号。

"你帮我查一查,是谁把这里的地址告诉她的。"祝君繁皱着眉说出这句话。

黎时一边盯着车窗外,一边哀号:"我现在变成你的助理了吗……"

"你不查,我让别人去查。"他话还没说完,就被祝君繁不耐烦地打断了。

说完这句话之后,祝君繁就去掏自己的手机。

"车速这么快,你先别打电话了,我又没说不查……小心!"黎时握着顶棚拉手的力度大了几分,可他话还没说完,就觉得身子猛地一歪,祝君繁的车不知怎的偏离了方向,笔直地往灯柱的方向撞去。

尽管祝君繁立即踩了刹车,但还是晚了,车辆撞上了灯柱。黎时的腰部被安全带狠狠地勒了一下,祝君繁那边的安全气囊已经弹了出来。黎时没什么大碍,可祝君繁昏了过去。

他原本拿在手上的手机掉落在黎时手边,还停留在信息界面上。黎时发现那是温颜夏发来的一条短信,写着:"如果你不愿意提,那我来提,我们分手吧。"

季闻洲的车在温颜夏家楼下刚停稳,温颜夏就挣扎着下了车。季闻洲快步上前去扶她,道:"我送你上去。"

温颜夏停下脚步看着他,拒绝道:"我想一个人待一会儿。"她顿了顿,才又说,"还有,我希望你以后不要在我身上浪费时间了。"说完,她就要往电梯口走。

季闻洲忽然冷笑一声，上前一把拽住了她的胳膊。他一点点逼近，直到两人的鼻尖快要相碰之际才停下。

温颜夏的眼睛因为刚才那场大哭还肿着，他的指腹在上面轻轻掠过，再开口时已经语带轻佻："什么叫浪费时间，追求得不到的东西才叫浪费时间。对你，我把握十足。"

温颜夏被他这突然的举动吓得一抖，回过神来就推了他一把。

他纹丝不动，依旧保持着刚才的姿态，季闻洲就这样看着她，看得她心里发毛。不知过了多久，他才缓缓地往后退了一步，温颜夏这才得以逃离。

这一回，季闻洲没有追上去，也没有说话。

温颜夏上了楼，从家里的阳台上往下看，才发现季闻洲的车还停在那里。

而楼下的季闻洲正靠在车边，点了一根烟。看着温颜夏家里的灯光亮起又灭掉，他自言自语般道："即便得不到你的心，你的人也得待在我身边。"

第二天，温颜夏才打开手机，上面没有来自祝君繁的未接电话，也没有一条短信。她自嘲地想，浣西南路六号的场景她都亲眼看过了，她到底还在奢求些什么？祝君繁毫无讯息，不就是默认了她提的分手吗？

温颜夏就这么陷入了失恋的情绪之中。她在清江市其实没什么朋友，唯一的一个就是秦临霜。

秦临霜怀孕在家休养，她实在没地方去，只能常往秦临霜那边跑。

两人一见面就有很多话聊。自从秦临霜怀孕之后，祝君亭每天都会提前下班回家陪着她。可自从温颜夏去了之后，他总觉得这个电灯泡实在是碍眼。秦临霜肚子里已经有一个小灯泡了，他再看着这个大的就觉得实在有些烦人。

他不是没打过电话给祝君繁让他把人带走,但祝君繁的手机一直处于无人接听的状态。后来他让人联系了黎时才知道,祝君繁人在医院,说是出了车祸,为了让他好好休息,黎时暂时保管了他的手机。他本来是要通知他们的,可是祝君繁不让,说是养几天就好了。

确认祝君繁只是腿部有点骨折之后,祝君亭松了口气,之后便将这个消息告诉了温颜夏。

温颜夏彼时正在给秦临霜削苹果,听到祝君亭说祝君繁出了车祸在医院,手猛地一抖,水果刀在手指上划了一道。

秦临霜吓了一跳,温颜夏却只是扯了张纸巾包住伤口,问了是哪家医院、哪间病房之后,就匆忙往医院赶了。

祝君亭派了司机送她,秦临霜担心地问:"我们要不要也去看看?"

祝君亭换个苹果继续削,边削边道:"没什么大事,养几天就好了。况且,我们去了也做不了什么,只能当电灯泡,再加上黎时,我们就是三个灯泡,太亮眼了。"

温颜夏赶到医院的时候,黎时正好在祝君繁病房门口打电话,见她风风火火地赶过来,手上还缠着一张几乎被血浸满的纸巾,他被吓了一跳。

他是真的不明白这两人到底在搞什么,一个开车时精神恍惚撞上了灯柱,一个现在又满手是血。他上前一步拦住要进门的温颜夏,然后直接抓起她的手,掀开了她手上的纸巾。

"还好伤口不深,我带你去包扎一下。"黎时道。

温颜夏推开黎时的手,着急道:"他呢?他怎么样?他在里面吗?"

黎时看她着急,忙道:"护士刚推他去检查了,具体情况要看检查结果才能知道。"其实只是常规复查,结果也早就出来了,没什么大问题,但他故意说一半瞒一半。

黎时说完，温颜夏才想起来自己和祝君繁已经分手了，并且还是自己提出的。

她退了一步，看了黎时一眼，没再说话。

黎时当然明白她的心思，在她来之前，他早就想好招了。他清了清嗓子，道："那什么，听说你要和君繁分手？"

温颜夏垂着眼睛，点了点头。

"不是吧，就因为一杯果汁？"黎时尽量使自己的语气听起来够夸张。

温颜夏果然上钩了，她恍然抬头，问道："什么果汁？"

"就那天，在浣西南路六号……"黎时说到这里停顿了一下，观察了一下温颜夏的表情。果然，她一下子蹙起了眉。

他继续道："那天其实有个聚会,除了盛希文和君繁，还有别的朋友在。本来是想叫你一起的，可君繁说你那天很累，所以就没叫你。"听到累这个字，温颜夏心里升腾起一点羞怯的情绪。

"那天也是我不对，喝多了，把果汁倒在盛希文身上了，那个女人有洁癖，非要换衣服，于是就在君繁家里洗了个澡。君繁本来想叫我去和你解释，可我那时候已经醉得神志不清了，等我清醒一点的时候，已经在君繁车上了，你的分手短信也已经发过来了。"说完这些，黎时又看了温颜夏一眼，她的表情很复杂。

见此，他决定最后推波助澜一把："你知道他怎么出的车祸吗？"

温颜夏终于抬头，定定地看着他。

"因为看到你发来的分手短信，车就直接撞在了灯柱上……"

"黎时。"黎时还没说完，就被祝君繁打断了。他坐在轮椅上被护士推着，右腿上打了厚厚的石膏，不知何时出现在了他们身后，

温颜夏慌忙起身，却没有靠近他，只是站在原地看着他。

眼见气氛有点不对劲，黎时忙将护士拉到一边，道："护士小姐姐，

我们这里人手够了,你去忙吧。"说着,他朝温颜夏使了个眼色。

在听了黎时刚才说的话之后,温颜夏满心愧疚,她觉得是因为自己祝君繁才变成这样的。于是她上前,双手握紧祝君繁的轮椅把手,将他推到了病房里。祝君繁一句话也没说,任由她推着。

温颜夏垂着脑袋,小声地道歉:"对不起。"

祝君繁没说话。

"还疼吗?"她看着他的腿,又问道。

温颜夏本以为祝君繁不会回答,却意外地听到了他的声音。

"没有心里疼。"他的声音有些低沉,带着点失望。

"嗯?心脏也不舒服吗?"温颜夏以为是车祸的原因。

"嗯,因为你说要分手,所以它很不舒服。"他终于抬眸看她,将她的手放到自己心脏的位置,强调道,"很疼很疼。"

温颜夏的手贴着他温热的胸膛,有些僵硬。她感受着他胸腔里心脏的跳动,动了动唇,说了一句:"对不起……我不该不听你的解释就走。"

祝君繁手上忽然收紧了几分,道:"你是该道歉,不过不是为这件事。"

"什么?"温颜夏满脸疑惑,她不记得除了这件事,还有别的什么会让他生气。

"你应该道歉的事是随意说分手。"祝君繁脸上有一种失而复得的侥幸。刚才他被护士推过来的时候,看见她垂头丧气地坐在那里,心里升起一阵细细密密的欢喜。他还以为她不会再来看他了,他以为自己真的永远失去了她。

其实那天他转身走到电脑前的时候就后悔了。人总是在做出了一个决定后,才明白另一个决定对自己有多么重要。当他看着电脑上逐渐上升的数据时,脑海里浮现的却是温颜夏的脸,那一刻,他觉得自己一直在做的那件事并不比温颜夏重要。至少,温颜夏和那件事是一样重要的。

温颜夏听了他的话,心里满满的都是对他的心疼。

"我以后不会再轻易说分手了。"她说。

祝君繁握着她的手,力道又大了几分。

"咝——"温颜夏小小地喊了一声,他不小心握住了她的伤口,还未愈合的伤口又渗出不少血来。

惊觉自己手上一片黏腻,祝君繁慌忙低头去看,这才发现温颜夏的手正在流血。

"怎么受伤了?"祝君繁的语气里带着焦急,可他的腿上绑着石膏无法起身,温颜夏连忙走到了他面前。

"我没事……只是不小心被水果刀划了一下。"怕他担心,温颜夏迅速将手背到了自己身后。

"我看看。"祝君繁伸出了手,要检查她的伤口,流了那么多血,她竟然还说没事。

温颜夏犹豫了片刻,还是将手放到了祝君繁的手里。

祝君繁看着那道伤口,眉头紧锁,问道:"怎么回事?"

"听说你在医院的时候我正在削水果,一着急,就划到手上了。"温颜夏回道。

"怎么伤成这样也不让医生先包扎一下?"他的指腹摩挲着她的手掌,动作轻柔。

"还不是因为担心你,急急忙忙就跑到你病房了。"黎时不知何时出现在了病房门口,说话间,还向祝君繁使了个眼色。

祝君繁心领神会,对着温颜夏柔声道:"你先去找医生包扎一下,不然会感染的。"

温颜夏出去后,黎时走到门口张望了一下,确定她已经走远之后才将门带上,表情凝重地对祝君繁道:"你要我查的事情有消息了。"

祝君繁察觉到不对劲,问道:"是谁?"他倒要看看,到底是谁告诉了温颜夏浣西南路六号这个地点，害他差点失去她。

黎时又看了他一眼，才道："是致恒的季闻洲。"

季闻洲……

祝君繁心里骤然一紧，他想起上次出差回来，看到季闻洲和温颜夏一起坐在餐厅里。

"你真的不打算把一切都告诉她？"黎时忽然问道。他指的是祝君繁要吞并颜氏这件事。

"不打算。"祝君繁几乎毫不犹豫地回道。他不得不承认，一开始接近温颜夏，是因为她长得很像一个故人。然而，在她说要分手的那一刻，他才明白，其实在他心里，温颜夏就是温颜夏，那个人也只是那个人。就算要告诉她一切，也不该是现在，而是在一切都结束之后。在他有足够的把控能力，确保她不会因此离开他的时候，他才会把一切告诉她。

第六章　宴会

你知不知道刚才那个女人的眼睛和你眼睛有多像？

- - - - -

祝君繁的伤不重，一周之后就出院了。

为了方便照顾他，温颜夏直接搬到了祝君繁的家里。

祝君繁虽然出了院，但是脚上还打着石膏，行动不是很方便，所以他便直接在家办公。

有一天半夜，他还开着电脑在开会。温颜夏远远地瞄了一眼，屏幕里面十几个人坐在会议室里，气氛严肃。她都有些困了，那些人还西装笔挺地激情讨论着。

祝君繁大概是察觉到了她的目光，对着电脑那端说了一句："休息一会儿，十分钟后再继续。"

暂停了会议后，他喝了口水，然后对温颜夏说："你如果困了，就先去休息，我一时半会儿还结束不了。"

祝君繁忘记了，那天是他的生日。

温颜夏是记得的，还早早准备好了礼物。祝君繁在医院的那些日子，公司堆积了很多事情需要他处理，所以现在总是会忙上一整天。

温颜夏也不好意思打断他，可眼看着马上就要到十二点了，礼物再不拿出来就晚了。她刚才听祝君繁说要休息十分钟，心想着十分钟送个礼物应该够了吧。她这么想着，就准备去自己房间里拿礼物给他。她小跑几步，边跑边说："你等一下。"

等她再出来的时候，发现祝君繁正好整以暇地望着她。

她被他盯得有些不好意思，好一会儿才从身后拿出一个包装精美的盒子。她打开盖子，里面装着一条领带，她那天在商场一看到这条领带就觉得它应该属于祝君繁，于是就买了下来。

她把盒子递到祝君繁面前，笑着说："生日快乐！"祝君繁有一瞬间的愣怔，他甚至没有记起今天是自己的生日。

温颜夏见他半天不说话，也没接过礼物，以为他还在想工作上的事情，忙说："你先开会吧，我只是想赶在十二点之前和你说声生日快乐。"说着，她就要把盒子拿回来。

祝君繁先她一步抓住了那个盒子。

他温柔地笑道："你难道不知道，送一个男人领带要亲手帮他系上最好吗？"

这下轮到温颜夏愣住了，她脱口道："大晚上打什么领带啊，再说你不是还要开会吗？十分钟快到了，大家都等着呢。"

"放心，时间充足。"祝君繁说着就去拉温颜夏的手。

他将她拉到身边，然后拿起盒子里的领带，放到她手上。他仰起头，等待她将领带给她系上。他今天几乎开了一整天的会，等待温颜夏给他打领带的时候有些疲惫地闭上了眼睛。

温颜夏是第一次给人打领带，显得有些手忙脚乱。等她终于将那条领带系在祝君繁的脖子上时，满耳朵都是他平稳的呼吸声。温颜夏看着他，觉得他的睫毛很长,像两把小扇子,眼睛睁开的时候像一朵桃花,闭上的时候也很狭长。他皮肤很好,鼻子很挺,唇……唇形也很好看,让人看着忍不住想吻上去。

她这样想着,竟真的凑近了他,吻在了他的嘴角。

下一瞬间,祝君繁忽然睁开了眼睛。两人四目相对之际,温颜夏眼里闪过一丝惊恐。她正欲撤离,可她只退了一寸,后脑勺就被一只手按住了。

那只手按着她的脑袋不让她退开,祝君繁勾起嘴角低低地笑道:"浅尝辄止不是我的风格。"

眼见他眸色渐深,温颜夏忙道:"你待会儿还要开会呢。"

刚才她看见祝君繁设置了界面定时,十分钟之后,会议画面会自动开启。此时电脑屏幕正对着他们,温颜夏可不想让那么多人看到不该看的画面。

祝君繁另一只手一用力,温颜夏一下就被带着坐到了他腿上。眼看十分钟快到了,温颜夏急得要命,可祝君繁的腿还没好,她又不敢乱动,怕伤着他,只得好声好气地哄着他:"万一被他们看到了怎么办?"

祝君繁有心逗她,仗着她不敢乱动,双手在她腰际收紧,脸埋在她的脖颈间,声音充满诱惑:"可是,难得你主动,我不想错过这个机会。"其实祝君繁原本是没打算做什么的,但因为他这句话,温颜夏脸上飞起一片红晕。

在暖黄色的灯光下,她的脸粉粉的,唇也粉粉的,让他只想一尝再尝。他鬼使神差地逼近一分,呼出的热气喷洒在温颜夏的耳垂上,然后他一张嘴,就轻轻咬住了她的耳垂。

温颜夏毫无提防,身子猛地颤了一下。

她这一颤,正好大大地取悦了祝君繁。他觉得,今天这个会议恐怕是无法继续了。

"叮——"电脑提示音忽然响起,提醒祝君繁视频即将开启。温颜夏被吓得捂住了自己的嘴,祝君繁却动作极快地将电脑合上了。摄像头被挡住了,可是语音没断。

那边的员工小心翼翼地提醒道:"那个……祝总,您忘记开摄像头了吗?"

祝君繁的声音听起来气定神闲:"今天会议就先到这里,明天继续。"

温颜夏终于松了口气。可她气还没喘匀,就听祝君繁用只有他俩听得见的声音对她道:"虽然我很想你一直待在我的腿上,可是我得打开电脑把视频关掉。"

温颜夏满脸窘迫,飞快地从祝君繁身上起来离开了。

祝君繁看着她,笑得十分开怀。

等他关了视频和电脑,又对着坐在沙发上还红着脸的温颜夏招手道:"过来。"

温颜夏想起他刚才的样子,自然是不会过去的,要是她现在过去了,指不定会发生点什么。祝君繁一派正人君子的样子,取笑她:"我现在这个样子能对你做什么?只不过是想让你把我扶到房间里去。"

可能是受伤的祝君繁看起来真的有点孱弱,温颜夏没有怀疑,走过去扶他。

当他半个身子都挂在她身上时,她才发现他的拐杖就在他手边。她脱口而出:"你的拐杖不是就在这里……唔……"

她话还没说完,祝君繁的唇就堵住了她的嘴。

祝君繁攻势猛烈,温颜夏瞬间气息不稳。她觉得全身都像过了电,酥酥麻麻,没有力气。她手脚一软,差点带着祝君繁摔倒在地上。

最后还是祝君繁这个伤患扶住了她,他只有一只脚落在地上,一手撑着旁边的墙,一手托在温颜夏的腰上。

他开口时,声线低沉迷人:"你再不把我扶到房间里,我可就坚持不住了。"他似乎意有所指，但温颜夏不想去细究他说的坚持是哪方面的坚持，只是扶着他摆正自己的身体，结结巴巴地抱怨道："到……到底是因为谁，我们才差点摔倒的……"祝君繁喉咙里溢出一声低笑，将一条手臂搭在她肩膀上，一脸认真地说道："好，我不动了，你先把我扶进去。"

温颜夏盯着他，威胁道："不许再碰我，不然把你摔在这里。"

祝君繁撇着嘴角笑了笑，道："好，我不动。"然后，他就真的一动不动了。

温颜夏抱着他的腰，又拖又拽才将他弄到了房间里。将他扶到床上之后，她咬牙切齿道："你也不用真的一动不动吧！"

祝君繁坐在床上看着她，一脸委屈道："是你叫我不动的。"

"你……"温颜夏看着他，半天说不出话来，站在那里生闷气。祝君繁去拉她的手，轻声细语地问："那以后我到底是动还是不动？"温颜夏瞪他一眼："当然得动啊，你不动，我怎么抱得动你……啊……"

她话还没说完，忽觉一阵天旋地转。

再回过神时，她已经被祝君繁压在了床上。他双腿跪在她身体两侧，一只手撑在她的脸旁，另一只手扯开了自己的领带，坏笑着道："这可是你说的。"

温颜夏的眼睛猛然睁大，她明明不是这个意思！

可是为时已晚，祝君繁的吻落下来。她顾及他腿上的伤，也不敢乱动，只闷闷地说了一句："你……刚刚明明说不会把我怎么样的……"祝君繁吻得动情，双手在她身上轻抚。温颜夏有一瞬间失神，再回过神来时，只听他哑着嗓子道："我腿伤着，刚才在外面不好施展。"

不等温颜夏出声，他已经自她眉眼一路向下吻去。

到了后来，她也开始回应他。温颜夏动作笨拙，可祝君繁觉得她越是笨拙，越是让他心痒难耐，让他无法自控。

他扣着她的纤腰，让她避无可避。

到最后，温颜夏累得睡了过去，他才逐渐缓过来，抱着怀里的人，一脸满足。

他亲了亲她的额头，呢喃般唤她的名字："颜夏。"怀里的人忽然动了动，迷迷糊糊地回道："嗯？"

祝君繁还以为她醒了，却见她抱着他的胳膊往自己脸边挪了挪，又沉沉睡去。

他一下吻在她的额头上，将她抱紧。他心中思绪万千，只有抱着她才能感到安稳。

他想起那天黎时跟他说，告诉温颜夏浣西南路六号的人是季闻洲。那么，除了那个地址，季闻洲还知道多少？如果温颜夏和季闻洲认识，那么当温颜夏知道他为了报复颜氏不择手段时，会不会觉得他太冷血无情了？

祝君繁让温颜夏陪他参加一场宴会的时候，他的腿已经可以活动自如了。

参加宴会的大多都是达官显贵，本来是祝君亭来参加，可是秦临霜的肚子逐渐大了，走动不是很方便，祝君亭又不愿意带别的女伴参加，索性就让祝君繁替他去。

自八年前离开颜家，温颜夏已经很久没有见过这种场面，之前虽然因为工作也和秦临霜出席过几次宴会，但那时她都是以执行经纪人的身份出席，并且大多是和秦临霜一起，大家的目光都聚焦在秦临霜身上，很少有人注意到她。

现在她挽着祝君繁的手臂，一路迎接着各种目光，难免有些紧张。祝君繁看出她的不自在，低声询问："要不要陪你去外面透透气？"

温颜夏轻轻地摇了摇头，宴会才刚开始，向祝君繁敬酒的人又那么多，她不好意思让他因为自己得罪别人。

身为祝君繁的女伴,也有不少人向温颜夏敬酒。因此,宴会刚过半,她已经微醺。温颜夏穿着高跟鞋,好几次差点摔倒。

祝君繁心疼她,准备提前离场,但是这种场合他一时半会儿又实在走不开。原本他准备把温颜夏带到休息室里,再找一个女服务员照顾她,可温颜夏觉得认识祝君繁的人实在太多了,众目睽睽之下让他将自己扶到休息室里去,很容易引起误会。

她告诉祝君繁,自己一个人去休息室就可以,她还没醉到走不了路的程度。祝君繁明白她的顾虑,便答应了。

可她还没离开大厅,就被一个人拦住了,是宋芸,她端着一杯酒直接挡在了温颜夏面前。

她们两人此时处在大厅的一个角落里,并不引人注目。宋芸显然也醉了,一双眼睛直勾勾地盯着温颜夏,丝毫没有顾忌地说道:"你也不看看这是什么场合,这是你该来的地方吗?"她将温颜夏上下打量了一番,又继续道,"还是你又勾搭上了哪家的公子哥,求着人家带你来的?"她之前就打听过,这次宴会只邀请了祝君亭,没有邀请祝君繁。

那天在山顶见过之后,她派人查了温颜夏的身份,才知道她只是一个小小的执行经纪人。

她认为,温颜夏之所以会认识祝君繁,很可能是秦临霜的关系。

不过是一个没有家世背景的女人,竟然也能得到祝君繁的青睐,宋芸自认为没有哪里比她差,自然不甘心被她比下去。

今天出席这个宴会之前,她和她父亲闹了点不愉快,正愁没地方出气,这下好了,有人自己送上门来了。

温颜夏见来者不善,想绕过她离开,可她往左,宋芸也往左,她往右,宋芸也往右。宋芸显然不想轻易放过她。

于是温颜夏停下来,对着宋芸道:"你到底想怎么样?"

宋芸嗤笑一声,手轻轻一举一扬,酒杯里的酒就一滴不剩地泼到了温颜夏的衣服上。宋芸泼的是一杯红酒,温颜夏穿的是一件布料有些透的白色裙子,红酒不偏不倚地正泼在她胸前。

温颜夏双手护在胸前,下意识地发出一声尖叫。

这一声尖叫让原本散开在四处的宾客围了过来。

宋芸毫无诚意地说了一句:"实在是对不起,我喝醉了,不是故意的。"她脸上却是一副看好戏的表情。

温颜夏和宋芸被宾客围在中间,众人都是异样的眼神,就连服务生都在一旁窃窃私语。

温颜夏一脸窘迫,恨不得找个地洞钻进去。

就在此时,她看到祝君繁自人群之外匆匆而来。他迅速脱下了自己的外套,罩在了温颜夏的身上,然后十分自然地揽住了她的腰,不疾不徐地开口:"宋小姐怕是真的醉了,手抖成这副样子。幸好是泼在我女朋友身上,她脾气好,要是泼在别人身上,事情恐怕就没这么简单了,保不齐会去找你的父亲宋启年先生讨个说法。"说这话时,他的眼睛紧紧地盯着宋芸,那眼神凌厉到宋芸只看了一眼,就吓得往后退了一步。

"对……对不起。"这一次,宋芸的语气里总算有了点歉意。她没想到,温颜夏是被祝君繁带来的。她今天是代替她父亲来参加宴会的,事情闹大对她没有好处。而且她父亲脾气不好,他要是知道了,免不了要让她吃点苦头。

祝君繁还想再说上几句,却发现温颜夏轻轻地扯了扯他的衣袖。他看了她一眼,见她向他摇头示意,那样子分明是叫他就这样算了。

于是他将原本要说的那些话悉数吞下,只说了一句:"宋小姐酒量不佳,以后在这种场合还是少喝为妙,免得弄出点洋相来丢人现眼。"说完,他就带着温颜夏在众人的注视下走进了一旁的休息室。

进了休息室之后,他让一个女服务员去帮温颜夏买了一条裙子。他本想等她换好裙子之后就带她离开，可温颜夏坚持要等宴会结束之后再走，她不想让祝君繁因为她和宋芸的事落人话柄。

祝君繁无奈，只得退了一步，说尽快结束，然后就带她离开。

好在刚刚的小插曲并没有影响宴会的进程，温颜夏也松了口气。因为醉酒，她虽然只穿着一件露肩坠地长裙，也觉得屋里闷热。那个女服务员去给她准备醒酒汤了，于是温颜夏独自一人去外面透气。

她刚走到外面的小花园，就看见花坛旁边站着一男一女。原本以为他们也是出来透气，可走近了，温颜夏才发现那两人正抱在一起接吻。

场面尴尬得让她红了脸，她转身就要走，可还没跨出一步，就听见一道男声："谁？"

那道声音她并不陌生，是季闻洲。

温颜夏暗叫一声倒霉，她怎么没想到，像今天这样的场合，一定少不了季闻洲。而此时侧着身子往这边看过来的季闻洲显然也认出了她。

他愣了愣，然后才对着身后的女伴说了一句："你先进去吧。"接着，温颜夏就听到了一阵高跟鞋离开的声音，然后是季闻洲向她这边走来的脚步声。

她不想和他过多纠缠，抬脚就要走。

因为酒精的作用，温颜夏脚步虚浮，踩着台阶的时候差点栽倒。季闻洲上前拉住了她的胳膊，将她上下打量一番，欣赏的目光毫不遮掩，他说："你今天真漂亮。"

季闻洲身上还带着一股子女士香水的味道，此时和着他身上微薄的酒意，钻进温颜夏的鼻腔里，让她觉得十分不舒服。

温颜夏想抽回自己的胳膊，叵是他力气不小，她又浑身没什么力气，竟然一下子挣脱不开。

小花园里除了他们俩，没有别人，温颜夏一时有些慌。

她又试着挣扎了几次，均是失败。最后，她发现李闻洲的手逐渐加

097

大力道，竟是想把她往他身上带，他凑近她，低声道："你喝醉了。"

温颜夏用力推他，道："你才喝醉了。"

可季闻洲的手像两把钳子，勒得她生疼。最后，她还是被他拽进了怀里。季闻洲将她的手按在她身子两侧，不让她动，然后他垂下头，在她耳边轻声道："你知不知道刚才那个女人的眼睛和你的眼睛有多像？"

温颜夏察觉到不对劲，生怕喝了酒的季闻洲做出点什么来，嘴里喊道："季闻洲你放开我！你再不放开，我喊了！"可季闻洲像恶作剧一般，不仅不放开，反而还越凑越近。两人的脸近在咫尺，温颜夏甚至能感受到季闻洲呼出的气息。他只要再接近一寸，唇就会触碰到她的脸颊，她害怕得浑身颤抖。

"放开她！"就在这时，祝君繁的声音忽然在两人身后响起。

趁着季闻洲抬头之际，温颜夏清醒了几分，狠狠地将高跟鞋跟踩在他的皮鞋上。可季闻洲只是皱了下眉，还是丝毫没有要放开她的意思。季闻洲与祝君繁对视了几秒，两人之间的火药味渐浓之时，他忽然低笑一声，垂下头，在温颜夏耳边小声道："放心，我不会对你怎么样。我们之间来日方长，我会等你心甘情愿地走到我身边。"他说这话时，挑衅之意溢于言表。

祝君繁拿着高脚杯的手顿时青筋暴起。如果下一秒季闻洲还不放开温颜夏，那祝君繁的拳头一定会落在他脸上。

下一秒，季闻洲放开了温颜夏。

温颜夏重获自由，一把推开季闻洲，跌跌撞撞地往祝君繁走去。见她惊魂未定地抱着自己的胳膊，祝君繁很是心疼。温颜夏小声道："我们走吧。"祝君繁轻轻点了点头，带着她往里走。

与季闻洲擦肩而过之际，祝君繁沉声道："希望季先生明白，颜夏是我的女朋友。"季闻洲漫不经心地看了一眼自己的表，笑道："哦？那是不是说明，不管她遇到什么困难，你都能帮忙？"温颜夏心里咯噔一下，顿时想到了颜氏。她满心不安，却听见祝君繁笃定道："那是自然。"他的话让她莫名心安。

"可祝先生想过没有，在这个世界上，有些忙你帮不了。"季闻洲又道。

"帮不了忙，我就解决那个制造麻烦的人。"祝君繁揽着温颜夏腰的手紧了紧。

季闻洲讥笑道："祝先生这话的意思是，制造麻烦的人是我？"

"难道不是吗？"祝君繁语气不善，并不想与他再多费话，带着温颜夏头也不回地往里走。

季闻洲脸上嘲讽的意味又多了几分，在温颜夏和祝君繁的背影彻底消失之后，才低声道："你错了，制造麻烦的人是你自己。祝君繁，就算你能只手遮天，这个忙你也帮不了。"

他点燃一根烟，吸了一口，然后对着身后道："出来吧。"

几秒之后，盛希文从一棵景观树后走了出来，她手上端着酒杯，对着季闻洲虚虚地敬了敬，然后自顾自地喝了一口。

季闻洲吐出一团烟雾，道："按你说的，计划提前。"

盛希文忽然笑了，说："那就祝我们合作愉快。"

"合作愉快。"季闻洲睨了盛希文一眼，沉声道。

季闻洲和盛希文的目的很明确，他要得到的是温颜夏，而她要的是祝君繁。

原本他对祝君繁的了解并不多，只知道君庭集团是他的后盾，不久之前盛希文找到他，说要和他合作。

作为交换的条件，她几乎把祝君繁的底都透给了他，显得很有诚意。

那时候，李闻洲才知道，原来祝君繁回国的目的是搞垮颜氏。祝君繁和颜氏的渊源原来如此之深，他和颜佳的那段过往成了一个不能提起的秘密。

那时候，季闻洲问盛希文，与他合作，她想得到什么。

她笑得明媚，毫不避讳地答道："祝君繁。"

他也笑了起来，说："巧了，我要的是温颜夏。"

他们之间的合作，不过是各取所需。

这些年，盛希文一直在祝君繁身边，从女友变成前女友，再变成朋友，最后成了合作伙伴。她从来没和祝君繁说过，在她的认知里，两个人分手后是绝不可能成为朋友的，如果有一天她和他成了朋友，那就表示她还没放下，她还不甘心。

刚进到屋里，祝君繁就关切地问温颜夏："没事吧？"

温颜夏好像刚从惊恐中回过神来，喃喃道："我和季闻洲……"

"我相信你。"温颜夏本来想解释自己和季闻洲没有关系，可祝君繁打断了她。他说相信她，他的眼里满是坦然。温颜夏不由得想起那天自己看到他和盛希文在别墅阳台上的场景。同样是亲密的动作，她对他咄咄相逼，最后落荒而逃，他却一字一句地说着相信她。

她心里更加内疚："对不起，我那天没有像你信任我一样信任你。"

她的声音低低的，惹得祝君繁心里一阵柔软。他伸长手臂抱住她，下巴埋在她柔软的发丝里，温柔地吐出两个字："傻瓜。"

两人相拥许久，祝君繁忽然说："我们回去吧。"

"宴会还没有结束，现在走没关系吗？"温颜夏从他怀里出来，看着他说，"我没关系，我可以在这里等你。"

"没关系，我们偷偷溜走，没人会发现。"祝君繁笑着说道，那表情活像个恶作剧的孩子。其实在平静的外表下，他心绪十分不宁。原本他只是想来看看她怎么样，却看见季闻洲这样对她，无论如何都不能再让他们见面了。

他当然相信温颜夏和季闻洲之间没有什么，但他不相信季闻洲。经过商场上的几次交锋，他已经十分清楚，季闻洲此人向来不达目的不罢休。

温颜夏在这里多待一秒,他就不放心一秒。

他牵起温颜夏的手,他的手掌宽大温暖,温颜夏忍不住捏了捏。祝君繁握得更紧了,带着她就往门口走去。

刚走了几步,温颜夏忽然惊呼一声。

祝君繁回头,看见她一只手护在腰部,仔细一看,才发现她裙子上的一根腰带掉了大半,只剩一个角堪堪留在裙子上。她这条裙子是一件露背裙,两根腰带从腰部一直延伸到背部,如果腰带整根断掉,裙子很有可能会掉下来。

一定是刚才被季闻洲纠缠时,她挣扎得太用力了,所以腰带被挣断了。

温颜夏一脸窘迫,祝君繁也紧张起来。他可不想她这个样子穿过外面的大片宾客。忽然,他发现温颜夏胸前有一枚胸针,而自己脖子上的领带和她裙子同色。

他缓缓地解下了自己的领带,又解开领口两颗扣子,露出一片肌肤,温颜夏看得眼睛都直了,下一秒又看见他凑近自己,她吓得退了一步,结结巴巴地问:"干……干什么……"祝君繁本来只想用一下她胸针上的那根针,现在看她这副样子,忍不住想逗她一下。他一点点地靠近,温颜夏惊慌失措,差点撞到身后的桌子。

祝君繁及时伸出手揽住了她。他的脸离她极近,气息若有若无地喷洒在她耳边,他说:"虽然看见你这个样子,我很心动,但是当务之急是处理好你的裙子。"说完,他就顺手取下了她的胸针。

等温颜夏红着脸回过神来,他已经拆了那枚胸针,然后用那根针在自己领带上挑了几下,就挑出一根线。

下一刻,他已经绕到了她身后,捡起那根掉下的腰带,从容不迫地缝了起来。温颜夏这才想起,祝君繁曾经是一个医生,他拥有一双灵巧的手。而这个医生此时正站在她身后,用一枚胸针的配件和他领带上的一根线优雅地替她缝裙子。不知过了多久,他站在她身后,双手放在她肩膀上，低声说了一句："好了。"

然后，他走到她面前，蹲下身子开始缝她腰部掉落的那段。他低着头，垂着眼，温颜夏看过去，只看见他骨节分明的手拿着针线在她裙子上上下下翻飞。针脚细腻，一点也看不出来是后缝上去的。她忍不住问："你给病人做手术的时候，也是这个样子吧？"她指的是专注认真劲。

祝君繁忽然抬起头看了她一眼，笑得温柔："不，我现在比给病人做手术的时候更紧张。"说着，他转动手中的针线，打了一个漂亮的结，指腹轻轻地擦过她的腰侧时，他继续道，"毕竟对病人来说，只要伤口上的缝针尽量保持美观就可以，可女朋友不满意，对我来说是打击。"

温颜夏刚恢复正常的脸色瞬间又红了。

之后，祝君繁就带着她越过大厅里的一众宾客，逃离了宴会。

很快，春节临近。

往年的除夕，温颜夏都是和外婆一起过的。每年这一天，老人家总会包饺子，祖孙俩一起过节。可半年前，老人家去世了。

老人家年纪大了，算是喜丧。在这么个亲人团聚的节日里，温颜夏难免想起老人家。祝君繁在一周前出差了，他几乎每天都在开会，温颜夏有时一天都联系不上他。见他这么忙，她也不忍心因为过节这样的事烦他。

腊月二十九那天晚上，温颜夏很晚才和祝君繁通上电话，但在电话里祝君繁也没说什么时候回来。

温颜夏本以为自己会独自过一个除夕，没想到除夕那天晚上七点，有人敲门，温颜夏打开门，却没看见人影。正当她以为是有人恶作剧的时候，却听见楼梯那边传来的声响。她慌忙回头，就看见了门口墙边靠着的祝君繁，他大半个身子隐在黑暗里，此时正看着她低低地笑。

温颜夏已经有一周没有见他了，难免有些想念，她一下子就扑到了他怀里。窝在他的怀里,耳边都是他沉稳的心跳声,她满心惊喜,问道:"怎么回来了?昨天打电话的时候怎么没有说起?"

祝君繁的手贴着她的背脊安抚似的拍了两下,下巴直往她肩窝里埋,声音低沉地说:"想你了。想和你一起过除夕。"他顿了顿,强调道,"这是我们在一起之后的第一个除夕。"其实他是匆忙结束了那边的工作,连夜赶回来的,满身疲惫,风尘仆仆,但在看见温颜夏脸上笑容的时候,瞬间觉得那些都不算什么。

多日不见,再加上节日期间团圆气氛浓烈,温颜夏抱了很久才有些不舍地松开了他。谁知她刚松开,祝君繁就牵住了她的手,柔声道:"抱歉,我回来晚了,差点赶不上和你一起过除夕。"他顿了顿,又道,"回来的路上君亭给我打过电话,让我带你一起去祝家老宅吃团圆饭,临霜也在。"

温颜夏忽然就觉得心里的某一块因为祝君繁的这句话被填满了。

虽然只是四个人的团圆饭,但是餐桌上的菜一点也不含糊。秦临霜的肚子已经很大了,走动都不太方便。祝君亭小心翼翼地扶着她在桌边坐下,见到温颜夏也在,秦临霜很开心。祝君亭一边宠溺地往她碗里夹菜,一边温柔地说道:"打电话给我哥的时候你还在睡,就没吵醒你。"

温颜夏伸出手小心地去摸她的肚子,问道:"快到预产期了吧?"

"还有半个月。"秦临霜也摸了摸肚子,答道。

温颜夏有些兴奋:"孩子出生后一定要认我当干妈。"她十分期待这个小生命的到来。

还没等秦临霜回答,祝君繁就开口了。他一边将手里的汤端到温颜夏面前,一边说:"不行。"

"嗯?"温颜夏不明所以。

"如果你当孩子的干妈,那他该叫我伯伯还是干爹?"祝君繁似笑非笑地看着她。

明白过来祝君繁话里的意思之后，温颜夏慢慢红了脸。祝君亭和秦临霜相视一笑，秦临霜道："老公，你有没有觉得一碗狗粮扑面而来？"祝君亭一本正经地回道："还是目目常吃的那种皇家高级狗粮。"

一时间，四个人笑成一团。

祝家年夜饭的最后一道菜是饺子，其中有一个里面包了一枚硬币，谁吃到那个包了硬币的饺子，来年一定会平平安安、顺风顺水。

一轮下来，最后吃到那个饺子的人是秦临霜。确实，这四个人里，最该吃到那个饺子的也是秦临霜，谁都希望她和孩子平平安安、顺风顺水。

吃完饭之后，温颜夏陪着秦临霜回了房间，说是很久不见，闺蜜之间有话要聊。

她们走后，祝君雅打了一个视频电话过来，她人在国外，那边还是中午，虽然过节气氛没有国内浓烈，但祝君雅和朋友还是象征性地坐在一家中式餐厅里过节。她听说祝家这边是四个人一起吃的年夜饭，也很高兴。祝君雅还神秘兮兮地说和她一起出来吃饭的还有一个人，待会儿等人回来让他和他们聊聊。

祝君雅话音刚落，祝君繁和祝君亭就连连拒绝，谎称信号不好，迅速挂断了电话。

其实根本不用祝君雅揭晓，他们就能猜到那个能让祝君雅这么开心的人是言乔安。虽然祝君繁和祝君亭都乐于听到他们之间的关系有所发展，但现在他们可不想让房间里那两个人和言乔安说上话，毕竟对他们两个人来说，言乔安曾经是他们共同的情敌。

第七章　渊源

颜震怎么样？你记住，我要的是他身败名裂。

因为喝了点酒，祝君繁没法开车了，最后他和温颜夏是被祝君亭的司机送回家的。车子刚到小区门口，祝君繁就叫司机停车了，说是要走几步醒醒酒。

温颜夏跟着他下了车，刚走了几步，祝君繁忽然道："你等我一下。"然后他就放开她的手，转身往小区门口反方向走去，那里有一家卖锦缎的店。

好一会儿之后，祝君繁才回来，他站在温颜夏面前，伸手在自己的大衣口袋里掏了掏，从里面掏出来一个小巧的红色锦布袋，递到温颜夏面前。

原来，他跑到那边只是为了去买一个袋子。

温颜夏一脸疑惑地打开来，发现里面是一枚铜钱，还是一枚有些年代的铜钱。她想起刚才在祝家吃完饭，祝君繁给他那个还未出世的小侄子包了个红包,说那是他们过的第一个团圆年,他很高兴。

温颜夏捏着那枚小小的铜钱,笑着问:"这是什么?古董吗?"

祝君繁将那枚铜钱从她指间拿下来,妥帖地放进她手里,然后才道:"压岁钱,这是给你的压岁钱。希望你在新的一年里平平安安、无病无灾。"

自从离开颜家,温颜夏就再也没有收过压岁钱,虽然外婆曾包过红包给她,可那时候外婆跟颜父颜母赌气,没有经济来源,两人的生活有些拮据,她从不忍心拿。现在祝君繁说要给她压岁钱,她一下子竟然有点想哭的冲动。她握着那枚铜钱,手心都冒出了一点汗,小声地嘟囔:"小孩子才收压岁钱呢,我都已经是大人了。"

回应她的是祝君繁的一个拥抱,他将她揽在怀里,下巴小心地搁在她头顶,轻声道:"你永远是我的小朋友。"

两人不知道抱了多久,温颜夏忽然觉得自己胸前怪怪的,一低头,就看见了一颗毛茸茸的脑袋。她慌忙退了一步,才看清那是一只小奶猫,此时它的身子正埋在祝君繁大衣内侧的口袋里,只探出一个小脑袋,一双圆眼睛正怯生生地望着她。

这只小奶猫温颜夏见过,是小区门口那家宠物店里的。她一天路过几次,每次都看见它隔着宠物店的玻璃望着她,一双眼睛转着,看得温颜夏眉开眼笑。那时候她本想买下来,可又怕自己没有时间照顾它。

让她意外的是,祝君繁竟然知道这件事,还把它买了回来。

温颜夏顿时母爱泛滥,小心翼翼地将小奶猫捧在手里,小声地问:"你怎么知道我喜欢它?"

祝君繁伸手在小奶猫的脑袋上摸了摸,才道:"那天看到你手机锁屏图案是只小奶猫,刚才买袋子回来的路上正巧看到了它。"说到这里,他顿了顿,才继续道,"脑袋上长着一颗爱心的小奶猫,应该只有它了吧。"

小奶猫脑门上有一簇棕色的毛,形状很像一颗爱心,温颜夏也正是通过这个特点才认出来这只小奶猫是她在宠物店里见过的那只。

就在此时,小家伙一张口就啃在了她的手上。小猫嘴里已经长了一点牙齿,温颜夏手痒痒的,忍不住轻笑出声,轻声问道:"你是饿了吗?"

祝君繁看她开心,语气里满是宠溺地说:"看来我以后得和一只猫争宠了。"

他将已经在温颜夏手掌上蹭着脑袋的小奶猫抱了过来,轻轻逗弄了一下它的耳朵,对着温颜夏说道:"我们一起养它吧?"他的语气格外温柔和认真,好像在问一件非常重要的事。

温颜夏看着他认真的样子愣了一秒,下一秒才笑着点了点头,然后垂着脑袋也去逗猫。昏黄的灯光下,祝君繁看着她的侧脸,忽然很想要一个家。

那天晚上,温颜夏和祝君繁窝在她那个小屋子的床上。两个人,一只猫,显得有些挤,可他们都觉得异常温馨。

第二天早上,祝君繁回去洗澡了。温颜夏准备好了早餐,又给猫准备了一点奶粉。刚喂完猫,她就听见手机响了起来。

不是她的手机铃声,她仔细找了找,才发现祝君繁的手机忘在了沙发上。

等她匆忙把手机拿去给祝君繁的时候,他还在浴室,水声很大,他对外面的温颜夏说:"你替我接一下。"

温颜夏接起来,说:"喂?"那边没有声音。她又说:"哪位?"然后那边才响起了一道女声,是盛希文,她问:"君繁呢?"

温颜夏愣了愣,片刻之后才说:"他在洗澡。"温颜夏只是实话实说,盛希文心里却是一番酸楚。她在那边佯装自然地笑了笑,然后说:"君繁的车修好了,维修厂找不到他助理,所以叫我来取车了。出事的时候黎时有报警,警方需要君繁提供一下当天的行车记录。修理厂把他车辆

107

行车记录仪里的记忆卡拿出来了,怕里面有什么隐私,所以先交给我了,需要君繁亲自确认过后再提供给警方。我现在就在他家楼下的咖啡厅里,如果温小姐有空,能不能替他来拿一下。我还有事,等不了多久。"

浴室里的水声还没有停,温颜夏对着电话那边说了一声:"好,我下去拿。"

她把手机放到祝君繁家客厅,又把猫抱到了他家,然后敲响了浴室的门。水声停了一下,她对祝君繁说:"我下楼一趟马上回来,你出来的时候小心踩着猫。"

祝君繁不自觉地皱了皱眉,他这是给自己找了个小情敌?

温颜夏到咖啡厅的时候,盛希文已经走了,是服务员把那张记忆卡交给了她。拿着那张卡回去的时候,温颜忽然想起,祝君繁车上的行车记录仪是双摄像头,可以监控车内。而祝君繁不止一次在车上吻过她。她想起那些场景,不免脸红,想着祝君繁待会儿查看记录时肯定会笑话她,温颜夏决定先下手为强,先删了那些记录,不让他看到。温颜夏这么想着,便没有立刻去祝君繁那里,而是回到了自己家里。

她刚坐下不久,祝君繁的电话就打过来了,问她什么时候回来。她随口扯谎道:"我在楼下遇见朋友了,要待会儿再上去。"祝君繁没有怀疑,只嘱咐她早点回来。

挂掉电话之后,温颜夏就把那张记忆卡插到了自己的电脑里。记忆卡里足有几十段视频,温颜夏一个个看过去,删了几个让她自己都脸红心跳的视频。她正准备将记忆卡退出来,却不小心触碰到了电脑上的修复软件。

桌面上又多出来一个视频,命名写着"已恢复文件",是那些被删掉又恢复的视频。温颜夏不知道自己的电脑什么时候有了这么厉害的功能。要知道,以前她做表格,常常误删表格的时候想恢复都恢复不了,现在不想恢复的东西竟然就这么恢复了。她又删了一遍,可是那个恢复了的文件却怎么都删不掉。该不会是中毒了吧,温颜夏想着,又按了一下删除键,还是没删掉。

她抱着试一试的心态将它点开了。

她原本以为是一个视频文件,打开却发现只有声音。在她空旷的家里,祝君繁的声音格外清晰。

他说:"那件事情查得怎么样了?"

他说:"我回国就是为了这件事,无论如何都要成功。"

他说:"不管是谁,都无法阻止我。"

……

他说:"颜震怎么样?你记住,我要的是他身败名裂……"

嗡。温颜夏听完最后一句话,顿时觉得一阵耳鸣。有那么一瞬间,她觉得自己背上的汗毛都竖了起来。

季闻洲和她说过,颜氏面临内忧外患,可她没想到祝君繁会是那个外患。她没想到,与她耳鬓厮磨的祝君繁就是那个要毁掉颜氏的人。

她一直呆呆地坐在电脑面前。天色逐渐暗下来,手机上有十几个祝君繁的未接电话,可她觉得动一动手指都困难。

她不知道自己最后是怎么起身的,也不知道是怎么走到祝君繁家里的。他家漆黑一片,她一步步走过去,好像随时都会跌倒在地上,随时都会大哭。

和祝君繁在一起之后,温颜夏虽然偶尔也会来他家,但从来不进他的书房,一方面是觉得书房是祝君繁工作的地方,她不想打扰他,另一方面是因为祝君繁进出书房基本会关门。而此时,祝君繁家书房的门正开着。

温颜夏耳边一直回荡着祝君繁说的那句:"我要的是他身败名裂……"

祝君繁的电脑没有关,只是进入了休眠状态,电源键正闪着微弱的光。

温颜夏的手一直在发抖,但她还是滑动了鼠标。

电脑屏幕一下子亮起来,上面的数据报表映入温颜夏的眼帘。

报表上的数字密密麻麻,温颜夏并不能全部看懂,但她还是知道了那是什么。那是从半年前开始,颜氏股票被祝君繁公司大量买入的数据。

她觉得自己的世界一点点裂开。从那些碎片里涌进来的不是光,而是一大片一大片的黑暗。那些黑暗叫嚣着,要把她拖进深渊,要她万劫不复。

她捂着胸口蹲在墙角,无声地哭泣。她张大嘴巴,却只能发出一点呜咽。她胸腔用力,却失语一般喊不出声。

小奶猫喵喵叫着来到她身边,头顶的灯忽然大亮。泪眼蒙眬间,她看见小奶猫的脖子上挂着一枚戒指,上面的钻石映着灯光,在她的眼泪里变成了一朵绚烂的花。

那是祝君繁下午亲自去挑的,昨天晚上,想要一个家的想法一直在他头脑里环绕。他忽然一刻都不想再等,只想让她来到自己身边,他决定向温颜夏求婚。于是他去买了戒指。温颜夏一天都没回来,他打了很多电话,她都没接,刚才他已经下去找过她了。找了一圈未果,他想着她是不是已经回家了。

他一开门就看见她蹲在他家的墙角,小小的人缩成一团。不知为何,看见这样的她,他整个人都慌了。他慌忙打开灯,才发现她在黑暗中无声地哭泣着。

小奶猫不懂事,一下下地蹭着温颜夏的手,企图寻求一点宠爱,可温颜夏反而将自己抱得更紧。

祝君繁手里还拿着一大束玫瑰,他不知道温颜夏到底怎么了,蹲下身子想去抱她。

可他的手刚触到她的背,她就像被刺了一下,猛地往后缩了缩,避开了他的手。

他双手僵在空中,恍然觉得什么东西不一样了。

下一秒,他看见温颜夏缓缓地抬起了头,脸上泪痕未干,定定地看着他。很久之后,他才听到她哭着问:"祝君繁,为什么是你……"

她泣不成声:"为什么……为什么是你……"

祝君繁的心一下一下地疼着,又不敢去碰她,她好像很害怕他。

她用双手抱着自己的膝盖,脑袋埋在里面,低低地哭。祝君繁以为她哪里疼,急得都要叫救护车了。

温颜夏说:"你知道我为什么叫温颜夏吗?你知道我名字里的'颜'字代表着什么吗?"

祝君繁愣怔之际,又听她道:"它代表着,我的父亲是颜震,是那个你费尽心思要毁掉的颜震。"

有一瞬间,祝君繁觉得自己手上那束玫瑰迅速地衰败了,像他和温颜夏之间的某种联系猛然断裂了。

祝君繁原本想要接近她的脚步顿住了,猛地退了一步。巨大的冲击让他耳边忽然一阵轰鸣。

几秒之后,祝君繁才终于从巨大的震荡里回过一点神来。他的手最终放了下来,垂在身侧,嗓子哑得厉害:"颜夏……"

原本他是想说:"颜夏,你听我说。"可是他的唇动了动,最终没有说出后半句话。他该如何解释?告诉她自己这些年来处心积虑,要搞垮颜氏?还是告诉她,她的父母和他母亲之间那些早已尘封的过往?

最后,祝君繁走出了屋子。他靠在门边,身子一点点地往下滑。他早该想到,这世上不会有如此巧合的事。他早该想到,面容相似,姓氏相似,除了是至亲,再无其他可能。

他一直觉得自己身处深渊,不想把温颜夏也拉出来,可他没想到原来她也一直处在深渊的中心。

祝家与颜家的渊源始于二十年前。他的母亲,那个只在他儿时陪伴过他的,疯疯癫癫的母亲,是因为颜家才会自杀。

二十七年前,颜震和他父亲是好友。那时候他的母亲和父亲已经结婚,商业联姻一般都不会有什么好的结果,他母亲的下场也一样。

他父亲不爱他母亲,爱的是另一个更加年轻的女人。那个女人朝气蓬勃,不像祝君繁的母亲那样死板、严肃。

那个女人是颜震介绍给祝父的。

颜震和他的妻子温婉是那个女人的多年好友。那个女人在某次聚会上匆匆地见过祝父之后便爱上了他,她拜托颜氏夫妇,让他们带她结识祝父。

后来,那个女人如愿了,祝父也深深地爱上了她。那个女人靠着颜家人的引荐,成了祝君繁父亲的情人。在那个女人上位期间,颜氏夫妇为了商业利益,不断掩护那个女人和祝君繁的父亲密会。

祝君繁的母亲呢,那时候她大着肚子被祝父打发到了瑞士。从那之后,直到祝君繁出生,祝父都没来看她一眼。最后,她只等来一张离婚协议书。

然后,她就疯了。

祝君繁想,母亲一定是深爱着父亲的。刚开始她表情淡漠,不露声色,是因为她把一切都埋在心里。但当她收到那张离婚协议书时,那些被埋藏的情感一下子涌出来,把她的内心搅得天翻地覆。后来,她被查出来得了脑癌。

抑郁的情绪加重了她的病情,最终她从高楼上一跃而下。那时候他还很小,眼睁睁地看着她从天降落。

祝君繁像是被人狠狠地扼住了喉咙,徒劳地张大嘴巴,一个音节都发不出来,最后他胃里翻腾,不断地干呕。他的胃病好像就是从那时候开始的。

从此，没有父爱的祝君繁又丧失了母爱，而外祖父母对他的厌恶也毫不掩饰，只因为他姓祝，只因为他的父亲在国内另娶他人。父亲让那个女人生的两个孩子拥有合法的继承权，而将祝君繁丢在瑞士不闻不问。

母亲的葬礼，父亲来过。他带着新婚的妻子，祝君繁看见她隆起的肚子和脸上洋溢着的幸福。

那是踩着他母亲的尸体才建立起来的幸福。

后来，祝君亭出现在瑞士，昏迷了七年。七年里，祝君繁知道他是谁，也知道如何联系上他的母亲，可祝君繁谁都没有通知，就让祝君亭在医院里昏迷着陪了自己七年，直到得知祝君亭的母亲郁郁而终。

那是她的报应。

可祝君繁心里又是内疚的，祝君亭是无辜的，所以祝君繁后来又回国，将自己手上那唯一的一点利益——母亲离婚时分得的股权，给了祝君亭。

他可以对祝君亭和祝君雅既往不咎，甚至可以不让他们知道这一切，可是他不能原谅颜家。

祝君繁垂头看着身后的门，他此时无论如何都无法装作若无其事的样子去打开它，然后走到温颜夏的身边。他跨不出那一步，今天之后，他们之间就隔着整个世界了。

温颜夏接到温婉的电话，是在三个小时之后，凌晨三点半。那是不管八年前还是八年后她都能倒背如流的号码。

这八年里，温颜夏每换一部手机，都会把这个号码存进去，虽然知道这个号码的主人不会再打电话过来，但她还是备注着"妈妈"。在这样的时刻，这个存在她手机里八年未亮起的称呼，显得格外刺眼。

"喂。"虽然脸上还挂着泪痕，温颜夏还是匆忙地收拾好情绪，接通了电话。八年了，她已经无法对着电话那端的人像从前一样喊出一声妈妈。那边是良久的沉默，正当温颜夏以为只是一个被拨错的电话时，那边才响起一阵啜泣声。

温颜夏整个人都紧绷着,那边的温婉说:"你爸刚进了手术室。医生下了病危通知书。"

温颜夏的心像被什么东西揪住了,一下一下扯得生疼,眼泪大颗大颗地落下来,可她没有发出一点声音。她很想问:"妈妈,妈妈,我能不能去看看他?"可她到底还是沉默着,紧紧地抿着唇,不发一言。她知道,对现在的颜震来说,自己过去看他很有可能是压垮他的最后一根稻草。

电话那端的温婉道:"你能不能来看看他?"

温颜夏拼命点头,嘴里含糊不清地说:"好……好……我……我马上过去。"温婉长长地叹了口气,才挂断了电话。

温颜夏终于从墙角站起来,长时间的哭泣让她有些无力,她踉跄着走出了祝君繁的家。看着空无一人的门口,她的脚步有片刻停顿,最后头也不回地往医院里赶。

颜震的情况比温颜夏想象的还要差一点,她到的时候,他还没从手术室出来。温婉作为家属,已经被医生约谈了几次。

看到温颜夏,温婉眼中泪光闪烁,拉着她的手不断抽泣。八年不见,岁月在温婉脸上留下了痕迹,这八年温颜夏慢慢成长,她慢慢老去。

温颜夏的手一直在抖,尽管在来的路上她已经做好了心理建设,但见到现在这样的场面,她还是有些局促和害怕。

医生再一次约谈家属的时候,她看了一眼眼神空洞的温婉,终于主动开口:"我来,我也是病人家属。"

医生看了她一眼,说了一句:"怎么不早点来,你是病人的什么人?"

温颜夏咬了咬唇,说:"我是他女儿。"我是他女儿,一个被"流放"在外八年,一个即便是他病重垂死,也没有被他亲自召回的女儿。

医生没再多问,只匆匆地交代道:"我大致说一下情况,病人的生命指标虽然有所提升,但还是很危险,我们需要对他进行二次手术。手术存在风险,他很有可能在手术台上下不来,所以需要家属签字确认。"说着,他将手术同意书推到了温颜夏面前。

温颜夏只匆忙看了几眼就签了,整个过程表现得极其镇定。但其实,她握着笔的手没有什么温度,字迹也很僵硬。

她看着那张纸上的病人名字"颜震"和自己签下的"温颜夏"三个字,瞬间泪水汹涌。

八年过去了,她再一次和她的父亲产生关联,竟然是在一个生死攸关的场合。

她不能确定,自己签下的名字会不会变成他再也无法从手术台上下来的催命符,可是她别无选择。

好在,五个小时之后,颜震平安地从手术台上下来了。他被推进了重症监护室,温婉紧绷的神经终于放松了一点。在温婉的情绪稍稍平稳之后,温颜夏才知道,颜震这次陷入险境,是因为受了刺激。他清醒之后本想要卖掉WE,但不知为何临时反悔了。然而,仅在一周之后,颜氏股票大面积崩盘,如果没有资金注入,颜氏很有可能面临卖盘。温婉担心颜震的身体,原本是瞒着他的。那天晚上,温婉只出去了一小会儿,病房里就多了一个包裹。颜震拆开之后,当即受到刺激陷入昏迷,不久之后就进了手术室。

温婉后来才知道,那个包裹里装着一本杂志,封面上标题很是醒目——《颜氏集团面临卖盘》,文章内容大致是:颜震病重期间,颜氏股票暴跌,被人大规模恶意收购。

温颜夏听到这里,觉得心像是被放进了一汪冰水里,凉意一点点地蔓延开来,侵袭她的四肢百骸。她只能把这件事和祝君繁联系在一起。

短短几小时,她和祝君繁之间便已间隔万重山。

温颜夏劝完温婉去休息后,自己又在重症监护室外待了一会儿。医生劝她也回去休息,说她即使等在这里也没什么用,颜震一时半会儿不会醒来,她倒不如先回去,毕竟只有家属休息好了,才有精力照料病人。

温颜夏点头敷衍着,又等了几个小时,等到探视时间到了,便穿着无菌服隔着厚重的病房玻璃看了看颜震。他身上还插着管子,孱弱的样子与昔日那威严的形象天差地别。

后来,她离开了医院。

她从未告诉过任何人,她名字里的那个"颜"字代表着她是颜震的女儿。她现在的那个温姓,也代表着自己是一个被颜家抛弃八年的女儿。八年前,她是颜家宠爱的颜夏;八年之后,她不过是父亲病重时只能偷偷来探望的温颜夏。

刚跨出住院部的大门,温颜夏就看见了刚从车上下来的季闻洲。

见到她,季闻洲愣了一下,问道:"伯父怎么样?我在外面出差,一回来就听说他昨晚病危。"

"暂时脱离危险了。"温颜夏看了他一眼,他看起来风尘仆仆,像是匆忙赶回来的。

"我送你回去。"听到颜震脱离了生命危险,季闻洲像是松了口气。

温颜夏拒绝了他:"对不起,我想一个人走走。"她顿了顿,又道,"还有,谢谢你来看他。"她说的他,是指颜震。时隔多年,她无法再自如地称呼他为爸爸。

她不得不承认,对于出现在这里的季闻洲,她是心存感激的。

"你不必谢我,即便是为了颜佳,我也会尽力保住伯父。"季闻洲听她这么说,也没有再强求,说完这句话之后就让她走了。

等温颜夏的身影消失了,他才进了医院大门,去找了颜震的主治医生。致恒在颜震所在医院有股份,他以致恒总裁的身份向医院施压,要求全力医治颜震。

至少，在温颜夏来到他身边前要保住颜震，他想。

颜氏和颜震是他手上的筹码。他季闻洲此生非要得到温颜夏不可，不管是用什么手段。

温颜夏从医院回到家时已经是中午，就在她准备转身进门时，脚边忽然响起几声猫叫。

她低头，看见那只小奶猫在她脚边绕啊绕，它的脖子上还挂着一枚戒指，应该是祝君繁没把门关上，猫跑了出来。

温颜夏终究是不忍心，将猫从地上抱起来，护在怀里。她的指腹一点点抚过那枚戒指，终是将那根串着戒指的红绳从猫脖子上解了下来。

那根绳子和戒指最后被她挂在了祝君繁家的门把手上。

吧嗒。在温颜夏抱着猫进门之后，祝君繁家的门忽然开了。祝君繁站在门口，一只手还握在门把上。

他面色苍白，眼睛里满是血丝，下巴上布满了青色的胡茬。他将温颜夏挂在门把手上的戒指紧紧地握在掌心里，上面的钻石硌着他的手掌，可他不觉得疼，反而握得更紧，好像一旦放开了，就再也握不住了。

祝君繁终于往温颜夏家的方向走了两步。他的手举起来，最终却没有叩响温颜夏家的门。他觉得自己很可笑，已经到了这个地步了，为什么还是想去见她？

他如今到底该以什么身份、什么目的去见她？

黎时到酒吧的时候，祝君繁已经喝得烂醉。

这些年来，黎时已经很少见到祝君繁这副样子。预感到出了什么事，黎时眉头紧锁，问了几句，祝君繁都没有回答，只是自顾自地喝酒。

最后，黎时忍不住夺过祝君繁手里的酒杯，问道："到底怎么了？！"从昨天下午开始，他就一直在找祝君繁。祝君繁电话不接，家里也没人，到了今天晚上才主动联系自己。

在电话里，祝君繁醉得连话都说不清楚。难道是和温颜夏吵架了？可这人明明昨天上午还说要定下来，要向人家求婚。难道是求婚被拒绝了？不会吧，风流倜傥的祝总也会被人拒绝？

黎时想到这里，放缓了声音安慰道："没事，这次没答应，肯定是她还没想好，你再求一次，她一定会答应的。"

祝君繁没有理他，没了酒杯，他直接拿起酒瓶喝。那可是伏特加，祝君繁有严重的胃病，黎时看得心惊，伸手去夺。祝君繁拿着酒瓶躲，一个没拿稳，酒瓶摔在地上四分五裂。祝君繁看着那一地玻璃碴，低声地笑了，可那笑声比哭声还难听。

黎时一怔，察觉到今天的祝君繁很不对劲，不像是求婚被拒那么简单。他正思索着到底什么事能让他变成这副样子，祝君繁终于开了金口。

他抬头看着黎时，眼底一片猩红，说："黎时，我从来没想过，颜震还有一个女儿。他捧在手心里的是颜佳，流放在外的是颜夏。"说到这里，他停顿了一下，然后才确认般道，"温颜夏。"

"什么？！"黎时心里咯噔一下，不敢相信地说，"怎么会是她……"

祝君繁和颜家之间的事，他是清楚的，可他没想到温颜夏会是颜家的人。如果她是颜家的人，那么对现在的祝君繁来说无疑是一个重击。

刚刚决定要相伴一生的人的父母，是害得他母亲自杀，害得他家破人亡的仇人。这种狗血言情小说作者也不屑再写的万年老梗，怎么会出现在祝君繁身上？黎时心疼祝君繁，随手拿起吧台上的一瓶酒猛灌了一口，骂道："这都什么乱七八糟的破事啊！"

他话音刚落，人群中忽然响起一声惊呼。他匆忙抬头，只见祝君繁身形一晃，直直地栽倒在地。

祝君繁被送到医院后，医生建议直接洗胃。酒实在太烈，他又没吃什么东西，加上本来他的胃就不是很好，情况有些严重。

医生做了紧急处理之后，祝君繁被送到了病房。他一直昏迷着，黎时就在病房里陪着他。

祝君繁的主治医生是黎时的多年好友。见到黎时，他面色十分凝重，黎时察觉到不对劲，问："怎么了？不是说只是胃黏膜轻度受损吗？"

医生摇了摇头，示意黎时跟着自己出去。

到了病房外面，他才对着黎时低声道："上次君繁的体检报告出来之后，我们发现他脑部有一小块阴影，曾提醒他做进一步断层扫描，可他一直没来医院。这次他入院，你务必劝说他做个脑部检查，有些东西，尽早发现，尽早治疗为好。"

黎时心里一惊，好半天之后才回道："好，我会劝他。"

其实祝君繁的母亲最后选择离开，除了对感情失望，还有一个原因是深受脑癌的折磨。颅内高压让她一天仅有几个小时清醒着，而在这清醒的几个小时里，她郁郁寡欢，最终选择放弃自己的生命。

这也是那次祝君繁持续高烧，黎时一定要他来医院体检的原因。而现在，事态发展似乎不妙。脑瘤虽然不会遗传，但是基因会，而且，祝君繁的姨母也得过这个病。

黎时看着病床上面色苍白、昏迷着的祝君繁，神色复杂。犹豫再三，他还是给温颜夏打了个电话。现在这个时候，或许只有温颜夏才能帮上忙了。

温颜夏是被手机铃声叫醒的。

从医院回来之后，她就吃了一粒安眠药。她实在是累极了，但躺在床上无论如何也睡不着，满脑子都是祝君繁。她梦见自己夹在父亲和祝君繁之间，眼睁睁地看着祝君繁手里的刀扎进她父亲的胸口。梦里血腥的场景让她害怕得尖叫，却无法醒过来。

直到黎时的电话进来，她才借着铃声从梦里醒来。

她背脊上冷汗涔涔，好半天之后混沌的脑子才有一丝清明。她接起了那个电话。在电话里，黎时约她在她家附近的公园里见面。

在那个并没有什么人的公园里，温颜夏从黎时口中得知了祝君繁和颜氏之间的恩怨。

她从未想过，她的父母竟然会是破坏别人家庭的帮凶。虽然她在八年前被赶出了家门，但她至少有一个无忧无虑的童年，至少八年前的她拥有一个幸福的家庭。可祝君繁没有这些，因为颜震和温婉对祝君亭母亲的间接帮助，祝君繁的母亲才会远走瑞士，最后死在了异国。他从小受尽外祖父母的白眼，没有母爱，亦得不到父爱。

她想起那天在他家里，他将香薰蜡烛放在她床头，告诉她，他早已习惯黑暗。他还告诉她，他曾经连续一个月交不上电费。他那时该是多么落寞和无奈，而造成这些的，是她的父母。

温颜夏心里对祝君繁的愤恨瞬间变成了内疚和心疼。在这个世界上，谁都可以指责祝君繁，唯独颜家的人没有资格，包括她这个颜家的二女儿。

那天她离开公园的时候，黎时一直站在原地目送她。

温颜夏看得出他的欲言又止，但他到底还是什么都没有再说。

在清江市的另一端，季家的别院里。季闻洲和盛希文正站在后院里打高尔夫。季闻洲一杆进洞，盛希文轻怕掌心，毫不吝啬地夸赞道："季总好球技。"

季闻洲放下球杆，走到她身侧拿起一瓶水，喝下一口才道："不及盛小姐好计谋。"虽然是夸奖，但他的语气里听不出赞许。盛希文笑了笑，当然她也不需要他的赞许，两人各取所需罢了。

温颜夏手里的那张记忆卡是盛希文精心准备的。像祝君繁这种心思缜密的人，怎么会不删掉记忆卡里的敏感内容。那些音频，是她后来添加进去的，都是祝君繁和她通话的录音。她找人删了，又在记忆卡里植入了一个程序，只要温颜夏把记忆卡插入电脑，删掉的内容就会自动恢复。而她也很有把握，知道说什么话会让温颜夏在把记忆卡交给祝君繁之前先打开来看。

回国之后，盛希文就一直在帮祝君繁，帮他调查颜氏，帮他大量买入颜氏的股票。在调查颜氏的时候，她就意外地发现了温颜夏八年前被赶出颜家的事。

盛希文还没来得及告诉祝君繁这件事，就发现祝君繁和温颜夏在一起了。两人的感情发展之快，让她感到吃惊。祝君繁对待温颜夏和对待以前那些女人不一样。出于一个女人的直觉，她知道，祝君繁这一次是认真的。如果她告诉他温颜夏是颜家的女儿，他可能会放弃报复颜氏。所以她瞒着他，没有说出温颜夏的真实身份。

她不愿意失去祝君繁。她太了解祝君繁，只有事情到了不可挽回的地步，他才会放弃温颜夏。

浣西南路六号不过是她给温颜夏的一份餐前小菜，那张记忆卡才是主菜的开端，后面的东西会更加精彩。

盛希文也拿起球杆挥了一杆，球没进洞，停留在球洞不远处，她并不在意。盛希文抬手看了看表，说："时间差不多了，我得先走了，不打扰季总的雅兴了。"

季闻洲回头看了她一眼，道："那我就不送了。"

第八章　过去

和君繁的过去有关,你应该也想听吧?

- - -

除夕那天,温颜夏和祝君繁正相拥而眠之时,楼下的季闻洲看着温颜夏家那盏暗下去的灯,捏碎了手里的酒瓶。

即便是这样的日子,他也没回家。

那时季闻洲刚应酬完,应酬的地方恰好在温颜夏家附近。他本来是自己开车来的,但应酬时喝了不少酒,只得打电话通知司机赶过来接自己。可司机迟迟没到,他等得不耐烦,就出了酒店去透气。

刚出酒店大门,他就看见路边相拥着的温颜夏和祝君繁。

街头节日气氛浓厚,他站在那里,更加显得形单影只。

酒精让他有一瞬间恍惚,他忽然想起,多年之前的某个除夕夜,他是在颜家度过的。

颜家父母算是开明的人,对他们这些小辈的事并不多加干涉。吃完年夜饭之后,他和颜佳、颜夏在院子里聊天。

中途颜佳要去回复一封邮件，便去了书房。

温颜夏看着他半晌，问道："你有打火机吗？"

季闻洲那时候很少抽烟，身上自然没带打火机。颜夏脸上带着一点扫兴，转而又像想起什么似的，走到了院子中央的景观树旁。她蹲下身子在树旁掏了掏，然后一脸兴奋地向他扬了扬手里的东西，她低头研究了一下，才高兴地说："去年藏在这里的，没想到还能用。"

季闻洲走近之后，才发现她手里拿着一个打火机。她刚才低头的动作，是在试打火机是否还能用。那是一只看起来很廉价的打火机，是街边那种一两块钱就能买到的。正当他惊讶于她为什么会有这样一只打火机时，她又从另一棵景观树后面掏出来一个纸袋子。

温颜夏把袋子打开，献宝似的递到他面前，里面是各种造型的小烟花。

季闻洲还没有反应过来，温颜夏已经伸手拉住他的手。两人掌心相交，他愣了一下。那时候的温颜夏还是个半大的孩子，她没有想太多，只想着有人和自己一起放烟花了。她的父母从不允许她玩这些东西，连颜佳也经常提醒她，玩归玩，不要伤到自己。所以她买的都是一些冷烟花，放起来也不会发出很大的声音。

颜夏拉着季闻洲躲在院子里的假山后面，确定颜家父母和颜佳都在屋子里，才放心地掏出两根小的仙女棒。她递给季闻洲一根，替他点燃，然后又将自己手里的那根伸过去，就着他手里的那根点燃。火花从仙女棒顶端迸发出来的时候，季闻洲正好看见温颜夏笑开来时脸上的两个小梨涡。

烟花很廉价，烟味也很刺鼻，可当烟味席卷了他的鼻腔时，他觉得那才是真正属于人间的烟火气。明明颜家家境和季家不相上下，明明温颜夏和他在几乎相同的环境里长大，可她与他、与颜佳又是那样不同。

现在回忆起来，那一年的除夕好像是他这么多年来过得最像除夕的一个除夕。

从前他以为那些劣质的小鞭炮不配被他玩,可那时他却觉得是自己配不上那些烟火气。在那个夜里,他的心好像被什么东西照亮了一下。

回忆至此,他好像忽然明白了为什么当初自己会对温颜夏说出那句"嫁给我",因为世界那么大,他身边的人那么多,好像只有她与众不同。

这个世界不就是这样吗,独特的东西才可贵,温颜夏能让他感到温暖,那么他就要紧紧地攥住她。他不管过程如何,只要结果是她在他身边就行。季闻洲本以为自己可以等,等温颜夏心甘情愿地来到他身边,等她慢慢发现祝君繁是这个世界上最不可能和她在一起的人。可是看到他们相拥的身影,他觉得自己一刻也不想再等,他要马上就让温颜夏来到自己身边。

于是,这一年的除夕夜,他用那只被酒瓶碎片割破的手,拨了一个电话给盛希文。

接通之后,他只说了一句话:"我不管你用什么方法,我要她马上知道一切,如果三天之内你做不到,我们的合作就取消。"

盛希文刚出季家别院,就掏出手机拨了一个电话。

接通之后,她只说了几句话:"温小姐,下午有空吗,我想和你聊聊,和君繁的过去有关,你应该也想听吧?上次的咖啡厅见。"

温颜夏接到盛希文电话的时候,本来是想拒绝的,她现在并不想见盛希文,可是想起黎时欲言又止的神情,她又有些犹豫。盛希文又说:"黎时或许已经告诉了你一些事情,但我要说的,他绝对不会告诉你。"

自从把记忆卡送给温颜夏之后,盛希文就让人一直跟着她,自然也知道黎时和温颜夏见过面。

相处了这么多年,她很了解黎时,他什么会说,什么不会说,她一清二楚。那张记忆卡不过是一个开端,她要的是确保温颜夏和祝君繁不能在一起,她今天要告诉温颜夏的是另一记猛料,一记温颜夏知道之后,再也无法和祝君繁和好的猛料。

咖啡厅里，温颜夏和盛希文面对面坐着。盛希文十分优雅地喝了一口咖啡，然后就这么一直盯着温颜夏。看了许久，她才在温颜夏不明所以的目光中说了一句话："说起来，我和温小姐还真有几分相似。"

温颜夏明显愣了愣，问道："什么意思？"

"没什么，只是感叹这么多年过去了，君繁喜欢的类型还是一样。"盛希文笑了笑。

"你是想告诉我，他和我在一起，只是因为我长得像你？"温颜夏的语气里满是匪夷所思。盛希文今天约她出来，是来向她示威的？

盛希文没有立刻回答她，而是将目光投向了远处，不知道在看什么。

温颜夏实在是没有精力陪她在这里放空自己，她有些讨厌盛希文欲语还休的态度，丢下一句："如果盛小姐没别的事，我就先走了。"说完她就起身要走。

盛希文依旧望着远处，嘴上却忽然道："他们就是在十字路认识的，因为一场车祸。"温颜夏起身的动作顿了顿，盛希文回过头道，"我说的是君繁和'她'。"

温颜夏终于又坐回了座位上，她清楚地知道，盛希文口中的那个人指的不是自己。

盛希文继续道："我没有资格向你示威，因为我也只是一个替代品，因为长得像她，所以我有幸和君繁在一起过。"

温颜夏觉得自己心里像被人打了一拳，一阵阵发闷。盛希文是在告诉她，祝君繁心里有一个一直忘不了的人，自己因为长得像她，才能和他在一起。

察觉到温颜夏脸上细微的变化，盛希文又道："不过，你比我幸运，因为你比我更像她。"

"我要走了。"温颜夏忽然站起身来，她不想再听盛希文说话，她有预感,盛希文下面说的话,她不会想听。温颜夏宁可逃避,也不愿意面对,所以她要马上离开。

可是盛希文没有放过她,不依不饶地说:"你真不想知道我说的那个人是谁吗?"

温颜夏觉得脊骨僵硬,她艰难地转过身,背对着盛希文,抬脚就要离开。

盛希文的语气瞬间急切了几分,她道:"你姐姐墓前每年准时出现的那束鸢尾花,你不想知道是谁送的吗?"温颜夏忽然觉得身子被死死地困在了原地,盛希文的话像一道咒语,让她动弹不得。

"你到底想说什么?!"温颜夏觉得自己的声音都在颤抖。她显然已经意识到了什么,但她还是希望从盛希文的嘴里得到一个否定的答案。

可盛希文还是说:"如你所想,我说的那个人就是你的姐姐,颜佳。"

"你撒谎!你骗我!"这个真相让温颜夏的情绪几乎失控。她的指甲嵌进肉里,眼眶里的泪水让她的视线一片模糊。

"我有没有骗你,你比我清楚。真相就在那里,即使你想逃避,它也不会消失。"盛希文缓缓地起身,走到温颜夏跟前,一字一句地将这些话说给她听。

盛希文靠得那么近,将温颜夏的每一个表情都看在眼里,她确定这个真相足以击得对方爬不起来。温颜夏的声音都在颤抖,她推开盛希文,小声道:"你非常喜欢祝君繁对不对,你对他旧情难忘,所以编了这个故事来骗我对不对……"说到后面,温颜夏的声音越来越轻。

如果不是双手及时紧紧地抓住了桌子的一角,她很有可能会站不稳。

盛希文就站在她身侧,见她这副样子,盛希文眼底闪过一丝不忍。温颜夏多么像从前的自己,从祝君繁口中知道真相,知道自己只是一个替代品。

下一秒,盛希文的眼神恢复如常,她深知要想得到自己想要的东西,就不能心软。她沉声道:"我没有骗你。"她不觉得自己残忍,她只是不甘心。温颜夏也只是替代品,凭什么让祝君繁动了真心。

"如果你不相信,可以去你姐姐的墓前看看,如果我没记错时间,今天那束花会准时出现在那里。"盛希文说完这句话,就离开了咖啡厅。

温颜夏跌坐在一旁的座位上,独自待了许久。直到服务员来询问她是否需要帮助,她才站起身来一步步往外走。

她家离咖啡厅很近,她走得也很慢,可就是那段短短的距离,却让她精疲力竭。最后,她扶着一面墙猛烈地咳嗽。当冷风灌进嘴里,温颜夏觉得喉咙里一片腥甜的时候,她才发现不知何时,嘴唇已经被她自己咬破了。可她一点也不觉得疼,只觉得心口一阵阵地发麻,麻木到不知道疼痛为何物。

在咖啡厅的时候,她说盛希文骗了她,可她比任何人都清楚,颜佳喜欢鸢尾花,也清楚八年来,颜佳墓前每年都会出现一束鸢尾花。

温颜夏原本以为除了自己,没人知道颜佳最喜欢的花是鸢尾,因为就连当时身为她未婚夫的季闻洲,每次送她花都是送的白玫瑰。

颜佳收到花,从来不会说自己喜欢的不是白玫瑰。

直到八年前她去世,温颜夏在忌日去看她,才发现原来还有人每年会送她鸢尾花。温颜夏从来没有见过送花的人,他好像每次都比她早一点到。看花的新鲜程度,好像有时比她早一天,有时只比她早几个小时。每一年,花下面都会压着一张卡片,上面都是同一句话:吾爱颜佳,愿你一切都好。

她曾以为,那只是颜佳的一个爱慕者。虽然颜佳从没提过有这么一个人的存在,但颜佳优秀,有爱慕她的人,温颜夏并不觉得奇怪。

可今天,盛希文却说,那些花是祝君繁送的,那个八年来都没有忘记颜佳的人是祝君繁。自己和盛希文在祝君繁眼里不过是颜佳的替代品。

她和祝君繁才见过几次,他就对自己展开追求攻势。温颜夏突然想起上次在码头许少卿没说完的那些话……她甚至不知道，祝君繁接近她、追求她、疼她、宠她，是不是只是因为他一早就知道她是颜佳的亲妹妹。

原来在她毫无察觉的时候，命运就已经一点点地埋好了伏笔。她失魂落魄，没有回家，而是在街上漫无目的地走。

等她走到脚跟生疼，才发现不知何时脚后跟已经磨破了皮，鞋子上也红了一大片。她回过神来，发现自己已经不知不觉来到了颜佳所在的墓园。

即便已经过了八年，温颜夏在看见颜佳永远定格在墓碑上的笑容时，还是满腹愧疚。再过两天就是颜佳的忌日，也代表着她离开人世已经整整九年。

她的墓前此时正静静地躺着一束鸢尾，与之前不同的是，这一次花下面没有卡片。

温颜夏慌忙转身，寻找了一圈，没有发现祝君繁的身影。

没有看见祝君繁，她的心里却是庆幸大于失望，庆幸他不会当着颜佳的面亲口告诉她，她只是颜佳的替代品。

温颜夏跪在颜佳墓前，身子一点点地埋下去，几乎是伏在那束鸢尾旁边，低低地哭出声来。

忽然下了一场雨，很大，风雨将温颜夏包裹住。她不想逃，反而就着这场雨，在颜佳墓前哭了个痛快。

雨势没有丝毫变小，她哭够了，跌跌撞撞地站起来，一步步地往墓园外走。

快到门口的时候，她却猛然顿住了脚步，就在她前面不远处，站着祝君繁。

他穿着一身黑色的西装，手上举着一把黑色的伞。温颜夏踩进雨水里的声音太大，惊动了他。他回过头，温颜夏看见了他几近苍白的脸。

他明显愣了一下，动了动唇，到底是没有叫她的名字。

温颜夏一步步往后退，他不知为何心里一慌，下意识地抓住了她，然后不着痕迹地将手上的伞举到了她头顶上方。

温颜夏被他抓着，没有挣扎。

她撇着嘴角，好像随时都会再次哭出来，她说："祝君繁，盛希文说……说你喜欢颜佳，说我和她都是颜佳的替代品……"她哽咽着继续道，"你喜欢颜佳没关系，但我不是她的替代品对不对，你不是因为知道我是她妹妹才接近我的对不对……"说到后面，她泣不成声，连一个完整的字都说不出来。

温颜夏原本以为祝君繁至少会对她说个谎，可他只是定定地看着她，然后说："对不起。"

温颜夏看着他，许久之后，才扯着嘴角笑了一下。她这一笑僵硬而悲情，比哭还要难看。祝君繁看在眼里，心里觉得很不是滋味。

温颜夏伸出另一只手抓住了他撑着伞的手，语气里满是小心翼翼，她说："我爸妈和你妈妈之间的事，是我爸妈不对。我能……我能谅解你。"她说到后面几乎是语无伦次，"但你……但你不要因为我爸妈曾经伤害你妈妈，就来骗我……你别骗我……你……你说过的，你说你不是一个会为过去所累的人……你说过的……"

温颜夏的身子一点点地往下滑，抓着他胳膊的那只手依旧没有放开，将祝君繁整个人往下拽了一点。

因为她蹲在雨里，祝君繁原本拽着她胳膊的手被迫松开，他想去扶她，可是手机的信息提示音响了一下，是黎时发来的消息，他犹豫了一秒，还是先打开了那条信息。只有一句话，没头没尾的一句话，却让他那只想要伸出去的手生生顿住。

黎时在信息里说："情况不乐观，要进一步检查。"

他手上仍然举着那把伞，目光沉痛，声音认真而缓慢："我说过，

129

过去就是过去,结束就是结束,可颜佳在我的心里还没有过去。"

她是如此卑微地哀求他,可是他连骗都不想骗她。

她胡乱地抹了把眼泪,站起身来,慢慢地走进雨中。

祝君繁再次抓住她,握着她的手,硬要把雨伞往她手里塞。温颜夏很抗拒,大力地挣扎,拉扯间,祝君繁被她推倒在地。

温颜夏不管不顾地冲进了雨里。她没看到祝君繁的外套里露出一截中心医院的病服。

祝君繁跌倒在地上,只能看到温颜夏离去时溅起的雨水,他的视野逐渐模糊,最后陷入一片黑暗。

黎时那条短信说的是祝君繁的病情。因为他母亲的病,这二十几年里祝君繁一直过得胆战心惊。他从前怕死,惜命,是因为有仇要报,可是现在的他比以前更害怕死亡。他的世界里曾经也有过光,从前那束光是他母亲,后来是颜佳。她们曾经差点儿就能把他拉出深渊,可都一一离开了他。他知道自己身在黑暗最深处,也承认一开始接近温颜夏是因为她长得和颜佳相像。可相处之后,他从没把她当成颜佳的替身,也不想把她拉进黑暗里,他所处的地方太可怕,他不想她陷进来,更不想她受到伤害。

祝君繁要的是温颜夏永远快乐,像个孩子也没关系,只要自己在她身边,她要如何都可以。

可现在,祝君繁做不到了。

他的手掌虚虚地握了握,最终重重地落在地上。

温颜夏跑到墓地外面时,几乎力竭,即将栽倒在地之际,被一双手扶了一把。她慌忙抬头,看见季闻洲正站在她身后。大雨倾盆,他没有撑伞,和她一起站在雨里。

"你怎么了?"季闻洲扶稳温颜夏后问道。

温颜夏像是抓到一根救命稻草,她明知道面前的人对她有所企图,还是说:"季闻洲,你能不能带我离开这里?"她不断地回头看,很怕祝君繁会追过来,怕他对她说,她只是他对颜佳的感情寄托。

"好。"季闻洲没有问什么就答应了她。

他来之前接到盛希文的电话,她告诉他温颜夏在这里,同时还说,她的任务已经完成,也不会再找人跟着温颜夏,接下来就看他自己的了。

他知道盛希文会和温颜夏说些什么,现在看来,盛希文成功了,成功地让温颜夏对祝君繁心生嫌隙。他不管过程,只求一个结果,一个他想要的结果。不管过程有多残酷,只要结果是他想要的,别的他都不在乎。

温颜夏上了季闻洲的车,缩在副驾驶座上,整个人都在抖。季闻洲开了暖气,一边开车,一边时不时地看她一眼。两人一路沉默,直到到了温颜夏家楼下。

车子停稳之后,温颜夏伸手就去开车门,嘴上刚说了一句"谢谢",手就被季闻洲握住了。他看着她,道:"我希望你再考虑一下,和我结婚。"他另一只手轻轻地将温颜夏脸颊上的湿发绕到耳后,又道,"毕竟,现在除了我,没人能帮你了。"

温颜夏浑身一震,一时忘了挣扎。她忽然想起浣西南路四号那个地址,那是季闻洲给她的。这么说来,他早就知道祝君繁和颜家的关系。

她突然觉得面前这个人很可怕,背脊上渗出一层冷汗。她往后靠了靠,去推他,试图让季闻洲远离她,以减少他对她情绪上的压迫。

然而,季闻洲像一块石头一样纹丝不动,非但没有远离一点,还向她靠近了一分,近到温颜夏能感受到他的气息。她心里直发毛,推得更加用力。季闻洲将她另一只手也固定住了,他的脸越发靠近。温颜夏动弹不得,避无可避。

季闻洲看着近在咫尺的她,忽然停止了动作,他说:"我说过,我们之间来日方长,我等你心甘情愿地来到我身边。但现在,我忽然不想再等了。"说完，他低头，在温颜夏惊恐的眼神里，扣住她的脑袋吻住了她的唇。

温颜夏一下子咬在他的唇上，血腥味瞬间蔓延开来。可他没有停止，直到身下的人没了反应，他才发现她已经昏了过去。

温颜夏的脸红彤彤的，季闻洲的手背触碰到她的额头时，才发现她的体温高得可怕。

温颜夏醒来时发现自己躺在一个陌生的地方，房间很大，只有她一个人。回忆起和季闻洲在车上的场景，她瞬间清醒了一点。挣扎着要起来的时候，她才发现自己手上插着针头，她正在输液，头也晕得厉害。

就在此时，房间的门被打开了。

季闻洲脱了外套，只穿着一件比较宽松的毛衣。他手里拿着一杯水，见温颜夏醒了，就把水放到了一边，然后走到她床边坐下，伸手就去摸她的额头。

温颜夏往后躲了躲，但没有躲开。季闻洲的手背贴着她的额头一会儿，确认温度没那么高了，才将手放下。

他也不顾温颜夏眼里的惊恐，自顾自地拿起刚才放在一边的水，递到她手上，道："你发烧了，医生已经来过了。既然你已经醒了，就先把药吃了。"温颜夏这才发现，他手心里还躺着两颗白色的小药丸。

她并没有接过那杯水，也没有拿那两颗药，只是看了一眼空荡荡的房间，警觉地问："这是哪里？"

季闻洲依旧保持着递药递水的姿势，同时解答她的疑问："是我家。"看了她一眼，他又道，"我打不开你家的门，所以只能把你带来这里。"

他又把药往温颜夏面前递了递，道："先把药吃了。"

"难道你想让我喂你？"见温颜夏还是没有接过药，他的语气冷了几分。

温颜夏看见他嘴唇上那道被她咬破的伤口，瞬间慌了，她接过他手上的药，一下子吞了下去，连水都没喝。

药丸堵在喉咙里，逐渐化开，苦涩的味道席卷了她的喉腔。温颜被苦得五官都皱在了一起，季闻洲却不再给她递水。他往她背后放了一个靠枕，说了一句"你先休息"就起身要走。

他刚转过身，就听见温颜夏说："我想回家……"她忽然想起，家里还有一只小奶猫在等着她，何况她也并不想留在季闻洲家里。

季闻洲缓缓地转过身，看了一眼吊瓶里的药水，道："等输完液，我让人送你回去。"

说完，他又要走。

"季闻洲。"温颜夏又把他叫住了。

这一次他没有回头，只是停下了脚步。

温颜夏看着他的背影，说："季闻洲，你不要再在我身上浪费时间了，即便没有他，我也不会和你结婚。"

"你会的。"

这是那天季闻洲留给温颜夏的最后一句话。

为了颜震和颜氏，她会的。他认识她这么多年了，最清楚她的软肋是什么，他所做的每一件事，都是为了娶她。

也许是因为药物作用，没过多久温颜夏就睡着了。她再次醒来的时候，已经是晚上了，手上的针也被拔掉了。

季闻洲按照之前答应她的，让人送她回了家。

季闻洲虽然没有再出现，可温颜夏对于他那句"你会的"仍然心有余悸。

温颜夏回家之后，连续几天都没有出门。她的朋友不多，关系最好的秦临霜不久就要生了，温颜夏也不想因为自己的事让秦临霜担心，所以也没和秦临霜说起最近发生的一切。

温颜夏整夜整夜地失眠,关了灯呆坐在房间里的时候,只有那只小奶猫陪着她。它时不时地绕到她身边,舔一舔她的手指,或者伸出爪子挠一挠她。

大多数时候,她都不觉得饿,往往随便对付一顿就过去了。虽然她不太想吃东西,可是猫不能饿着。小家伙的胃口很好,一次能喝十几毫升羊奶粉。那天匆忙在楼下宠物店里买的一小罐羊奶粉,没几天就见了底。

第五天的时候,温颜夏不得不出门为它采购食物。

这些天里,她和猫待在屋子里。猫睡觉的时候,屋子里很安静。从前祝君繁回家,或者进书房,只要动静稍微大一点,她都能听见。可这些日子,她什么声音都没有听到,安静得好像全世界只有她和猫一样。

她随意地套了一件黑色的棉服,抱着猫出了门,关上门的那一瞬间,从防盗门的反光里,她看见自己惨白、憔悴的脸。眼角不经意地一瞥,她看见了门上那个崭新的猫眼。她觉得眼睛一涩,火辣辣地难受。那个猫眼是新换上去的,之前那个坏了。

有一回祝君繁在外面敲门,她一下子就把门打开了。他说她没有安全意识,也不看看门外是谁,也不隔着门问问就开了门。

那时她拉着他进门,指着猫眼上的那个洞给他看,委屈地说,上面的玻璃碎掉了,在里面根本看不到外面的情况。

祝君繁二话不说,直接从自己家门上拆了一个装在她家门上,因为她家的门款式老旧,已经配不到合适的猫眼玻璃。

不仅如此,祝君繁还帮她修好了门铃。那时候他们刚在一起,她在一旁看着他拿着螺丝刀认真工作,调侃道:"没想到祝先生这双日赚斗金的手还能干这些粗活。"

他用空出来的一只手捏了捏她的脸,回道:"我会的事还多着呢。"

现在想来,祝君繁对她实在是太好了,好到让她现在一想到这些,就忍不住鼻子发酸。

怀里的猫"喵喵"叫着,提醒她自己还饿着。

温颜夏匆忙从回忆里抽回思绪,转身走向电梯。

等电梯的空当里,她看见黎时从祝君繁的家里出来。

他手里拿着一个行李箱,见到她时明显愣了一下。

"君繁最近不住这里,我来替他收拾几件衣服。"黎时笑了一下,向她解释。

原来,他最近真的没有回来。

她很想问祝君繁是不是不会再回这里了,是不是搬到了浣西南路六号。可她又觉得自己是多此一问,他连衣服都是让黎时来拿的,避她避得还不够明显吗?

最后她只是低头看了一眼怀里的猫,说了一句:"我要去给猫买奶粉,先走了。"说完她就进了电梯。

黎时跟着温颜夏走进电梯,直到电梯到达一楼,两人之间也没有再说一句话。

中心医院的病房里,祝君繁正坐在病床上开语音会议。他戴着蓝牙耳机,眼睛正盯着电脑屏幕上的报表。因为胃病还没好,再加上要做一个全面的脑部检查,所以他还不能出院。

黎时将他的行李箱放在一旁,犹豫了好半天,还是说:"我今天从你家出来的时候看见她了,她看起来很不好。"

祝君繁滑动鼠标的手微微一顿,然后对着电脑那边做报告的人说了一句:"继续。"

黎时见祝君繁心情不佳，便也不再多嘴了。他想起祝君繁被急救车送来医院的那天，祝君繁醒来时说的第一句话就是让他去看看温颜夏，说怕她出事。

他本来以为祝君繁和温颜夏之间还有和好的可能，可那天他看见温颜夏坐着季闻洲的车回家，那辆车在她家楼下停留片刻之后，又迅速驶离。黎时跟了一路，才发现那辆车最后的目的地是季闻洲的家。

那天晚上黎时和祝君繁说起这件事，祝君繁什么都没说。他也不敢再多话，见祝君繁面色如常地继续开会，他也不便多打扰。

可他刚走到门口，就听见祝君繁说："她知道了关于我和颜佳的一切。"黎时回过头，发现祝君繁不知何时已经摘掉了蓝牙耳机，正闭目靠在病床上。

黎时一愣，问道："谁告诉她的？那天我去见她的时候，她明明还不知道……"说到这里，他才猛然反应过来自己说漏了嘴。祝君繁母亲和颜家的那些事，他跟温颜夏提过。

祝君繁睁开眼看着他，神色平静，好半天之后，才道："我知道你是好意，但是我和她之间的事，你别插手。"

说完这句话，他又闭上了眼睛，这一次，黎时在他脸上看到了疲惫。

从祝君繁的反应来看，他好像已经知道自己去找过温颜夏了。可祝君繁为什么这么平静？平静到好像没有情绪，都不像是自己认识的那个祝君繁了。

黎时叹了口气，最终什么都没说。

黎时离开之后，祝君繁的手机响了一下。他看了一眼，是一个没有备注姓名的号码发来的短信，上面写着："季闻洲和颜佳小姐订过婚。"

发件人是祝君繁派去调查季闻洲的私家侦探。自那天在宴会上看见季闻洲抱着温颜夏后，祝君繁就让人去查他了。私家侦探的调查结果显示，季家和颜家的关系曾经十分不错，季家的那位老爷子虽然已经退下来了，但并没有完全放开对致恒的掌控。老爷子见惯了风浪,当然知道现在的颜氏对致恒来说已经没什么价值,他绝不会放任自己的儿子花大量资源去帮助颜氏。

所以,祝君繁想看看季闻洲到底为什么想要帮助颜氏。

现在他明白了,季闻洲也喜欢颜佳。当初季家和颜家应该悄悄为季闻洲和颜佳办了一场订婚宴,但还没来得及让外界知道这件事,颜佳就出事了。

那也就是说,季闻洲这么不遗余力地帮助颜氏,很有可能是为了颜佳。祝君繁想起那天在宴会上,季闻洲对他说:"有些忙你帮不了。"

原来那个时候,季闻洲已经知道了自己要击垮颜氏。

祝君繁只觉得头痛欲裂,他重重地捏了捏眉心,手一扬,将手机连同电脑一起扫到了地上。

盛希文彼时刚好出现在病房门口,被里面的动静吓了一跳。她以为祝君繁出了什么事,连忙打开了门,一进门就看见地上一片狼藉。

"君繁你怎么了?是哪里不舒服吗?"她慌忙走到他面前,紧张地问道。

祝君繁没有回答,只是捏着眉心靠在床边。

见他脸色不太好,盛希文又问道:"要我帮你叫医生吗?"

一连好几天她都联系不上祝君繁,直到昨天她才知道他住院了。刚赶到这里,她就见到了这个场面。

"不必。"祝君繁面无表情地回道。

见他说不用,盛希文也没有坚持,弯腰去捡地上的手机。她的指尖刚触到手机,就听祝君繁不悦的声音:"别碰!"

盛希文收回手,站直了身子看向祝君繁,发现他紧皱着眉,面色不善。她怔了怔,想到了什么,冲着祝君繁扬了扬手里的保温壶,道:"我

137

给你熬了汤，医生说你现在可以喝，我帮你倒一碗？"

说着，她打开保温壶，在碗里倒了一点，然后递给祝君繁。

祝君繁没有接，他看着那碗汤，道："对不起，我现在没有胃口。"

盛希文又是一怔，随即笑了笑，将碗放在一边，说："没关系，等你想喝的时候再喝。"

"你拿回去吧，我不想喝。"祝君繁淡淡地说出这句话。

"为什么，你以前不是最喜欢喝……"

"那是以前。"盛希文还没说完，就被祝君繁打断了，他强调道，"当初是你说，只想当我的合作伙伴，我才答应让你留下。"

盛希文是想说，以前他们在一起的时候，祝君繁常夸她熬的汤好喝，可现在他在提醒她，他们之间不是从前那种关系了。

盛希文愣在那里，她知道，他到底还是怪她，怪她把不该说的话给了温颜夏听。

"我说了谎，我还是忘不了你。我的视线根本无法从你身上离开。"盛希文终于还是在祝君繁面前承认了，承认自己还喜欢他。

祝君繁的语气是从未有过的冷淡："你应该明白，如果我知道你对我还存有心思，绝不会让你留在我身边。"

尽管盛希文很了解祝君繁，她早有心理准备，知道他会说出这样的话，但当他真的说出口，她还是觉得心被狠狠地揪了一下。

她使劲吸了口气，说："对不起，如果你现在不想见我，我马上离开。"盛希文长得好看，能力又强，追她的人自然不少，可是她在那些追求者面前有多骄傲，在祝君繁面前就有多卑微。

她怕再待在这里，会当着祝君繁的面哭出来。

就在盛希文的手握住门把手的时候，祝君繁又说："如果我当初就知道她和颜家的关系，我绝不会接近她。可到了如今这一步，我也不允许任何人在我眼皮子底下算计她。"说到这里，他顿了顿，又继续道，"还有，如果你想和季闻洲合作，随时可以去。"说这句话时，他的语气明显冷了几分。

季闻洲好像对他的每一步动作都很了解，清楚祝君繁每一个计划的，除了黎时，就只剩下盛希文了。所以祝君繁断定，盛希文联系过季闻洲。

盛希文听得心里一颤，整个人都僵住了。

仿佛过了一个世纪那么久，她才打开病房门，缓缓地吐出一句话："可是君繁，你是不是忘了，如果不是你，我根本没有机会伤害她。"说完，她就抬脚离开了。

祝君繁一把扯下悬于自己手臂上方的药水瓶，手上的针头脱出来，划出好长一道血痕。路过门口的护士发出一声惊呼，然后冲进来慌忙去给他止血。酒精棉划过他的伤口时，他眉头都没皱，只盯着白色地砖上那几滴触目的鲜红。祝君繁用手死死捂着自己的胸口，好像他真正疼的地方不是手而是心。

盛希文说得没错，如果不是因为自己，她根本没有机会伤害温颜夏。是他亲手把刀递给了盛希文，或者说，是他亲手将刀插在了温颜夏身上。

他从未像现在这样希望时光倒流，也从未像现在这样恨自己。

第九章　婚约

我不会和季闻洲结婚。

· · · ·

温颜夏接到温婉的电话，是在一周之后。

母女俩之间还带着点生疏，温婉在那边欲言又止，过了好一会儿，才说颜震醒了，想见温颜夏一面。

温颜夏惊讶于颜震对自己的态度，她不认为八年之后，颜震会原谅她。

温婉没有多说，只是说颜震这次经历了生死，看开了一点。

电话挂断之前，温颜夏听到她那边有吸鼻子的声音，她正要问出了什么事，却听温婉说："颜夏，不管怎么样，你永远都是我的女儿……"

后面的话，温颜夏没听清楚，只听见胸腔里擂鼓般的跳动声。

她以为，她的母亲还是爱着她的。

那一刻，温颜夏体会到了八年来未曾感受过的温情。

一个小时之后，她在颜震的病房里看见了季闻洲。她听见颜震虚弱地说："我已经答应了你和闻洲的婚事。"

温婉眼神闪躲,低垂着眼握着她的手,说:"你爸也是没有办法。"

温婉对温颜夏或许是心怀愧疚的,但还是没有阻止颜震的决定。

温颜夏没想到,时隔多年,她和父亲再次相见,竟然会是这样的场景。她从家里赶过来的时候,几乎在车上哭了一路。她天真地以为就算和颜震、温婉的关系不如从前,就算她还是不能回到颜家,至少他们不会再在她去探望他们的时候避而不见。

可等着她的,居然是自己和季闻洲的婚事。

温颜夏脸上还挂着一点没干的泪痕,她走到颜震身边哀求他,嗓音干涩:"颜先生……"是的,从她离开颜家,从她改姓温,她就被迫只能称自己的父亲为"颜先生"。

好像是为了适应这个新的称呼,她停顿了好一会儿,才又开口:"我不会和季闻洲结婚。"

她的语气卑微而坚定。

颜震大概没想到,时隔多年再一次见到自己的女儿,她会忤逆自己。他刚醒来,身体还很虚弱。他手术之后,后续治疗非常重要,如果不是季闻洲找了最好的专家会诊,制定了最好的医疗方案,他不可能恢复得这么快。

在他病着的这些日子里,也是季闻洲在帮着温婉和公司那帮董事周旋。他清楚地知道,如果没有季闻洲,颜氏撑不了那么久。他也知道,季闻洲的身后是整个季恒,现在颜氏岌岌可危,能救它的人屈指可数。

而这些人里,他对季闻洲最放心。

颜佳生前和季闻洲订了婚,虽然她早已经不在了,但这些年来,季闻洲一直和他们二老走得很近。原本以为他是念在和颜佳的旧情,可颜震醒来之后,他第一时间赶到医院,说的第一句话却是:"伯父,我希望你答应把颜夏嫁给我。"

季闻洲毫不避讳,也不在意自己曾经和颜家的关系,直截了当地说要和温颜夏结婚。为表诚意,他还拟定了一份合约,合约声明,他们结婚当天,致恒将会注资颜氏。季闻洲的话也算是客气有礼,只是在颜震脸上露出震惊的表情时,他还是说:"你知道的,颜氏撑不了多久了,最多三个月,就会变成空壳。"

他是在告诉颜震,要救颜氏,只能让温颜夏嫁给他。他对颜震照顾和客气,只是为了得到温颜夏。

颜震拼搏半生,把颜氏看得比什么都重要。而现在的温颜夏对他来说,不过是一个害死自己爱女的外姓人。

两者之间他根本没有怎么权衡,就答应下来。

这些年来,他从没去看过温颜夏一次,甚至连她外祖母、他的岳母过世,他都没去。温婉偷偷去过一次,远远地看了一眼。回来的时候,她眼睛红肿着,他不知道她为什么哭,是为她离世的母亲,还是为那个早已经离开颜家的他们的二女儿。

从前,温颜夏的性子是比颜佳要倔强一点,可即便如此,她也从没有直接拒绝过颜震,可如今,她当着他的面,说不愿意嫁给季闻洲。

颜震抬起还没有恢复利索的手,一下就打在半蹲在他轮椅边的温颜夏脸上,因为他的手无力,更多的是推。

颜震气急败坏地吼道:"你别忘了,你姐姐是怎么死的!"

温颜夏没有丝毫防备地被打得跌坐在地上。温婉慌忙去扶,季闻洲先她一步将温颜夏拉了起来。

他看着她脸上的红肿,蹙了蹙眉,然后问:"疼吗?"

温颜夏挣开他的手,强忍着泪意将脸侧向一边,说:"季闻洲,我求求你,放过我吧。"她的语气几乎是哀求了。这些日子以来,她经历了太多,已经没有多余的精力来应对这些。

季闻洲看着她,眼里情绪不明,轻声道:"你问问你父亲,如果你不和我结婚，颜氏会是什么结局。我相信，他绝不愿意颜氏姓祝。"

听他说完最后一个字，温颜夏的身子猛地抖了一下。颜震情绪激动，将放在身边的一个杯子扫落在地。杯子摔碎之后，迸发出来的声响和着季闻洲的声音缓缓地传入温颜夏的耳朵里："你该不会以为，你父亲还不知道是谁在背后搞鬼吧？"他将她的手腕扣在手里，迫使她转过脸来看着自己，他凑近了几分，才继续道，"或者，你不会是对祝君繁还存着什么不该存的心思吧？"

季闻洲的语调逐渐提高，冰冷的表情让温颜夏害怕。

颜震听了季闻洲的话，气得浑身发抖，指着温颜夏的鼻子大吼道："滚出去！"在如今的颜震眼里，祝君繁显然已经是眼中钉肉中刺。

温颜夏本该在颜震说完这句话之后就离开的，她看着怒气冲冲的颜震，挣脱季闻洲的手，低下头对着颜震轻声道："即便我们之间的关系不如从前，我也从没想过要让颜氏姓祝。祝君繁为什么会对颜氏下手，你比我更加清楚，虽然我现在姓温，但我的身体里流着颜家的血。我知道你恨我，恨我害死了自己的亲姐姐，关于这一点，我也无法原谅自己，但我恳求你给我一个机会。"

温颜夏说完这番话后，病房里陷入了一片死寂。四个人各有心事，一时之间空气好像凝固了一般。偌大的房间里，只剩下温婉的手放在颜震胸前替他顺气的声音。

"要我嫁给季闻洲也可以，但我有一个要求。"温颜夏好像是用尽全身的力气才说完了这句话，然后她闭上眼睛，仰起头，深吸了一口气。

再次睁开眼睛时，她原本慌乱的情绪好像也镇定了一些，因为她知道挣扎无益，也知道硬碰硬无益。

震惊于她态度的改变，季闻洲眯了眯眼，道："说来听听。"

"你给我三个月时间，如果三个月内我没找到人救颜氏，我就答应你的条件。"温颜夏放弃了挣扎，神情镇定地看着季闻洲。

季闻洲脸上没什么表情，温颜夏也猜不出他的心思。她的内心其实慌乱无比，她知道没有别的法子了，但即便是拖，她也要拖上三个月。如果季闻洲不答应，那她也完全没有办法。

令她没想到的是，季闻洲竟然答应了她。

不但答应了她，他还给她透露了一点消息："目前为止，能救颜氏的只有致恒、君庭，还有恒盛。碍于弟弟祝君繁，祝君亭不会让君庭出面，而我提出的条件你十分清楚。至于恒盛，你怕是也没有什么人脉关系。当然，即便你真的有，对方也不一定会帮你。如果你执意一试，就去试，反正结果不会改变。"

"我不许你这么做！你这是要拖垮颜氏！"季闻洲刚说完，颜震就开口了，他的语气越发激动。颜震固执地断定，温颜夏是想活活拖垮颜氏。

温婉在一旁小心地劝着，已经眼泛泪花。

季闻洲缓缓地走到颜震身边，低下头看了他一眼，沉声道："伯父，医生说你需要多休息。"说着，不等颜震开口，季闻洲便将他的轮椅从温颜夏的身边推到了病床旁边。

然后，他又回头对着温婉说："伯母，我刚叫医生给伯父开了点安神的药，麻烦你去护士那里拿一下。"说这话时，他的视线一直没有离开温婉。

温婉愣了愣，如果颜震需要吃药，护士自然会拿过来，现在季闻洲这么说，明显是想支开她。她又看了一眼温颜夏，最终也没说什么，推开病房的门走了出去。

温婉出去之后，季闻洲才将脸转向颜震，沉声道："我尊敬你，所以叫你一声伯父，但是……"说到这里，他停顿了一下，弯下腰，视线与颜震平齐，然后意有所指地说道，"你要记住，颜夏是我要的人，我希望你尊重她。"

温颜夏站在他们身后，看不见季闻洲说这话时脸上是什么表情，但颜震正对着她,她清楚地看见,他的脸上闪过一丝惊恐。她不由得将手攥成了拳,二十几年了,她从不知道她的父亲也会有害怕的时候。

更让她觉得不自在的,是季闻洲之后那句话。

此时季闻洲已经来到了她身后,双手按在她肩膀上,微微欠下身子,在她耳边低声道:"既然你要三个月,那我就给你三个月,毕竟我更希望你心甘情愿地嫁给我。"不知为何,季闻洲明明答应了自己的要求,但温颜夏总觉得他话里有话,这让她觉得很不舒服,果然,下一秒,他又凑近她一分,道,"对我来说,这三个月不过是准备婚礼的时间。"

他似乎是万分肯定,即便给温颜夏三个月,她也改变不了什么。

因为他这句话,温颜夏背脊上密密麻麻地爬上一阵冷汗。她一刻也不想在这里多待,转身推开季闻洲,在与他保持安全距离之后,匆忙说:"我有点不舒服,想先回家了。"说完,她就转身推开了病房门。

季闻洲没有跟过来,她终于松了口气。

可一扭头,她就看见黎时朝这边走来,他正低头盯着自己的手机,身后跟着的是祝君繁。温颜夏下意识地用手遮住了脸上的红肿。

黎时始终没有抬起头,而祝君繁也没有往她这边看一眼。在他们离开之后,温颜夏自嘲地笑了笑。都到了这个地步,她到底还在期待什么,期待祝君繁看到她脸上的伤,然后来问她是怎么回事吗?她看着那两个逐渐远去的背影,虽然眼泪汹涌,但仍旧逼着自己转过了身。

在她身后,祝君繁忽然停住了脚步。他站在原地许久,才慢慢地转过身去看了一眼。黎时走了一段路,才察觉他没有跟在身后,回头一看,祝君繁正盯着医院空荡荡的走廊发呆。黎时快步走回他身边,调侃道:"你该不会是害怕做检查,想溜吧?"

祝君繁好像此时才回过神来,看了黎时一眼,才说:"人都快死了,还怕什么检查。"

黎时恨不得伸手捂住他的嘴,忙道:"瞎说什么呢!那只是初步检查的结果,进一步检查还没做呢……哎……哎……不是那边!"

祝君繁住院期间,各项指标检查都不是很理想。黎时也很担心,但是最终的结果还要过段时间才能出来。一旦那个结果不理想,那祝君繁的病情基本是板上钉钉了。这些日子祝君繁虽然没有表现出悲观情绪,但是黎时知道,他心里也很不好受。

祝君繁的手机突然响了起来,他边接电话边往反方向走去。

温颜夏没想到秦临霜会打电话过来,后来仔细一想,以祝君繁和祝君亭的关系,她和颜氏的事也瞒不了多久。

事实上,秦临霜也确实对温颜夏的事了解了七七八八。她震惊之余,对温颜夏更多的是心疼。秦临霜只是旁观者,无法去评判温颜夏和祝君繁之间的是非对错。

对于颜氏,秦临霜也没办法请祝君亭伸出援手,她知道除了君庭和致恒,能帮助颜氏的寥寥无几,但还是替温颜夏去打听了一下。

她打听的不是别的,正是恒盛集团。

恒盛原本是外资企业,在瑞士以珠宝生意起家,最近几年在清江市成立了一个分部。即便只是一个分部,也是清江市的商业巨头之一。秦临霜到底不是商界的,对恒盛不是很了解,只知道现在接管恒盛的人很神秘,基本没在国内露过面。

君庭好像和恒盛有些生意往来,秦临霜听祝君亭提起过几次,有一回好像还听说那位神秘的掌门人对颜氏的 WE 很感兴趣,据说对方曾经有意和 WE 合作。WE 虽然也是清江市比较有名的公司,但恒盛和它合作,还是 WE 高攀了。

那之后,秦临霜就没有从祝君亭那里听到关于恒盛的消息了。

最近听说了温颜夏的事之后,秦临霜觉得温颜夏如果想要挽救颜氏,除了致恒,或许可以在恒盛那边找个机会。

所以，她才给温颜夏打了这个电话。此外，她还从祝君亭那边得知，恒盛的掌门人一周之后会在清江市某家酒店和祝君亭见上一面。

那可能是温颜夏唯一的机会了。

温颜夏原本情绪低落，因为秦临霜这个电话，终于有了一点斗志。据她所知，现在情况紧急，颜震却没有真的卖掉WE。不知道他是出于什么考虑，但现在WE是她让颜氏起死回生的唯一筹码了。

挂断电话之后，温颜夏开始在网上查找关于恒盛的消息。

如秦临霜所说，网上只有一些简单介绍恒盛的资料。温颜夏只知道恒盛总部在瑞士，做珠宝生意起家。创始人是个瑞士籍华人，他将一家小小的珠宝店变成了一个集团。本来恒盛在国内没有分部，但新的继承人接手之后，在清江市成立了分部。关于这个继承人，网上几乎没有资料，只知道是个男的，也查不到全名，只知道姓云。最关键的是这个继承人曾经对颜氏的WE表达过赞赏，并且有意和WE合作。

根据秦临霜刚才说的，这位云先生一周之后会来清江市，那可能是温颜夏唯一的机会了。

秦临霜挂断电话的时候，祝君亭正好端着一杯热牛奶进来。自从她怀孕之后，每天晚上的牛奶都是他亲自给她热的。怕影响她的睡眠，他每天都会尽量早点回家。秦临霜曾经笑他，堂堂君庭集团的董事长，每天都在员工的眼皮子底下翘班早回家不太好。

他抚着她已经显怀的肚子，目光温柔："我虽然是君庭的董事长，但也是一个丈夫和父亲。"

秦临霜孕期特别敏感，听到这样的话，顿时感动得眼泛泪光。

"在和谁打电话？"祝君亭将牛奶放在一边，问道。

"颜夏，她遇到的麻烦不小。"秦临霜对祝君亭没有隐瞒。

"很抱歉，我不能插手这件事。"祝君亭沉声道。他当然知道，秦临霜很想帮助温颜夏，但目前来看，颜氏内部斗争不断，而自己和祝君繁关系又很敏感，所以，他不插手就算是帮忙了。

秦临霜知道他的为难之处，所以也不怪他。当她听见他在电话里说恒盛那位云先生会在下周来清江之后，还是忍不住把这个消息透露给了温颜夏。

"君亭……"秦临霜将手放在祝君亭的手里，叫了他的名字，语气里带着一点撒娇的意味。

"嗯？"祝君亭答了一声，觉得他的妻子今天好像有些不对劲。

"我要向你承认错误……"秦临霜道。

"错误？说来听听。"祝君亭虽然有些不解，但脸上已经带了笑意。秦临霜自怀孕之后就变成了一个小迷糊，前些日子打碎了他书房的一只古董花瓶，昨天弄丢了他一颗钻石袖扣……这一回不知道她又出了什么有趣的岔子。

"嗯……"秦临霜垂下了脑袋，好一会儿才说，"我把恒盛继承人下周要来清江的消息告诉颜夏了。"说完，她悄悄抬起脑袋，看了祝君亭一眼。

看他愣了一下，她还以为他生气了。

没想到下一秒，祝君亭却说："只是这个？"

"你不生气吗？"秦临霜原本以为他会不高兴，毕竟是她插手了他工作上的事。

祝君亭把牛奶递到她手里，嘴上道："先把牛奶喝了，快凉了。"等秦临霜喝完之后，他又扶着她躺下，然后自己也在她旁边空着的位置躺下，替她盖好被子才说，"这些都是小事，我不会生气。我知道你担心颜夏，但是宝宝马上就要出生了，我希望你也要照顾好自己的身体。况且……"说到这里，祝君亭突然不说话了。

他的手掌贴着秦临霜的肚子，明显感受到一阵胎动。他抓住秦临霜的手贴在她自己的肚皮上,然后又将自己的手覆上去,怕惊动什么似的,低声道:"宝宝在踢你。"

虽然不是第一次感受到小家伙的动作,但他还是感动得不行。

秦临霜又想笑他大惊小怪,可看着他小心翼翼的样子,又觉得很是动容。看着温柔的祝君亭,秦临霜逐渐被困意攫住。小家伙消停下来之后,祝君亭才发现秦临霜不知何时已经睡着了。他低头在她脖子上落下一吻,将手臂从她颈下穿过,拥着她缓缓地闭上眼睛,然后才将刚才没说完的话说完:"况且,恒盛不会出手。"

连续一周,温颜夏都在研究WE这几年来的数据。WE是颜佳一手创立的,即使这么多年过去了,依旧保留着她的风格,包括她对于婚纱设计师的喜好等。如果恒盛的继承人当初是看重WE的设计理念或者风格,那温颜夏觉得自己会多几分把握说服他帮助颜氏。

一周后,她如约来到秦临霜说的地点。

温颜夏来得有点早,怕侍应不让她进去,她偷偷从地下车库的应急通道里溜上来。温颜夏不是没有想过光明正大地联系那位云先生,可是她打了好几次电话,对方的秘书都说云先生没有时间见她,所以温颜夏只能出此下策。好在进去之后,温颜夏发现里面并没有清场,她在角落里也没有引起多少注意。

温颜夏坐着等了两个小时,才看见祝君亭进来。想着那位云先生就要进来了,她有些紧张。可她又等了半个小时,仍然没有见到云先生的人影。

就在此时,她接到一个电话,是WE的门店经理打来的,说是门店出事了。具体情况在电话里说不清楚,虽然公关部已经在处理,但事情太大,对方还是希望温颜夏回去一趟。颜氏总部自从颜震病倒之后就不再过问WE的事,现在只有温颜夏能帮上忙了。

事实上，在答应温颜夏的条件之后，季闻洲确实说到做到，不仅给了她三个月时间，还给了她足够的权限。连颜氏内部都在季闻洲的授意下配合着温颜夏。也正是因为如此，温颜夏越发觉得季闻洲在颜氏的影响力太大。温颜夏觉得一切来得太简单了，简单到她开始怀疑季闻洲是不是一早就知道恒盛那边不会蹚这浑水。

但现在，她还没见到恒盛的那位云先生，WE 就出事了。如果这次的事她处理不好，很可能 WE 对于恒盛来说就不再有吸引力了。

WE 是她越过季闻洲拯救颜氏的唯一筹码，无论如何她都要尽力保住它。只是，她看了一眼祝君亭对面空空如也的位置，有些不想放弃。错过了今天，她可能就没有别的办法再见到那位云先生了。

她正犹豫着，门店经理又连续打来两个电话。WE 那边确实有急事，温颜夏不得不先离开。

等她离开之后，祝君亭才拿起手机拨了一个电话。

他看着温颜夏坐过的位置问道："到哪儿了？"

站在一旁的秘书在他挂掉电话之后询问道："祝总，可以上菜了吗？"

"先上菜吧，他马上就到。"祝君亭答道。

本来午餐是约在一个小时前的，可是听秦临霜说温颜夏要来，他就通知对方改了时间，推迟了一个小时。本来他还担心一个小时会不会太短，温颜夏不像是那么容易放弃的人。直到他刚才看她接了几个电话就急匆匆地走了，他才松了一口气，但下一秒，祝君亭又隐约觉得有点不对劲。

但不管发生了什么，最好还是不要然让温颜夏见到他约的那个人。

温颜夏走到门口，拦了辆车就往 WE 赶。在车辆后视镜里，她好像看见了一个熟悉的身影，温颜夏慌忙回过头，却发现什么都没有。现在连幻觉都出来了吗？祝君繁怎么会出现在这里，她有些懊恼地自嘲。

自从上周在医院见过一面之后，温颜夏就没有再见过祝君繁了。他就像当初突然出现在祝君雅和言乔安的订婚宴会上一样，现在又突然消失了。她对面的房子里再也没有发出过声响，她再也没有听到他半夜开门进屋的声音，也没有吃到他晨跑回来后给她做的早餐。

在温颜夏的家里，明明还有他存在的痕迹——那只他送给她的小奶猫和那枚安静地躺在锦缎袋里的铜钱。

可是，没有他了，她再也看不见他了。

温颜夏想到这里就有想哭的冲动，可她仰起了头，努力压抑着那种感觉。

她告诉自己，没用的，哭得再惨也没用。祝君繁从前宠她爱她，对她百般温柔，不过是因为颜佳。当他有一天遇到一个比她更像颜佳的人，他就会毫不犹豫地离开。这个世界上，她谁都可以恨，唯独不能恨颜佳。如果不是她，颜佳将会在这个世界上闪闪发光，而不是像如今这样永远沉睡在一块冰冷的墓碑下。

温颜夏到了WE之后发现店里除了经理和员工，还有几个穿着新郎礼服的人，感觉像是从婚礼现场匆忙赶来的。温颜夏进去时，他们正情绪激动地和经理理论。

门店经理将温颜夏拉到一边，低声道："颜小姐……"

"不好意思，我姓温。"他的话还没说完就被温颜夏打断了。

八年前她在颜家的时候就一直活在颜佳的光芒之下。颜佳太优秀，温颜夏这个平凡的颜家二女儿并不引人注目。她从来不喜欢以颜家女儿的身份曝光在大众面前，所以清江市很多人都不认识她。

门店经理虽然表现得有些尴尬，但还是将事情讲清楚了。

自创立以来，WE一直有固定的布料进货渠道，但一周之前，颜氏的股东王克东忽然要求门店采用新的进货渠道。自从颜震病倒之后，WE就变成了最不受宠的门店，区区一个门店经理也说不上话，只能照做。据说换掉进货商的时候，WE还因为违约赔了之前的进货商一大笔违约金。这笔违约金，差不多是WE一个月的盈利总和。对于这笔因颜氏股东临时起意换掉供货商而引发的赔款，总部那边一分钱都没有出，而是从WE的季度营业额里直接扣。这样做虽然不符合规定，但总部那边也没有就此事件做出回应。

原本以为赔完这笔钱就没事了，谁知现在又出事了。就在今天早上，不断有人打电话来WE，声称自己穿过WE的婚纱后全身起红疹，严重到不得不取消婚礼，大喜的日子只能在医院度过。

后来，新郎带着家人直接闹到了WE。据说刚来的时候，大家都聚集在WE门口吵闹，引得不少路人围观。门店经理费了好一番口舌，才将他们请到店里。

WE在清江市是数一数二的婚纱品牌，曾经有人做过统计，清江市平均十个新娘里有七个穿的是WE的婚纱。可见这次事件的严重性，如果处理不当，WE很有可能会就此消失。

根据门店经理所说的，温颜夏觉得这次的事很有可能和新的供货商有关。她思索再三，还是让门店经理封存和出事婚纱同一批次的婚纱，然后联系质量检测部门进行检测。接着，她走到等在店内的新郎们面前，诚挚地道了歉。

可那些人并不满意，嚷嚷着要将事件曝光给媒体。温颜夏好声好气地解释了很久，还是没有效果。

那几个人义愤填膺，但说到最后，还是说到了赔偿上。他们像是事先商量过一般，每人要十万。门店经理又将温颜夏拉到一边，小声说："关于赔偿的事，我之前承诺过，如果真的是婚纱的问题，我们会承担医疗费用并赔偿部分损失。我也将这里的情况报告给了总部，希望以总部的名义出一份声明，但几个小时过去了，总部那边一直说有重要会议要开，到目前为止都没人回复我们该怎么处理。"

怎么说WE这些年也是颜氏一直在盈利的门店，可总部现在的做法跟抛弃WE无异。温颜夏想起季闻洲曾经告诉她现在的颜氏内忧外患，她知道外患是祝君繁，但内忧恐怕不止一个。

又等了一个小时，颜氏总部那边还是没有给出任何回复。不得已，她只得打电话给季闻洲。

季闻洲很快接了电话，他好像正在开会，因为电话接通的那一瞬间，她听到他说："会议暂停十分钟。"在她说明情况之后，季闻洲那边沉默了。

过了半晌，他才道："颜夏，你能打电话给我，我很开心。"温颜夏心里瞬间燃起一簇希望的小火苗，可是下一秒季闻洲的话又给她泼了一盆冷水，因为他说，"可是我现在帮你，对我没有任何好处。"

温颜夏紧紧地握住了手机，沉默许久之后才说了一句："对不起，我找错人了。"

她挂掉电话之后，又看了一眼店内等着的那几个人。

她像下了什么决定一般，冷静道："各位的心情我很理解。但在检测报告出来之前，还不能确定是婚纱的问题。不过，我们愿意先承担大家的医疗费用。如果检测报告显示确实是婚纱有问题，那我们WE也不会推卸责任。如果各位在检测结果出来之前就一定要WE赔偿十万，那我建议大家不如直接曝光给媒体。"说到这里，温颜夏发现那几个人的脸色都变了，她继续道，"不过，事件曝光之后，如果检测结果证明婚纱没有问题，那WE将会向各位追究法律责任。"

说完这些，她又吩咐门店经理立即报警。

门店经理听见她这番话，在一旁急得团团转，哪有主动叫人向媒体曝光的。

谁知事态峰回路转，那几个人的态度忽然缓和了不少，嚷嚷着又骂了几句，其中几个就气急败坏地离开了。

门店经理一脸震惊，小声问："温小姐，你怎么知道激将法有用？"

"一对即将结婚的恋人，如果新娘在医院，新郎不可能若无其事地跑来WE要钱。所以我觉得，事情没有那么简单，很有可能是有人蓄意陷害。你派人去查一查这些人的背景和那些过敏的人住的医院。"

温颜夏不是没有奇怪过，为什么新郎们的反应这么平静。正是觉得奇怪她才没有立刻报警，而是打电话给季闻洲。现在看来，颜氏那边显然是打算对WE撒手不管。如果总部那边没有应急预案，那还不如直接报警。至少警方介入之后总部那边迫于压力会配合调查。

即便这是一条走不通的路，温颜夏也要走一走。

警察很快就到了，给WE和剩下的几个消费者做了调解。

半个小时后，颜氏总部终于有了回复。温颜夏刚接起电话，那边就是一通指责，说她不该以刑事案件报警。

没错，温颜夏报警的理由是怀疑有人在WE店内投毒，要求警方以刑事案件调查。颜氏总部也制定了一个应急方案，同时颜氏的公关部门也开始展开工作，力求尽最大努力将这次事件对颜氏造成的影响降到最低。

温颜夏暂时松了口气，等她回过神来时，才发现门口原本聚集着的几个人也走了，天色暗了下来。店里只剩下门店经理和几个员工。想着大家也都累了一天，她叫大家先去休息。

等人都走得差不多了，温颜夏才离开了WE。她站在路边看着昏黄的路灯，心里五味杂陈。今天WE出了这么大的事，她不但没有完全解决好，还错过了和云先生见面的机会。

按现在的传播速度，如果那位云先生真的在清江市，估计他现在已经知道WE今天发生的事了。

温颜夏正在走神，身后突然响起一阵鸣笛声，她回过神来，一回头就看见季闻洲的车不知何时已经悄悄地停在她身后。

"我送你回去。"季闻洲从车窗里探出头来。

"不用了,我自己回去就可以了。"温颜夏想起刚才他在电话里拒绝帮忙的语气就有些生气。

季闻洲说:"怎么说我也给了你三个月时间,你难道不该请我吃顿饭?"他搬出这个理由,温颜夏再也没有办法拒绝。

最后,她还是上了他的车。

车子一路疾驶,最后停在一家日料店门口。温颜夏本来忙了一天已经很累了,却在看见那家店的时候瞬间清醒了几分。这家店以前祝君繁常带她来。温颜夏一愣,说了上车之后的第一句话:"我们可以换一家吃吗?"

季闻洲看了她一眼,道:"可是我想吃。而且你请我吃饭,不该是我来选择吃什么吗?"说完,他不等温颜夏回答,自顾自地下车,绕到她那边替她打开了车门。温颜夏犹豫了一秒,还是下了车。

不会这么巧的,她想,不会在这里遇到祝君繁的。

这家日料店很大,大厅中央摆着一架钢琴。温颜夏和季闻洲进去的时候,有人正在弹奏。周围围了一群人,温颜夏走近了,才看见是一个男人在求婚。钢琴周围用花摆了一个巨大的爱心,女人站在爱心中央,双手捂着自己的嘴,一脸惊喜的表情。男人的目光落在她脸上时,充满爱意。

钢琴曲从男人指尖溢出来,流淌进温颜夏的耳朵里。她恍惚地想起曾经和祝君繁一起去日本的场景。

那时候他们还没在一起,她被公司安排去日本出差,但到了日本之后,二人的行程却突然取消了。于是,她为期三天的出差变成了休假。她本想着休息够了之后可以去感兴趣的地方逛逛,没想到刚出酒店大门就看见了祝君繁的身影。那时候祝君繁正在追求温颜夏,他的突然出现让温颜夏感到很意外,甚至有那么一瞬间她怀疑这场偶遇是他故意制造的。

祝君繁十分大方地和她打招呼："真巧，我来日本开会。"他好像知道她心里的想法，将自己的来意讲得清清楚楚。

温颜夏听他这么说，不禁为自己的自作多情感到尴尬，匆忙说了一句："那你先忙，我先走了。"

祝君繁没有阻拦，让她走了。

几个小时之后，他们又见面了，在一家拉面店门口。那家拉面店很有名，温颜夏提前做过攻略，定了座位。

祝君繁就没那么幸运了，温颜夏到的时候，他正站在门口看着店里爆满的顾客直皱眉。温颜夏出于礼貌和他打招呼，看着他眉眼舒展开后，她问："你一个人？"

"嗯哼，我没有女朋友。"显然，祝君繁误会了她的意思。

温颜夏面上很不自在，只得解释："我的意思是，你不和同事们一起吃饭吗？"

"准确地说，是下属。"祝君繁纠正她，脸上笑眯眯的，完全没了刚才的愁云惨雾，"现在已经是下班时间，我不是那种剥削下属自由时间的上司。"

"好啊。"

温颜夏其实只是出于礼貌询问一下，可是"选择"两个字还没说出口，就被祝君繁打断了。

两人坐在店里的时候，温颜夏暗自庆幸自己当时定的双人位。

吃完之后，祝君繁拿出一张卡来买单，却被年迈的老板告知只收现金。他面色尴尬地翻遍了钱包，也没找出足够的现金，最后还是温颜夏强忍着笑意，掏出了现金。

出了拉面店之后，温颜夏发现酒店离拉面店不远，她决定走回酒店。走到一半的时候，温颜夏才发现祝君繁一直跟在她身后。她明明记得离开拉面店的时候，他正站在门口僻静处打电话。

她特意没有打扰他，悄悄走的。

见她惊讶，祝君繁道："我回酒店也是走这条路。"

"你和我住同一家酒店吗？"温颜夏想起白天就是在酒店门口见到他的。

"实在是太巧了。"祝君繁扬了扬眉，给了温颜夏一个肯定的答案。她又开始怀疑这一次在日本遇到他不是偶遇那么简单了。可祝君繁一副坦荡的样子，又让她觉得是自己想多了。

"反正是同一条路，一起走吧。"祝君繁说完这句话，就径直往前走去，没给温颜夏拒绝的机会。

两人又走了一段路，遇上了一个街头艺人在街边唱歌。温颜夏被歌声吸引，停住了脚步。那人一首歌唱完，又选了一首歌。正巧这首歌是温颜夏最喜欢的一首日语歌，她眼底的兴奋都落在祝君繁眼里。

可惜的是，这首歌的伴奏放了三次都没放出来。街头艺人很无奈，只得另换一首歌。温颜夏见听不到自己最喜欢的歌便要走，可刚转过身，就听见身后传来一阵电子琴声，正是那首歌的钢琴版伴奏。以为是伴奏可以用了，温颜夏惊喜地回过头，结果正好对上祝君繁笑意盈盈的眼睛。

原来是他弹的曲子。

他穿着一身西装，本该与街头表演的风格格格不入，可他修长的手指落在琴键上的时候，温颜夏又觉得格外契合。

彼时正值春夏交替的时节，空气中已经带着点夏天的热浪。温颜夏看着祝君繁指尖飞舞，好像看到了意气风发的少年英气。她觉得掌心出了一阵汗，胸腔猛地动了一下。

之后的两天，祝君繁每天都会突然出现在温颜夏面前。他说温颜夏请他吃了拉面，他要还这个人情。不过，他这个人情还得有点亏，因为温颜夏在他的带领下,游遍了日本各大景点,吃遍了各种美食。

回国那天,她终于忍不住问他,为什么他一个来日本公干的人,比她这个休假的人还闲?祝君繁并没有马上回答她,直到把她送进检票口,才发了条信息给她。

他写道:因为知道你要来日本,我让秘书改了行程,会议改到了明天。

第十章　昏迷

他面色苍白，紧抿着唇，一动不动。

"在想什么？"季闻洲的声音将温颜夏拉回现实。

"没什么，我们进去吧。"温颜夏回答道。

季闻洲没多问。

一顿饭下来，温颜夏没吃多少。中途季闻洲出去接了一个电话。结账的时候，温颜夏才发现季闻洲已经付过钱了。原本说好是她请他吃饭的，结果钱却是他付的。温颜夏本来想把钱给他，可季闻洲说，那是他的私心，因为这样的话，下一次温颜夏还可以陪他吃饭。温颜夏只能作罢。

送温颜夏回家的路上，季闻洲忽然说口渴，要去买水，然后就将车停在了路边。他说去去就回，叫温颜夏在车里等他。结果，温颜夏等了十五分钟，都没见他从便利店里出来。她正要下车去找他，却看见盛希文开着祝君繁的车从不远处驶来，副驾驶座上坐着的是祝君繁。他们好像没有看见她，车辆转了个弯，迅速消失在她眼前。

就在此时，季闻洲终于从便利店里出来了。见温颜夏站在路边，他问道："怎么了？""没什么，本来想去店里找你，正好你出来了。"温颜夏说完这句话，就回到了车里。季闻洲若有所思地往祝君繁的车消失的方向看了一眼，才上了车里。

之后直到送温颜夏到家，两人都没有再说话。

上了楼之后，温颜夏站在门口许久都没有开门，不知道为什么她觉得很闷，干什么都很闷，开门很闷，回家也很闷。她非常想去透透气，于是就上了天台。祝君繁不会回来的，这些日子他都没有回来，她也不会在天台看见他，她这么想着。

清江市的春天几乎和冬季是交替的，天台上的植物已经有了点绿意。温颜夏站在那里看了许久，直到楼下响起一阵不小的动静，她才回过神来跑下楼去看，结果却在离楼下还有一段距离的楼梯上猛然顿住了脚步。

温颜夏看见一个倒着的垃圾桶，还有抱着盛希文的祝君繁。他的手放在她的腰边，脑袋埋在她的肩颈处。两人之间十分亲昵，不知道祝君繁说了些什么，惹得盛希文娇笑连连。温颜夏慌忙转身，几乎没有丝毫犹豫地就跑回了天台。

在温颜夏回身上了天台之后，盛希文才终于让已经醉得神志不清的祝君繁打开了他家的门。她刚才约祝君繁见面，是想就上次的不愉快道个歉。谁知祝君繁好像心情奇差，虽然赴了她的约，但是在餐厅里，他只是一杯接一杯地喝酒。盛希文坐在一旁不敢打扰，直到祝君繁最后醉得连路都走不了了，她才开着他的车将他送回来。

从电梯里出来的时候，祝君繁撞翻了一个空的垃圾桶。也正是因为这样，她才看见站在那里的温颜夏。盛希文索性面对着祝君繁并扶着他，她知道这个姿势在温颜夏看来像极了拥抱。温颜夏绝不会知道，祝君繁此时已经醉得昏昏沉沉了。

盛希文刚将他放到床上，他就穿着衣服沉沉睡去了。

天空中响起一道惊雷，接着瓢泼大雨落下。温颜夏没有躲，只是蹲在一个花盆旁边。她在雨水落地的巨大响声里放声大哭。她好难过，真的好难过。明知道等祝君繁和盛希文进了屋，她就可以下楼，他们也不会发现她。可她没有动，她蹲在那里直到雨停、直到天亮、直到太阳出来。

她早已经哭不出声来，瘫坐在地上，目光呆滞。

最后，她从地上起来，一步一步地走下楼，回到自己的家里。这个过程中，她没有听见隔壁的任何动静，也不知道他们是不是还在屋里。她穿着湿漉漉的衣服将自己裹进毯子里，昏昏沉沉地睡去。这是这些日子以来，她第一次不用药物助眠。

她醒来的时候，已经是晚上了。小奶猫不知何时爬上了床，正趴在她身边有气无力地叫。温颜夏本以为是太久没喂它，饿着它了，正准备起床给它冲奶粉，眼角却瞥见床单上有一小块黄褐色的血渍，再看小奶猫的嘴上也残留着一块血迹。温颜夏这才意识到小奶猫的状况很不好。

她胡乱套了件外套，就带着小奶猫去了宠物医院。宠物医生初步检查之后说它身体健康，但是精神萎靡，可能是吃了什么不该吃的东西，建议拍个 X 光片。

结果出来之后，温颜夏有些惊讶，小奶猫胃里的异物竟然是一枚戒指。取出来之后，她更是大吃一惊，是祝君繁送给她的那枚戒指。

她明明把那枚戒指还给祝君繁了，为什么现在会出现在猫肚子里？小奶猫动过手术之后，要留院观察几天。温颜夏带着那枚戒指先回了家。她一路上都在想，为什么猫会把那枚戒指吞进肚子里。

到家已经是深夜，电梯坏了，她只能走楼梯。可能是昨天淋了雨，她本就有些感冒，再加上爬了几层楼梯，整个人都有些头晕目眩。她在楼梯口扶着扶手休息，这时后面猛然窜出一个人影。温颜夏被吓得尖叫一声，定了定神才发现面前的人竟然是祝君繁。

他穿着一件黑色的连帽衫,浑身酒气,好像醉得不轻。在看见温颜夏的一瞬间,他皱了皱眉。温颜夏看得出来,他本想越过她往前走,可他只抬了抬脚,便瘫倒在地。温颜夏清晰地看到,他额间冒出一阵冷汗。几乎是下意识地,她蹲下身子去查看,可是她叫了几声他的名字,祝君繁都没有回应。他面色苍白,紧抿着唇,一动不动。

温颜夏快被吓哭了,用手去拍他的脸,拍了几下之后,他才终于伸手握住了她的手。他依旧闭着眼睛,手上力气很小,但指引着她的手往他衣服口袋里探,气若游丝地说了一个字:"药……"

温颜夏一摸,里面果然有一个很小的药瓶。她倒出一粒药给他服下,他的面色才稍有缓和。几分钟过去,祝君繁除了脸色好了一点,没有别的动静。

温颜夏心急,掏出手机拨打急救电话:"急救中心吗?我这里……"她刚说一句,就被祝君繁打断了,这一次,他说:"别打……我没事……"

见他终于清醒了,温颜夏松了口气,就在祝君繁的身边坐了一会儿,缓了口气。地上毕竟很凉,温颜夏不敢让祝君繁多待。

温颜夏想把他扶回家,但她清楚地知道,他们的关系不比从前,她好像没有资格也没有理由再进出他的家了。而且,她也不知道他家里是不是还有人在等他,更不知道他家的密码锁是不是已经换了密码,不再欢迎她这个外人。

正犹豫着,她的指尖触到了那枚戒指。下一刻,她就连拖带拽地将祝君繁扶了起来。至少要把戒指还给他,她想,送他回家只不过是顺带的事。

让她意外的是,祝君繁家的密码没有换,不知道是他懒得换,还是忘记了,总归不会是在等她过来。

将他放到沙发上后,温颜夏才发现祝君繁还在发着高烧。她将戒指放在他一睁眼就能看见的地方,然后去拿毛巾替他擦脸,接着又去找了冰袋给他降温。这个过程中，温颜夏发现他家的陈设并没有改变，也没有别人生活过的痕迹。

祝君繁的额头很烫，温颜夏怕冰袋太凉，每隔一会儿就拿下来，让他缓一下。等到他的高烧退下来，她已经累得在沙发上睡着了。她这一觉睡得很不安稳，做了好多梦，一会儿梦见祝君繁坐在她身旁看着她，一会儿又梦见他往她身上盖毯子，一会儿又梦见因为发现自己看着他，他的眼神有一瞬间的愣怔。

最后，梦里梦外，真真假假，她自己也分不清了。

等她醒来的时候，祝君繁已经不见了，她身上也并没有毯子。那枚被她放在显眼位置的戒指，此时正静静地躺在祝君繁家的垃圾桶里。垃圾桶里没有别的东西，那枚戒指看起来孤零零的。温颜夏知道，那枚戒指曾经被赋予期待和希望，可它现在的归宿只是垃圾桶。

就像她自己一样，同样是被祝君繁抛弃的。

她现在明白为什么小奶猫会吞下那枚戒指了，大概是因为祝君繁将戒指丢弃在了别的地方，而小奶猫趁他不注意溜了出来，误吞了那枚戒指。

温颜夏觉得自己和祝君繁之间的感情就像在吃一颗烂了的苹果，表面上看上去光鲜亮丽，可她咬第一口的时候却发现它是酸的，她没放弃，接着咬了第二口，然后她看见里面的烂疤，她不甘心，又咬了一口。一口一口，直到她发现这颗苹果连心都是烂的。

而现在，她已经累得不想再咬这颗苹果了。

坐起身来的时候，她才发现自己在发烧。沙发前的茶几上放着一粒剥开的退烧药和一杯水，她不确定是不是昨天自己放在那里、忘了喂给祝君繁吃的。

她看了眼手机，才发现有十几个未接电话，全是门店经理打来的。她的手机不知道什么时候被调成了静音，可能是因为联系不上她，门店经理最后给她发了一条信息，让她看到信息之后马上看新闻。

温颜夏回到家就打开了电视，还没来得及转到门店经理说的那个台，就在电视上看到了祝君繁。那是君庭集团四十周年的庆典，电视上在做直播。正到采访环节，记者问了祝君亭一些问题之后，便将目标转向了祝君繁，她问："听说您和临霜的执行经纪人正在热恋中，不知道是不是真的？如果是真的，那广大女同胞可是要伤心了。"

祝君繁的脸上几乎没有什么表情，让人看不出他的情绪。温颜夏一字不落地将他的答案听在了耳里，他说："传言而已。"

下一秒，温颜夏便将电视切换到了门店经理说的那个台。

WE面临的情况之严重，让她无暇顾及其他。

在WE的顾客中，有一个叫程妍的人因为全身严重过敏，在医院抢救二十四小时后，救治无效死亡。法医进行尸检之后，认为不排除有人投毒。所以，WE已经卷入了一宗命案。温颜夏一看到这个新闻就直接跌坐在了沙发上，她原本以为那些人不过是收钱来闹事的，只是想把事情闹大，让她手上唯一能用的WE没有利用价值。

可是现在死人了，而且出现在新闻上的程妍的未婚夫并不是那天来WE闹事的一员。

温颜夏来不及收拾自己，拿了包就往WE赶。她到的时候，WE外面已经站了几个警察，大门口也已经贴了封条。四周拉了警戒线，围观的群众不少。她说明了身份，警察核对了身份证之后才让她进到里面。

WE门店内，警察刚给店员做完笔录，经理将会被他们带回警局协助调查。温颜夏之前吩咐经理封存的几件婚纱，也都被警方带走进行化验。

在调查结束之前，WE将会被封店处理。

虽然在新闻出来之后，颜氏那边第一时间出了声明，公关部也在行动，但在温颜夏看来，那份声明字里行间分明是在撇清总部和WE的关系。公关那边的舆论也是一边倒，大多都是支持颜氏，但WE不可姑息。外人可能察觉不出来，但温颜夏觉得在颜氏内部捣乱的人分明是想搞垮WE。至于搞垮WE的目的是阻止她去找恒盛,还是要从WE下手,从而一步步毁掉整个颜氏,她不得而知。

温颜夏从来没有处理过这种事,一时间焦头烂额。警方虽然已经调取了监控,但店内客流量大,并没有什么发现。温颜夏也是毫无头绪,就决定自己再看一遍监控。她本想让店员先下班,但他们坚持陪着她,后来她才知道他们都是WE的老员工了,都是当年颜佳亲自招进来的。

看完监控已经是半夜,结果还是一样,一无所获。

温颜夏起身时一阵头晕,如果不是旁边的一个店员扶了她一下,她连站都站不稳了。她这才想起,自己这一天什么都没吃。店员提醒道:"温小姐,你还发着烧,要不先在店里休息一下。店里有常备药,我去给你拿来。"

店员让温颜夏休息的地方是颜佳以前的休息室。WE创立初期,凡事颜佳都亲力亲为,常常要加班,有时候甚至会通宵看设计稿,索性在WE里准备了一个房间休息。据说她出事之后,颜震亲自吩咐不让任何人破坏这个房间的布局,时至今日,店员仍会定期打扫。

颜佳还在的时候,温颜夏就来过这里。那时候颜佳常常加班,当这里是半个家。温婉常常让温颜夏送蛋糕甜点过来,有时候太晚了,温颜夏会和颜佳一起住在这里。两姐妹总有很多话聊,第二天眼圈黑得像两只熊猫。

房间里的东西没有变,温颜夏扫视四周,目光落在颜佳的桌子上。她知道在那张桌子的第三个抽屉里放着一个日记本,颜佳以前有写日记的习惯。

日记关乎颜佳的隐私,温颜夏从前没有看过。如今颜佳已经离开八年,那本日记好像是唯一和她有关联的东西。温颜夏鬼使神差地想去打开那个抽屉。

可是抽屉有密码锁,温颜夏试了几次都没有打开。正想放弃,她忽然又想到了一串数字，这一次，她打开了抽屉。

原来，密码是祝君繁的生日。

温颜夏将那个日记本拿出来，坐在一边翻阅。颜佳每天都写，写的都是日常生活和心情感受。温颜夏翻到后面，察觉到有点异样，好像越到后来，颜佳的心情越沮丧。可是再往后翻，就没有内容了。日期停留在她出事之前半个月。本子上有被撕扯的痕迹，好像是有人撕掉了一部分内容。

温颜夏看到颜佳在WE开业那天写的内容，她形容自己的心情："好像看到了春天的第一朵花，不见得有多美，但是它告诉我，美好的东西即将来临。"

温颜夏不是不难过的，颜佳最在乎的是WE，可是现在她不在了，而自己却保不住WE。

温颜夏在心里做了个决定，即便没有办法在三个月内拯救颜氏，她也要尽力保住WE，无论如何都要保住颜佳的心血。

三天之后，警方的调查有了结果，证实程妍那件婚纱上确实有一种有害的化学物质。那类物质比较特殊，要在37℃左右的人体恒温下超过一个小时才会由受害者皮肤摄入，早期症状和过敏没有区别，后期爆发力又极强，可以直接导致心脏麻痹，引发猝死，一旦毒发，几乎救不回来。

而WE店内封存的其余婚纱上都没有这类物质。

同时，在WE现场取样的警察在店内存放婚纱的房间地面上发现了一点毒物。警方不排除是有人在WE店内对婚纱投毒时滴落的。

那件婚纱是在出事前两天送到WE的，所以这件婚纱在WE的这段时间，所有进入过存放婚纱房间的人都有嫌疑，其中也包括温颜夏。

当天下午，温颜夏就被带到警局协助调查。

温颜夏的病一直没好全，警方询问口供又十分烦琐，一轮下来她已经精疲力竭。她刚出笔录室，就看到一个警察匆匆走来，附在她身边的警察耳边说了几句话。

那警察面色变了变,然后对温颜夏道:"温小姐,刚刚有人来警局自首,自称是婚纱投毒案的嫌疑人。"

"自首?那个人在哪里?他为什么要这么做?"温颜夏情急之下脱口问道。

"动机方面我们会调查,你可以先回去休息了。有了结果,我们会第一时间通知你。"警察显然不肯透露别的消息,说完这句话,就跟着刚才匆匆赶来的那个警察走了。

温颜夏没办法,只能先回去。她刚走到警局门口,就看见一辆车驶过,那个车牌她十分眼熟。仔细一想,她才记起那是那位云先生的车,她在调查那位云先生的背景时看到过这车牌。

温颜夏没有多想,拔腿就追了上去。她想,或许那位云先生在车上,尽管现在 WE 陷入负面新闻里,和命案牵涉在一起,怕是再难翻身,可她还是想和那位云先生解释一下。

车辆转了一个弯,然后逐渐加速。司机从反光镜里看到身后有人在追,便问后座的人:"先生,有人在追我们的车,要停下来吗?"

后座的人好像很是疲惫,只侧头向后看了一眼,道:"别停。"

司机点头应允,加快了速度,身后的人奔跑的速度好像也加快了,只是最后还是栽倒在地上。

"先生,那人摔倒了。"司机知道自己不该多话,但是他见她摔得起不来身,这条路上车辆又多,怕她有危险。

后座那位眉头皱了皱,沉默了几秒之后,才道:"停车。"

司机靠边停车,引得后面的车一阵鸣笛。

"倒回去。"那人又吩咐道。

"是。"司机说完,真的把车往后倒了几十米,惹得后面的司机打开窗户破口大骂:"开豪车了不起啊!"

等到了温颜夏摔倒的地方前方几米处,车辆才停下来。司机下车去查看,才发现人已经昏了过去。

他快步上前向车里的人报告:"先生,人昏过去了。"

"送去最近的医院。"那人眉头皱得更深。

最后,温颜夏被放在副驾驶位上送去了医院。而司机没有注意到,后座上那位先生一直盯着她的侧脸。他的膝盖上还放着一本杂志,可他的目光一直落在前面的座位上。

到了医院后,司机借了轮椅将人送去了急诊,好一会儿之后才回来。车后座上那位自始至终没有下车。司机向他汇报医生的诊断结果——她只是太累了,再加上一直发烧才会昏倒。司机还说,她要留院观察一晚,医药费已经结清。说完这些之后,司机又问:"先生,已经很晚了,还去公司吗?"

对方沉默了片刻才说:"回家。"

"是浣西南路六号?"司机确认般地问,这位有太多房子,一时之间还真不知道他要回哪个家。

那人点了点头,然后将身子往后靠了靠,再没说话。

温颜夏醒来时发现自己在医院。她只记得自己在路上摔倒了,不知道是怎么到医院来的。后来护士转交给了温颜夏一张名片,说是送她来的人给的。那人吩咐护士,如果温颜夏有什么情况,又联系不到其他人时,可以打上面的电话联系他。

看到那张名片上写着的公司名称是恒盛集团,温颜夏才知道送她来医院的是恒盛的人。

温颜夏捏着那张名片半晌,最后还是拨了电话过去。她说要还医药费给对方,可对方似乎没有要她还钱的打算,反而问她身体好些了没有。

温颜夏没想到对方还会关心自己的身体状况,简单说明了自己的情况之后又客气了几句,她才问:"不知道我能不能见云先生一面……"

"抱歉,这恐怕不行。"她话还没说完就被对方打断了。

温颜夏很沮丧,本想提一提WE,可对方没给她机会,只说了一句让她好好休息就挂了电话。

在医院住了一晚,温颜夏的烧退了,身体也算是休息好了。本来她叫了车,想自己出院,谁知季闻洲不知从哪里得知的消息,提着一碗粥出现在了病房门口。

"你一晚上没接电话,我找了你很久。"他坐在她的病床旁,一边打开那碗粥,一边淡淡地说道。

温颜夏这才想起,刚才给恒盛的人打电话的时候,手机上有好几个季闻洲的未接来电。

季闻洲说完就递过来一勺温热的粥,要喂她吃。

温颜夏下意识地躲了躲,道:"我自己来吧。"

听她这么说,季闻洲也没有强迫她,他将勺子里的粥倒回碗里,把碗递给了她。温颜夏被他盯着喝了一口,就觉得浑身不自在,一口都不想再喝。

"你不喝完这碗粥,我就和医生说让你在医院多住一晚。"季闻洲语气里带着点玩笑的意味,但在温颜夏听来却是威胁。

"你怎么知道我在医院?"温颜夏又喝了几口,才问道。

季闻洲忽然笑了一下,道:"在清江市,我要找一个人是轻而易举的事。只是对于你,大多数时候,我想给你自由。不过像昨晚那样的情况,我也不介意用一用自己的方法。"

温颜夏知道,季闻洲是在提醒她,清江市到处都是他的人,只要他想,不管她走到哪里,他都能找到她。

他这么一说,她就更没有什么胃口了,但她还是一口一口地将粥喝了个精光,因为想不想喝和能不能不喝是两回事。

她将空粥碗放到一边,问道:"现在我可以出院了吗?"

"当然,医生说你没什么大碍,所以出院手续我来的时候已经让人办好了。"季闻洲有些愉悦地回答道。

温颜夏觉得自己被耍了。因为这件事,她拒绝上季闻洲的车。可季闻洲看着她,沉声道:"WE那边有重大人事变动,我送你过去。"只这一句话,就紧紧地扼住了温颜夏的命脉,她无法拒绝。她甚至来不及问发生了什么变动,就跟着季闻洲去了WE。

到了WE门口,她发现警戒线已经撤掉了,封条也撤掉了,所有店员都已经回来上班。

看起来WE不像是要被关停的样子,温颜夏一路上悬着的心总算稍稍放了下来。她没有看到门店经理,那些店员见到她的时候,也都是一副欲言又止的样子。

"出了什么事吗?"温颜夏迟疑着开口。

所有店员面面相觑,好一会儿之后,才有一个和温颜夏走得比较近的店员回答:"听说经理被换掉了,别的我们也不是很清楚。"说完这些,那人低下了头,没再看温颜夏。

温颜夏觉得她们一定知道更多事情,只是不愿意多说。

可任温颜夏怎么问,都没一个人再回答她的问题。最后,给她答案的是季闻洲。他说:"你父亲本来就有卖掉WE的意思,之前一直没有谈妥买家。就在今天早上,他把WE卖给了恒盛。从今天开始,恒盛会全权接管WE。"

恒盛……

温颜夏没想到,自己兜兜转转那么久都没有见到那位云先生,最后颜震一个决定就把WE卖给了恒盛。

"你之前一直想见的云先生现在就在WE,你可以去见他。"季闻洲顿了一下,又道,"只是,他恐怕没有兴趣来拯救颜氏,他要的只是

WE。"

温颜夏一怔,问:"他在哪里?"

"在……在颜小姐以前的房间里。"刚才那个店员犹豫着回答道。

在颜佳的房间里?为什么他会待在颜佳的房间里?

温颜夏一脸疑惑地往里走,季闻洲好像知道些什么,但他什么都没说。温颜夏走到颜佳房间门口,发现门虚掩着,她推开之后,就看见落地窗前站着一个人。

"怎么会是你……你明明姓祝……"

光是看到一个背影,温颜夏就愣在当场。

因为那个挺拔的背脊,她曾在他做菜时抱过很多次。

温颜夏一直以为,祝君繁的公司风生水起,是因为君庭集团。可现在,看着面前这个背景,她知道自己错了,原来祝君繁的身后还有恒盛,一个决策就可能会引起清江市商界动荡的恒盛集团。

直到现在,她才想起来,祝君繁的母亲姓云,而他的外祖父在瑞士靠珠宝生意起家。

她一直想见却没有见到的那位云先生,不过是祝君繁的一个身份。她终于知道为什么季闻洲愿意给她三个月时间,只因为他早就知道,恒盛的继承人是祝君繁,是绝对不会帮她,不会对颜氏伸出援手的祝君繁。

祝君繁缓缓地转过身来,在见到温颜夏的瞬间,他的眸色暗了暗。

可是在这样的环境里,温颜夏不知道他流露出的那些意味不明的情绪到底是因为见到了她,还是因为在想念颜佳。

温颜夏甚至不可自控地想象着,颜佳曾经是否也这样站在他现在所在的位置看着窗外怀念他。

"所以是你送我去医院的?"温颜夏本该问点别的什么,可是她一开口,却是这么一个无关紧要的问题。

她看着他,等他给出一个答案。

"对。"这是祝君繁的回答。

"昨天去警局自首的人,也是你送去的?"温颜夏又问。

温颜夏也是在来 WE 的路上才知道,昨天去自首的那个人,曾经被人绑起来吊在天桥上,到警局的时候已经吓得半死,竹筒倒豆子似的将案情交代清楚了。

"是。"祝君繁的语气没有波澜,仿佛那天晚上那个大发雷霆要把嫌疑人从天桥上丢下去的人不是他。

温颜夏心里百感交集,如果那个人没有去自首,如果事态继续发展,颜氏集团一定会关停 WE。现在 WE 虽然被卖给了祝君繁,但总算是没有被关停。

"那你……是不是……在帮我?"温颜夏犹豫着问出这句话。

两人之间有几秒的沉默,然后,她才听见祝君繁的回答。他说:"不是,我只是为了颜佳。"他的语气很平静,在看到温颜夏目光里的伤心之后,他暗自将手掌握紧。

他听她道:"对不起,我……我的想法总是这么可笑。"温颜夏在心底嘲笑自己自作多情,已经到了今天这个地步,她竟还天真地以为他做这些是为了帮她。

她垂着脑袋,轻轻地叹了口气,然后缓缓地转身离开。

祝君繁就站在那里看着她远去,脚下没有挪动半分。

不知道过了多久,当祝君繁走出那个房间的时候,温颜夏已经离开了 WE。但季闻洲还在店里,他手里端着一杯咖啡,见到祝君繁的时候,笑了一下,然后淡淡地说道:"祝先生这么神通广大,一夜之间就能找到投毒的人,还把人逼得主动求饶要去自首,想必不会不知道,颜夏和我之间的那个三个月之约吧?"说到这里,他将咖啡放下,站起身来,一步步地走到祝君繁身边。

季闻洲挑衅般地说道:"我和你不一样,你接近她是因为她长得像她姐姐颜佳，而我，仅仅是因为她是颜夏。"他意在告诉祝君繁，如果三个月之内恒盛没有救颜氏，温颜夏就只能嫁给自己。而他明知道恒盛不会帮颜氏，这么说也只是为了让祝君繁不痛快。

祝君繁睨了他一眼，道："季先生与其来我的店里说些有的没的，不如去查查你下面的那些人。他们的动作大到连我都能查到，办事未免太不利索。"WE的事爆出来之后，祝君繁第一时间让人去查了，那人作案手法并不高明，他的人没花多少力气就把人找到了。吊在天桥上三个小时之后，那人终于松了口，说出了背后指使的人。

周丙泉，颜氏的一个股东。这些年来，周丙泉和致恒走得很近，几乎是投到了季老爷子的麾下。祝君繁没想到致恒的老爷子退下来这么多年，手都已经伸到了颜氏。这也说明，季闻洲的身边到处都是季老爷子的眼线。

也对，曾经站在商业巅峰俯瞰过万物的人，不会那么容易放弃权力。

可是季老爷子这么做，季闻洲好像毫不知情。想到这里，祝君繁笑了笑，觉得季闻洲也不过如此。祝君繁上前一步，与季闻洲靠得极近，然后侧过脸提醒他："你家那位老爷子表面上是退下来了，但他的心腹可都还在致恒，你稍微有一点动作，都躲不过他那双眼睛。"说完，祝君繁就又退回了刚才的位置。

季闻洲用温颜夏来气他，那他就用季老爷子来回敬他。

果然，季闻洲的脸一下子黑了，他什么都没有说，转身就走了。

走出WE之后，季闻洲才打了个电话，只说了一句话："把王董和周董请到致恒大厦地下二层来，我在拳场等他们。"

他说的王董和周董是颜氏的王克东和周丙泉。当初他刚到颜氏时，他们两个表现得最为殷勤。原以为他们只是觉得致恒如果出手帮了颜氏，他季闻洲会成为颜氏的大股东，他们不过是先看清了局势，所以才会对他言听计从。可现在看来，这两个人很有可能是老爷子放在颜氏的，目的就是监视他在颜氏的一举一动。

怪不得这些年来，关于他在商业上的重大决策，老爷子全都一清二楚。

周丙泉和王克东到的时候，季闻洲正在练拳。说是练拳，但他的对手在他面前根本毫无还手之力，此时已经鼻青脸肿，扶着八角笼边缘的铁丝网站都站不稳了。季闻洲除了脸上有一块擦伤，头发有一些汗湿，看起来并没有什么不妥。

见王克东和周丙泉来了，季闻洲扬了扬手，原本站在他对面挨打的那个人如蒙大赦，打开笼门连滚带爬地走了。

王克东和周丙泉相视一眼，脸上都带了怵意。

王克东先开口道："小季董……要不……我们去外面等你？"

周丙泉附和道："对对对！我们去外面等你。"

说着两人就要溜。

可他们刚转过身就被人挡了回来。季闻洲接过助理递过来的水喝了一口，慢悠悠地说道："王董、周董，你们俩谁先上来？"他的语气淡淡的，却不容拒绝。

王克东额上直冒冷汗："这……我们哪会这个啊。我们一把年纪了，玩不起这个，小季董还是别开玩笑了……"

"那王董先来，替王董把手套戴上。"王克东话还没说完，季闻洲就打断了他。

话音刚落，就有两个人过来，一人一边替王克东戴上了拳击手套，然后将他带到了八角笼里。王克东今年已经五十多岁了，身体缺乏锻炼，一副大腹便便的样子。一进到八角笼里，他吓得腿都在颤抖，求饶道："小……小季董，我一把老骨头了，你就饶了我吧。这……拳击这……我真不会……"

季闻洲一拳砸在王克东脸侧的铁丝网上，扯着嘴角笑道："王董可真会说笑，哪有什么会不会的，不会多学学就是了。这些年，我父亲把你安排在我身边，你不是做得很好吗？"

笼子发出巨大的响声，王克东吓得直接瘫倒在了地上。再加上季闻洲说的这句话，他吓得整个人都瘫软了，挣扎了几次都起不来。

季闻洲见状，一把将他从地上拽了起来，把他整个人抵在八角笼的铁丝网上，高声道："你们这些人也真是的，怎么忘了给王董戴头套，要是我刚才那一拳收不住，你们谁来赔王董一条命！"

王克东浑身一颤，要不是被季闻洲拽着，就要跪在台上了。他向季闻洲告饶："小季董，我不敢了，我不敢了。我保证，以后你的事，我不会向季老先生透露半句。你……你饶我一条命……"

季闻洲这才松开了他，王克东像烂泥一般跌坐在台上。季闻洲居高临下地看着他，低声道："这件事我可以不再计较，但是你把手伸到WE要怎么算？"说完，季闻洲还调整了一下自己的手套。

王克东看着他这个动作就心惊肉跳，身子都在颤抖。季闻洲一只手揪着他的衣领，恶狠狠地说道："我难道没有交代过你们不要插手有关温颜夏和WE的事吗？啊！"最后，他的音量陡然提高，另一只手砸在了王克东脸上。

季闻洲力道不小，王克东立刻昏了过去。

季闻洲眯了眯眼睛，好像终于稍稍解了气。

他摘了手套，一下丢在王克东脸上，然后对着笼子外面的人道："把我们的周董也带进来。"

周内泉在笼外看了这么久，早已经吓得腿都在打哆嗦。一听说要让他进去，他直接跪在了地上，嘴里喊道："小季董……WE的事可和我没关系啊！"

季闻洲嗤笑一声，道："周董谦虚了，警局里那人我让人招待过了，他可是说你给他的那笔钱还没花完呢。"顿了顿，他又道，"愣着干什么，给周董戴上手套，带上来。"

很快，周丙泉也被戴上手套带到了八角笼里。周丙泉到了笼里之后，季闻洲直接让人泼醒了王克东，然后对两人道："我有些累了，这一局你们俩打给我看。"

周丙泉终于松了口气，还以为和王克东随便比画一下就行，可下一秒，季闻洲又道："先替两位董事叫好救护车，致恒大厦刚开业，我不想看到这里出人命，免得晦气。"说完，季闻洲就出了八角笼，让人搬椅子，他就坐在笼外，看着笼里两个人对打。

笼里两个人显然是在用花拳绣腿招呼对方，季闻洲也不傻，提醒道："看来两位是觉得不尽兴，我勉强还可以应付一局，不过你们也知道，我这个人出手向来不知轻重。"他话音一落，笼子里的两个人就都使出了吃奶的力气，开始殴打对方。

最后，这场对打以王克东的一声惨叫结束。

季闻洲看了一眼，王克东的一只手被扭向了一边，应该是断了。

周丙泉虽然受了伤，但没王克东重。他靠着八角笼边缘喘着粗气，心惊胆战地看着昏迷不醒的王克东。

季闻洲好像对这个结果有点满意，慢吞吞地喝了口水，然后吩咐身边的人："报警，就说有人在致恒大厦地下三层非法斗殴。"

周丙泉听到这句话，终于恼羞成怒，道："季闻洲，你不要得寸进尺！"可季闻洲眼都没眨，只问身侧的人："刚才的画面都拍下来了吗？"

"拍下来了。"那人答道。

"到时候交给警察，毕竟配合警察的工作，是我们身为市民的责任。"季闻洲说完便起身走向八角笼。

周丙泉见他过来，一改刚才恼怒的样子，求饶道："小季董，饶我这一次，求求你饶我这一次。"他甚至摘了手套，从笼子的缝隙处伸出手来拽季闻洲的裤脚。

　　季闻洲看着那只满是血污的手半晌,最后将它踩在了自己脚下。他的脚尖在地面上缓缓地磨着,在周丙泉的惨叫声中,他冷声道:"今天不过是一个小小的教训,意在提醒你们,致恒现在到底是谁的地盘,是谁在做主!"

　　周丙泉冷汗涔涔,最后连叫都叫不动了。季闻洲这才挪开了脚,又道:"还有,等你从牢里出来再见到我的时候,叫我季董,我不希望再听到你画蛇添足地加上那个'小'字。"

　　说完,他转身头也不回地离去。

　　他虽然动不了自己家的老爷子,但这些安在他身边的手手脚脚必须要断个干净。

第十一章　烟花

温颜夏拒绝又如何，对于她，他势在必得。

见到季闻洲的时候，温颜夏刚从宠物医院出来。她本来是来接小家伙出院的，谁知道医生说它精神还有点萎靡，最好再住院观察一天。

她走到街边的时候，季闻洲的车正好停在她身侧。他从窗户里微微探出头，说了一句"上车"。温颜夏本来不想上车，却不经意间在他身上闻到了一点酒味。

"你喝酒了？"她问道。

季闻洲皱了皱眉，又道："上车。"

"喝了酒不要开车，你下来。"温颜夏提醒道。

"你再不上车，我走了。"季闻洲并不听她的话。

温颜夏无奈，只得上车，上了车才发现他身上的酒味非常浓烈，她说道："喝了酒不能开车，我来开吧。"温颜夏松开已经系上的安全带，要和季闻洲换个位置。

季闻洲刚和家里的老爷子吵完,准备去自己的别院,没想到会在路上遇到温颜夏。

因温颜夏这一句像是关心的话,季闻洲原本皱着的眉头舒展了开来,然后乖乖地从驾驶室出来,和温颜夏换了位置。

车辆按着季闻洲所说的路线一路驶去,最后拐进了他在城西的别院。温颜夏还没来得及问出那句"你带我来这里干什么",就被他拉下了车。

季闻洲直接把温颜夏带到了后院,展现在温颜夏面前的是堆了半院子的小鞭炮和小烟火。温颜夏离开颜家之前,每年除夕都会偷偷地躲在自己家的院子里放小鞭炮。

她一直觉得,过年的时候,小鞭炮和小烟花比那些动辄照亮半边天空的烟花秀更有气氛。可是自从颜佳出事,她离开颜家之后,就改掉这个习惯了,因为她觉得失去颜佳之后,她的家再也不会团圆,失去了庆贺的意义。

而现在,她面前的小鞭炮起码有二十种,其中好多还是她很小的时候就玩过的。温颜夏有些惊讶,据她所知,这些年来,很多烟花和鞭炮都已经停产了。

见温颜夏有一瞬间的愣神,季闻洲以为她是欣喜的。

他以为她还会像从前那样,点燃一根小小的烟花。又或者,她能陪他聊一聊那年他们一起度过的除夕。

可温颜夏看着那堆样式各异的烟花,脸上并没有开心。

她只是说:"季闻洲,我很累,想先回去休息。"她的语气里满是疲惫。

季闻洲愣住了,这句话她不是第一次对他说,可不知为何,在今天这样的场合里,好像让他感觉格外不痛快。

他沉着脸,冷声道:"不行。"

他一把抓住她的手腕,盯着她的眼睛,重复道:"不行。"说完,他欺身上前,想去吻她。温颜夏慌忙扭过头,喊道:"你答应给我三个月时间的!"

　　季闻洲的唇在离她脸颊只有两寸的时候停住了。他沉声道:"你应该知道,即便我给你三年,结果也不会改变。"

　　这句话之后,两人之间是无尽的沉默。最后,这场对峙以季闻洲放开温颜夏,温颜夏跑出别墅结束。

　　而季闻洲一动不动地站在那里许久,最后管家小心翼翼地过来问烟花要怎么处理。

　　他面无表情地扫视了一眼,命令道:"点了。"

　　直到最后一点光亮在天边坠落,他才低下头,转过身,缓缓地往屋里走。

　　原来那一年的除夕,只有他一个人记住,并死守在心里。他贪恋并想要得到很多很多那样的除夕。

　　温颜夏拒绝又如何,对于她,他势在必得。

　　终有一天她会来到他身边,如果她不来,那他就不择手段地将她抢过来。

　　谁叫世界上只有一个她!谁叫她要带着那一点烟火气闯进他原本戒律森严的心?!

　　从季闻洲家里出来之后,温颜夏才发现一路上连辆出租车都没有。路灯昏暗,温颜夏的心里又很乱。走了很久之后,她忽然看到自己身后一直跟着一辆车。车子开着灯,一路跟着她缓慢地行驶。仔细看了一眼之后,她才发现车里是季闻洲的司机。

　　想来是季闻洲吩咐他跟过来的,她没有上车,司机也没有强迫她,只是一路都跟着。

　　这一路走了两个小时,回到小区的时候温颜夏已经精疲力竭。她再次回头,正好看见季闻洲的司机开车离去。

她刚跨出电梯,就看见温婉等在自己家门口。

"怎么这么晚才回来?"这是温婉见到她时说的第一句话。这句话别人听起来觉得稀松平常,温颜夏听了却差点哭了。对于一个离家多年的人来说,稍带关心的一句话就够她哭上一场。

"见了个朋友,所以回来晚了。"温颜夏并不想让温婉知道自己今天见了季闻洲。

"你爸已经出院了。"温婉看了温颜夏一眼,才又试探般地说,"他想见你。"她的语气里带着一点询问。

见温颜夏没有回答,她又道:"上次他打你,是因为……"

"我换件衣服就跟你去看他。"温婉原本想向温颜夏解释些什么,可温颜夏打断了她的话,答应了去见颜震。

温颜夏换衣服的时候,温婉就在客厅里等。只有这个时候,温婉才有机会打量温颜夏的屋子。这个房子虽然没有颜家的大,却很温馨。屋子里到处是温颜夏的气息,好像在一点点地告诉她,这几年来温颜夏是如何度过的。

温颜夏很快就换好了衣服,没有让她等太久。

在去颜家的路上,两人几乎没有说话。

八年没有回来,这个曾经的家对温颜夏来说既陌生又熟悉。她站在门口犹豫了好一会儿,不自然到不知道该先迈哪只脚。最后,温婉回过身来,轻轻地拉了她一把。

彼时已经接近凌晨,颜震还没睡。他坐在轮椅上,在客厅里等她们。

见到温颜夏的那 瞬间,他的眼底闪过一丝复杂的情绪,他动了动唇,好半天才吐出一句:"季家那边说想把婚期提前。"他说这话时没有看温颜夏,但温颜夏知道,这是说给她听的。颜震用的不是商量的语气,而是命令。

温颜夏在来见他之前已经想到了他会提起这件事,可她以为他不会这么残忍,至少不会第一句话就提。可是她错了,他可以在医院里当着季闻洲的面打她一巴掌,今天也可以直截了当地命令她嫁给季闻洲。

回想起来,从前在颜家的时候,颜震对她也是格外严格的。那时候她以为是因为自己不够优秀,不得颜震的喜欢,直到那天看了颜佳的日记她才知道,事情并没有她想的那么简单。

她紧紧地攥着自己的衣角,道:"我不想提前。"

颜震的脸色瞬间变了,他怒道:"现在除了季家,还有谁能救颜氏?你早晚都得嫁给他,提早几天又有什么关系!还是你真的想拖垮颜氏?"说完这些,他便开始急促地喘气。

温婉见状,一边上前替颜震顺气,一边为难地劝说温颜夏:"颜夏……颜氏毕竟是你爸一生的心血……"

温颜夏迟迟没有开口,她看着面前的两个人,许久之后,才重重地叹了口气,低声道:"那我呢,我只是你们的工具吗?只是你们用来拯救颜氏的工具,对不对?"

"你别忘了,是你害死你姐姐的……"颜震努力平稳着自己的气息,冷冷地说道。

"我没有忘记,也不会忘记。"温颜夏一字一句地说道,然后,胡乱地抹了一把脸上的泪,才继续道,"是你们忘记了,忘记了当年为什么要生我出来。我曾经以为你们对我严格,甚至厌弃我,是因为我没有姐姐优秀。现在我才知道,不是的,你们厌弃我是因为我的出生是逼不得已,因为你们生下我,只是为了用我的脐带血来和她配型,然后救她。"

颜震和温婉闻言,眼里皆是震惊。

温颜夏也是翻阅了颜佳的日记才知道,原来自己的存在是为了她。颜佳当时患有白血病,找不到合适的骨髓配型。温婉和颜震的配对成功率都没达到一半,所以他们决定再生一个孩子,用这个孩子的脐带血来救颜佳。所以温颜夏出生的时候,迎接她的并不是父母的期待。她的父母彼时正因为颜佳日益严重的病情日日以泪洗面。

而在温颜夏成长的过程中,关于颜佳曾经患病这件事,从未有人提及。温颜夏一直以为是自己不够优秀,她曾经努力向颜佳靠近,可是她无论如何也想不到,连自己的出生都只是为了救颜佳。

这代表着,无论她做到何种地步,颜震和温婉都不可能像疼爱颜佳一样疼爱她。

他们非但对她没有期待,还因为她没有像颜佳那样优秀而失望。

这种失望一直在她的童年里延续,然后在颜佳出事之后彻底爆发。

而现在,因为季闻洲要娶她,所以颜震又想将她这个女儿召回自己身边。

温婉此时终于回过神来,她伸出手想去拉温颜夏,可是被她躲开了。

温颜夏红着眼睛,看着温婉那只来不及收回去的手,缓缓道:"对不起,我没能变得和姐姐一样优秀,让你们失望了。但现在,你们也一样让我失望。"说完这句话,温颜夏没有再看颜震一眼,转身就准备离开。

刚推开门,她就听到温婉在身后说:"颜夏,对不起。"温颜夏不知道她为什么道歉,是为把她带到这个世界上的自私目的和不纯动机,还是想让她嫁给季闻洲从而拯救颜氏这件事。

但她什么都没问,也没有回头,直接离开了颜家。

在她走后,温婉回到颜震身边,握住了他的手。颜震的情绪还有些激动,一只手不断地抖动,温婉清晰地看见他眼底闪烁着一点泪光。

其实她知道,颜震对颜夏这个女儿还是有爱的。颜夏刚离开颜家的时候,她曾经想让保洁阿姨把颜夏房间里的东西整理好丢掉。尽管她不舍得,但她怕颜震看到颜夏的房间会生气。

可是颜震大发雷霆,说谁都不能动那个房间。

温婉原本以为颜震不喜欢这个二女儿,但在那天之后,她知道,颜

183

震心里也是有这个女儿的,只是对于颜佳的死,他始终无法释怀。

秦临霜临产这件事,温颜夏是通过娱乐新闻才知道的。新闻说她在凌晨五点由祝君亭送进医院,目前正在医院待产。

虽然最近遇到了很多事,温颜夏还是想去医院看看秦临霜。她提前打电话给祝君亭,但他没有接,想着他可能是陪着秦临霜进了产房,温颜夏便直接去了医院。

医院外面围了一群记者。温颜夏曾经是秦临霜的执行经纪人,很容易就会被认出来,所以她是戴着帽子和口罩从医院的地下停车场上去的。这栋楼是独立的高级病房楼,人很少。秦临霜被安排在八楼,整个八楼静悄悄的,除了医生和护士,只有祝君亭的助理和几个保安,挡在电梯和楼梯门口,免得记者进来。

祝君亭的助理见到温颜夏,便让她进去了,说是秦临霜在五个小时之前就进了产房,祝君亭确实也在里面陪着。

温颜夏点了点头,在一旁的椅子上坐下。

秦临霜的孩子能平安出生,应该是温颜夏这段日子以来最该高兴的事了。

又过了三个小时,秦临霜还是没从产房出来。温颜夏不禁有些着急,但祝君亭的助理说,清江市顶级的妇科、儿科专家都在待命,不会出什么事,她也就放心了。

这个过程中,她的手机响了几次。她看了一眼,是一个陌生号码,接起来之后,那边又没有任何声音。在安静的医院走廊里,她的手机铃声显得十分突兀。最后,她索性关掉了手机。

一直等到晚上九点,温颜夏没等到秦临霜出来,倒是等来了祝君繁。

他穿着一身正装,好像刚开完一场会议。见到她的时候,他明显愣一下。不过,两人连招呼都没打,最后他站到了她对面。

祝君繁好像很忙，连接了几个电话。祝君亭的助理提醒他，如果他有重要事情要忙，不必等在这里。可祝君繁没有离开，只是将手机调为静音，然后继续站在那里。

医院走廊里的白炽灯很是刺眼，温颜夏望过去，看不清祝君繁脸上的表情。

想起上次在 WE 见到他的时候，她只顾着惊讶了，都忘记了上上一次见到他时，他浑身酒气，一脸痛苦的样子。不知道他的身体好点了没有，还有没有在服药？想到这些，她有些走神，就这么定定地看着祝君繁，忘了挪开目光。

直到祝君繁抬眼的那一瞬间，她才慌忙地转过脑袋。

就在这时，产房的门终于开了，秦临霜被推出来，祝君亭一直握着她的手。护士说孩子是个男孩，很健康，医生正在给他做简单的检查。秦临霜是顺产，此刻已经精疲力竭，睡了过去。而祝君亭的眼眶红着，看着秦临霜的眼里满是疼惜。

孩子被抱出来的时候，温颜夏看了一眼，虽然小家伙脸上带着新生儿的褶皱，但是五官很像祝君亭。她想起除夕的时候，和祝君繁从祝家老宅出来时，他们还一起讨论过，孩子到底会像秦临霜多一点，还是像祝君亭多一点。

可是现在，他远远地站在那里，没有凑上来看孩子一眼。祝君繁明明是很期待这个孩子的出生的，不然他不会推掉工作来这里等着。

温颜夏走到祝君繁面前，提醒道："你不去看看孩子吗？"祝君繁没有说话，于是温颜夏又道，"如果是因为不想见到我，那我现在就走，你去看看他吧。"然后，她又回头看了护士怀里的孩子一眼，才恋恋不舍地往电梯走去。

祝君繁看着她离开，始终没有挪动脚步。

她以为他是因为不想看到她，才不去看孩子的。但如果是因为不想见到她,那么他在刚来的时候就可以离开。刚才他打的那几个电话,随便哪个都可以当作离开的借口。又或者说,他甚至不用找借口,就可以头也不回地离开。

可祝君繁始终没有走,不过是因为温颜夏也在这里……祝君繁站在原地,没有凑过去看孩子,是因为只有站在这里,才可以将她见到孩子时的喜悦尽收眼底。

秦临霜醒来后,见到的第一个人是祝君亭。

见她醒来,他将她的手放到自己唇边,吻了一下,道:"辛苦了。"

祝君亭的声音低哑,却极尽温柔。他替秦临霜将脸上的一缕碎发拨到耳后,才又道:"宝宝很健康。"身为一个新手妈妈,秦临霜听到这句话之后,才有心思关心其他的事情。

她发现羊水破了的时候是凌晨。祝君亭刚开完一个长长的电话会议,几乎熬了一个通宵。

他刚进房间就发现秦临霜要生了,衣服都没来得及换,就把她抱上车送去了医院。一路上,他紧紧握着秦临霜的手。堂堂君庭集团总裁,在商场上面对腥风血雨连眼都不眨一下的祝君亭,却在太太临盆之际紧张得手都在抖。

最后,还是疼得冷汗直冒的秦临霜在一边安慰他。

到了医院之后,秦临霜才发现,他整个后背都被汗打湿了,彼时的气温不过几度。

当时情况紧急,秦临霜素着一张脸,穿着一件家居服就来医院了。经过这一番折腾,可想而知现在自己面色有多差。

她一只手抚上自己的脸,小声地问祝君亭:"我现在是不是很丑?都说男人见过老婆生完孩子的样子,就会没那么爱她了。"

见她这副样子,祝君亭忍不住笑了一下。一听这话就是杜欢告诉她的,纪东文这厮，也不管管自己的太太，一直放任她对秦临霜说些有的没的。

生完孩子的秦临霜格外敏感，见祝君亭笑了，以为他是真的嫌自己现在的样子太丑，在笑话自己。

秦临霜将手从他手里抽出来，转过身不理他了，无论祝君亭怎么哄都没用。最后他只得使出绝招，他说："宝宝的名字我想好了。"

果然，此话一出，秦临霜就转过身来，一脸期待地问："叫什么？"从她告诉祝君亭自己怀孕那天起，他就告诉她，孩子的小名他取好了，叫小满，圆满的满，他说他们经历了太多太多，只想和她余生圆满。

关于孩子的大名，两人一起想了几个，都觉得不太好，加上之前孩子也还没有出生，所以这个事情就暂时搁置了。

问完这句话之后，秦临霜才想起自己还在生气，忍不住撇了撇嘴角。

祝君亭本来又想笑，生生地忍住了。他坐在病床边上俯身去抱秦临霜，与她额头相抵，道："允安，祝允安，允诺的允，平安的安。"

他在秦临霜额头印下一个吻，才继续道："我不奢求他有什么大作为，只求他这一生平平安安。"

祝君亭这句话，秦临霜记了很久。每当他逼着祝小满学习国画、小提琴和书法的时候，她都会状似不经意地开口："小满，记得你出生的时候，你爸说他最大的愿望不是想让你有什么大作为，而是想让你平平安安地度过一生。"

于是祝小满就会追着祝君亭喊道："爸爸，对现在的小满来说，小提琴、国画和书法就是大作为了，小满只想平平安安地过这一生。"

秦临霜一听这话，就会在一旁幸灾乐祸地笑。

直到最后，祝小满被祝君亭关进学习的小黑屋，她自己被抓进卧室和祝君亭一起讨论育儿策略。

温颜夏在秦临霜醒来之后又去过　次医院，这一次她没遇到祝君繁。

祝君亭在医院衣不解带地陪了秦临霜和孩子两天，被秦临霜打发回家去休息了。

两人有段日子没见了，说了不少话。秦临霜本来想了解一下温颜夏的近况，想着或许能帮上点什么，但温颜夏扯开了话题。她知道，以祝君繁和祝君亭的关系，如果秦临霜真的帮她，只会让秦临霜为难。再加上秦临霜刚生完孩子，温颜夏也不想让她太过操劳。

自己和祝君繁之间的事，也不是一夕之间就能解决的。

两人许久没见，聊了好一阵子，在此期间，祝君亭打过一个电话过来，说自己去君庭那边处理点事就过来看秦临霜和孩子。

温颜夏在秦临霜打完这个电话之后，才向她道别。秦临霜佯装不经意地提起祝君繁最近出差了，又说温颜夏有空可以多来看看她，不用担心会遇到祝君繁。

温颜夏表示自己过几天会去旅行散心，最近颜家的事情压得她透不过气来，她真的很想暂时离开清江一段时间。

秦临霜不放心她一个人出去，让她等等，等自己坐完月子陪她一起去。

可温颜夏不想麻烦秦临霜，她的孩子刚刚出生，肯定舍不得丢下孩子去旅行，况且自己只是打算出去走一走，不会有什么事的。

秦临霜见她这么说，也就没有再坚持。

温颜夏没打算走多远，所以去的是邻省的青川市，可她没想到，会在青川市见到祝君繁。

下了飞机之后，温颜夏就遇到了一场大雨。她离开清江市的时候还是艳阳高照，所以连雨伞都没带一把。

预订的酒店离机场有一段距离，她浑身湿透很是难受，决定先去附近的商场买件衣服换上，顺便买一把伞。

碰巧那天是这家商场开业第一天，还有剪彩仪式，虽然不是节假日，但商场里人山人海,也有记者在场。商场中央摆着许多花篮,大厅中央搭了台子,好像正等着什么人来剪彩。

温颜夏浑身湿透,本无心凑热闹,可她一抬头,就看见祝君繁在众人的簇拥之下走来。

原本站在她身边的几个记者冲上去,将话筒递到他嘴边,问道:"祝先生,听说你除了是君庭集团祝君亭先生的哥哥,还是恒盛的总裁,请问这是真的吗?"

祝君繁看都没看记者一眼,径直往前走。他身边的几个黑衣人伸出手替他挡开了那些摄像机和话筒。

记者不甘心,快走几步追赶上去,又问道:"听说致恒和君庭合作要在这里建一个商场,而祝先生这次是亲自来考察的,请问这个消息属实吗?"

祝君繁依旧没有回答,他加快了步伐。眼看他就要经过自己身边,温颜夏下意识地就往后退,想退到人群中。可她浑身湿透,狼狈不堪,身边的人对她避之不及,她往后退,身边的人亦往后退。为了避开温颜夏,周围的人往后退了一大步,有人不小心踩到另一个人的脚,那人疼得发出一声尖叫。

众人的目光顺着突兀的尖叫声看过来,祝君繁也不例外。身上还在滴水、手里拖着行李箱的温颜夏一下子成了焦点。

在看见温颜夏的那一瞬间,祝君繁忽然停住了脚步。记者以为他停下来是为了回答问题,向摄像师使了个眼色之后,又问了一遍刚才的问题。

"这次只是我的私人行程。"祝君繁回答道,这个过程中,他的目光一直停留在温颜夏身上。

温颜夏窘迫地低着头,没有发现这一点,她只是不想接受众人目光的审视,想到隔壁店铺买一件衣服换上,然后离开。

就在这时,有人认出了她:"哎,这不是秦临霜的执行经纪人吗?"

温颜夏生生地顿住了脚步。

大家一下子议论开来,从秦临霜最近生子的话题开始,然后有人提起祝君繁和温颜夏的恋情。有记者在场,当然不会放过这个话题。本来是听说致恒要和君庭合作,有大动作,想着采访一下祝君繁上个商业版,可祝君繁看起来并不愿意透露些消息,既然上不了商业版,冠上秦临霜的名字上娱乐版也一样。

于是其中一个记者问道:"说起来祝先生和温小姐也是郎才女貌。刚才祝先生说这次是私人行程,不知道是不是和温小姐一起来旅行的?"她话音刚落,就觉得祝君繁用眼角瞥了她一眼,眼神冷得她冷汗直冒,恨不得将问出口的话吞回去。

她怎么忘记了,祝君繁和祝君亭是兄弟,两人发起脾气来一样可怕。

可是已经晚了,祝君繁语调冰冷地吩咐身边的人:"叫保安,以后我不想再在这座大厦见到这个人。"说完这句话,他便头也不回地大步往剪彩的方向走去。

温颜夏整个人僵在原地,想起君庭集团周年庆的时候,他告诉那些记者,她和他之间的恋情只是传闻。

而今天在这里,他们之间的事再次被人提起,他在大庭广众之下发了这么大的脾气……原来现在他们之间的事已经提都不能提了。

温颜夏从商店里买了衣服换上出来,正好看见祝君繁一刀剪断那根彩带。台下掌声雷动,恍惚间她好像看见祝君繁的目光越过众人落到了她脸上。可仔细望过去,她发现他正侧耳听身边的人说话。

温颜夏还要去酒店,就决定先离开了。刚走到门口,她就看见两个礼仪小姐带着盛希文进来。盛希文穿着一身坠地白色长裙,长发卷着,洁白的脖颈上挂着一条钻石项链,在经过温颜夏身旁的时候,看了她一眼,眼神里似乎带着怜悯。

盛希文到底是在怜悯她现在狼狈的处境,还是在怜悯她不过是被抛弃的替身,这一点温颜夏不得而知。

盛希文被礼仪小姐带到了剪彩台上,站在祝君繁身边。

她前几天替恒盛完成了一桩极漂亮的收购案,刚上过清江市的商业杂志。媒体嗅觉灵敏,自然知道盛希文是恒盛的得力干将,祝君繁不肯透露恒盛要和君庭合作的事,他们便换个法子问盛希文。

盛希文却答非所问:"这次是我的私人行程,剪彩可是要算加班的,不如你们替我问问祝总打算付我多少加班费吧。"

这话任谁听来都显得有些暧昧,好像盛希文和祝君繁是一起来旅行的,剪彩不过是顺便。

温颜夏当然也这么认为,她不想关心后续的发展,迅速地离开了商场。

第十二章　绑架

> 季闻洲让我失去一只手,我要你用命来替他还。

● ● ●

温颜夏在青川待了四天。这四天里,大多数时间她都待在酒店的房间里。季闻洲打过一次电话来,温颜夏和他大致说了一下自己的行程。

和秦临霜通电话的时候,温颜夏才知道她自从生了孩子之后,睡眠状况一直不太好。医生甚至提出让她服用药物助眠,因她坚持母乳喂养,虽然医生说那些药物对孩子基本没有什么影响,但她还是不想冒这个险。

温颜夏偶然想起,青川市最出名的是香薰。

青川市东面环山,又注重生态,没有清江市那么重的商业气息。山上植物茂密,有很多稀有的药草,临山的居民会用药草来制作香薰。著名的医学杂志都曾报道过,说这些香薰采用古法制作,对人体几乎无害,还可以让人放松情绪,是助眠佳品。

温颜夏虽然没有试过,不知道效果到底如何,但想着买一点回去给秦临霜试试也好。

最好的香薰基本都是山民做的,市面上那些都是用来忽悠外来游客的,说是香薰,其实就是些廉价的香料。为了给秦临霜买到最好的香薰,温颜夏在午饭后便上了山。想着在买完香薰之后,直接坐车去机场,温颜夏便直接退了房间。

一路上还算顺利,她问了几次路就找到了山民的店,买了好几种香薰,各种样式的都有。她本想带着这些香薰早点回酒店,没想到途中遇到了一场大雨。

青川市的天气变化无常,温颜夏本来是带了伞的,可因为从山民家里出来的时候没有下雨,她又想着要妥帖安放香薰,不能让它们碎了,所以一时之间就忘了把伞带上。

公交车只能在山脚下乘坐,而她现在还没到山脚,只能徒步走下去,路上又没什么人,无奈之下,她只得躲在山上的一块巨石下面等雨停。

可这场雨似乎没有停的意思,天色逐渐暗下来,温颜夏开始担心天完全黑了之后不好下山。虽然这些年因为旅游业逐渐发展起来,上下山的路上都修了平稳的台阶,但两边是没有路灯的,天黑之后就是漆黑一片,再加上此时她正处于半山腰,天一旦黑下来,她就算要回到山民的店里也很困难。

更糟糕的是,她的手机在山上也没信号。

就在此时,她猛然想起来之前做过攻略,沿着这条山路一直走下去就是一个度假山庄。温颜夏决定冒雨走一段路。她脱下外套,将装香薰的袋子包裹起来,然后冲进了雨中。如攻略上说的那样,温颜夏冒雨走了近半个小时之后,隐约看到了山庄的轮廓。

雨虽然小了一点,可还是没停。山路湿滑,再加上石板上青苔遍布,天色越来越暗,温颜夏心里很着急,为了快速到达山庄,她选了一条小路。

小路上没有台阶,到处都是石块和苔藓,即便她用一根树枝撑着小心地走,经过一处水洼时还是脚下一滑,摔倒在地。她的脚踝磕在一旁的石头上，怀里的香薰掉在地上，滚了满地。

温颜夏慌忙去捡，却发现脚几乎动不了。

由于临近山庄，手机稍微有了点信号，可她只来得及拨出电话，就再次没了信号。

温颜夏试着喊了几声，回答她的只有淅淅沥沥的雨声。山庄眼看就在前面，可她被困在去那里的路上。此时，天色已完全黑了。温颜夏费力地往山庄的方向又挪了几步，最后脚实在疼得动不了了，不得不靠在一棵大树上休息。

她将那件湿透的外套盖在身上，怀里抱着那堆香薰，想着也许明天白天会有和她一样来买香薰的人经过，可以帮她一把。

她在清江市的时候病得太久了，本就觉得自己浑身病气，这会儿又淋了一场大雨，整个人又开始昏昏沉沉起来。到底是在山上，除了一点石头和树，温颜夏身边毫无遮蔽。风卷着树叶，树上的雨滴落下来，声音极其诡异。

温颜夏心里害怕，紧紧地捏着手机，渴望它可以有一点信号。

可是直到她的视线逐渐变得模糊，手机信号图标还是一格都没有。

最终，她昏死在山坳旁。

她好像做了一个很长的梦，梦境非常混乱，她只记得有人不断在喊她的名字。那是一道很熟悉的声音，可她无论如何也想不起来是谁。

再往后，她已经不清楚是不是在梦里。她感到自己的身子颠了颠，好像被人抱在怀里，有人伸手试探她额头上的温度。彼时温颜夏烧得浑身滚烫，而那只手带着凉意，她贪恋那份凉意，不自觉地将脑袋往那里靠。为了不让那只手离开，她甚至伸手抓住了它。只可惜，她满身疲惫，眼皮像有千斤重，无论如何也睁不开。她也没有多余的精力思考自己会不会遇到危险，只知道不能放开那只手。

她抓得那样紧，掌心被什么东西硌得生疼。

醒来的时候，温颜夏发现自己躺在卖香薰的山民家里，并且已经是第二天上午了。山民擅长用药，她的脚上已经被敷上了厚厚一层草药，消了肿，也不那么疼了。

此时那个卖给她香薰的大叔端着一碗药进来，见她醒了，明显松了口气："小姑娘，你可算是醒了。你再不醒，我就要让人送你下山到大医院里去了。来，先把这碗药喝了吧。"

温颜夏刚醒，整个人都有点发蒙，她看着那碗黑乎乎的药，问道："大叔，是你在路上发现我的？"

大叔把药放在一边，从柜子里掏出一把果脯递给她，说："可不是吗？天下雨了，你把伞忘在我这儿了，本来是给你送伞去的，结果就看见你昏倒在路边了。看你这样子，一定是怕药苦吧，来，吃完药吃点果脯，都是我自己晒的，纯天然的。"

温颜夏接过那些果脯，皱着眉喝下了药，然后又往嘴里塞了几块果脯，才道："谢谢大叔，多亏了大叔……"话还没说完，她突然顿住了。

她仔细看了一眼自己的手指又道："大叔，我是不是弄伤你了？"她发现自己手指上有许多血迹，回想起自己昏迷的时候好像抓过一只手，很有可能是抓得没有轻重，把人抓伤了。

可大叔裸露在外的手和手臂上并没有伤痕。

正纳闷着，她就听大叔道："我倒是没受伤，可能是你摔倒的时候伤到手了。我去叫你大妈，打点热水来给你洗洗。"说完，他就端着那只空药碗走了出去。

温颜夏起初也以为是自己的手受伤了，可洗过手之后发现自己的手根本没有受伤。大妈见她疑惑，就道："可能是沾了山上一些植物的汁液，被你误当成血了，不要放在心上。"温颜夏心里还是疑惑，却又想不到更加合理的解释，只能就此作罢。

下午，温颜夏听说大妈要开车去度假山庄送香薰，便说能不能把她带过去。大叔大妈家的房子不大，又有一半被草药占满，她待在那里只会显得空间更加逼仄，况且她也不想再麻烦他们。

大妈见她的伤没什么大问题了，便答应了。

温颜夏和大妈离开后，大叔才匆匆地拐进隔壁那个用来堆放杂物的房间。

祝君繁正坐在那里。

他的脸色有些苍白，右手手腕上有几道抓痕，看起来已经被清洗过了。大叔问道："真的不用敷点药？"

"不用。"祝君繁看了一眼手腕上的抓痕，拉了拉外套上的袖子，才继续道，"她怎么样了？"

"烧已经退了，腿上的伤也没什么大碍了，休息几天就会好了。山庄那边有医生，问题应该不大。"大叔顿了顿，才又问道，"小伙子，明明是你把人抱过来的，为什么人家醒来之后又要让我这个老头子骗她？怎么？两个人闹别扭了？"大叔一副过来人的模样。

祝君繁看了眼手腕上那根带着一点泥污的红绳，半天没说话。

大叔见他心情不佳，也就没有多言，出去翻看他晒在院子里的药材。再回来时，他发现祝君繁已经走了。

祝君繁回到山庄的时候，已经有些晚了。山民家和山庄虽然在同一座山上，其实距离一点也不近，他找了一个手机有信号的地方通知了司机来接。

盛希文一直等在山庄的酒店大堂，见他从车上下来，立马迎了上去。

"君繁，你昨晚去哪儿了，一晚上没回来，打你手机也没打通。"她问道。

昨天她本来想叫他一起吃晚餐，到他房间外敲了半天门，却发现他不在房间里，问了他助理之后，才知道他出去了。

祝君繁将手腕上的外套从左手换到右手上，遮住手臂上的伤口，然后道："没什么，昨晚出去散步了。"

散步散了快一天一夜？

盛希文知道祝君繁绝不是出去散步这么简单，可他不想多说，她也不敢多问，毕竟他们之间的关系才缓和没多久。

但想起他现在的身体状况，她还是问道："你现在觉得怎么样，听助理说你连应急的药都没带在身上？"

祝君繁原本确实只是打算出门散个步，药也确实没有带在身上。他的病被确诊了，虽然还没有到必须入院治疗的地步，但医生千叮万嘱他一定要按时服药。

本来是想很快回山庄，谁知道路上突然下起了大雨，而且他还在山上遇到了昏迷的温颜夏。她身边散落着许多香薰，手里还紧紧抱着一个。抱她的时候，为了把她的手放到自己脖子上，他费了好大力才将那个香薰从她手里拿出来，是桧木味的。

祝君繁自小呼吸道敏感，每每换季都会咳嗽，偏他还不肯吃药，觉得那几声咳嗽不是什么大问题。温颜夏发现了这一点之后，特意去咨询了中医，知道桧木有治疗呼吸道疾病的辅助作用之后，一直往他家里搬桧木香薰。

桧木的味道平和，祝君繁也就没有排斥。

从前温颜夏时不时就会在他家里点一个桧木香薰，自从他们分开之后，祝君繁家里的存货也快用完了。他找了好几家香薰店，从高档的到平价的，但没有一家香薰店里的桧木香薰和温颜夏买的那些味道相同。他甚至认为，那是只有温颜夏才能拥有的味道，除了她，没人再能拥有相同的味道。

后来，他再没点过香薰，任凭屋子里那些残留的味道一点点散去。

而昨天，他又在她手上看到了那种香薰。他将它捏在自己的手心里，最终悄悄地装进了自己的口袋里。

温颜夏那时烧得很厉害，去山庄的路还很远，近路又是一路陡峭。虽然再往下走一点就能通车，但如果让司机来接动静太大，何况手机也没有信号。他忽然想起刚才路过一片树林时看到一个大叔正在采药，对方还提醒他雨后走山路要小心，如果遇到大雨，可以到他家避雨。于是祝君繁就将温颜夏带到了那位大叔家里。

回忆到此，祝君繁头痛欲裂。医生开药给他的时候说他的身体耐药性太强，用过几次的药，效果会慢慢变差。再加上他昨晚到现在并没有定时服药，这次病发比任何时候都来得凶猛。他身子一歪，一下子靠在车上。盛希文知道情况不妙，慌忙去扶他。祝君繁一只手抓得她的胳膊生疼，仔细一看，他手背上青筋绽露。

最后，他整个人失去力量一般，靠在盛希文身上。

于是，刚出电梯的温颜夏看到的就是祝君繁和盛希文相拥的场景。她本能地往回退了一大步，由于温颜夏脚伤还没好透，这一步退得用力，差一点摔倒，好在经过她身边的人扶住了她。

那人戴着一顶鸭舌帽，低着头，一只手隐在袖子里，温颜夏还没来得及道谢，他就离开了。

恍惚间，她好像看见那人嘴角闪过一丝笑容。不知道是不是她的错觉，那个笑容诡异又瘆人。

盛希文和祝君繁正往这边走来，温颜夏来不及多想，急忙转身离去。

接下来的几天里，她都没有出门，一方面是脚还没好彻底，医生让她尽量多休息，另一方面是她怕在山庄里见到祝君繁。

温颜夏原本只打算在青川市待几天，可是现在她脚受伤了，等她的脚伤彻底痊愈，已经又过去了一周。青川连续几天阴雨连绵，这一天是难得的好天气。

她的房间阳台靠近山庄大门，前一天晚上她在阳台上看书的时候，就看见祝君繁一行人上了车，他的助理手上还拿着不少行李。

想着祝君繁应该已经离开青川，温颜夏便放心地出了房间。

她买了当天晚上九点的机票离开青川，想在走之前逛一逛山庄，也当是透透气。

温颜夏无意中从山庄工作人员那里得知，山庄附近有一个很灵验的景点，据说很多人不远千里去那里求取平安符。

那一刻，温颜夏忽然想起了颜震，刚刚脱离生命危险的他也许需要平安符。虽然他们父女的关系已经到了这般田地，但温颜夏心里还是希望他可以好起来。

时间还早，温颜夏简单收拾了下，查了一下那个景点的所在地，便打算去看一看。

庙在一个比较陡峭的崖顶侧面，但因为来往的人太多，已经修好了路，走起来也不算费力。温颜夏到了那里已经接近傍晚，路上遇到了一波又一波往回走的人。温颜夏到那里的时候，天色已经有些暗了，好在那个地方有直接通往山下的公交车，她求完平安符之后，可以坐车到山下，然后直接去机场。

可能是因为天色逐渐晚了，游客已经不多了。庙里一共三间房子，求平安符在最里面的一间。温颜夏是晚上九点的航班，时间稍微有点紧张，于是直接去了求平安符的地方。一路上没遇到什么人，走到门口的时候，她却愣了一下。

屋子里除了工作人员，还有一个人，是她以为在昨晚已经离开青川的祝君繁。祝君繁背对着她，不知道和工作人员说着些什么。原本温颜夏可以大大方方地进去，可她不由自主地往后退了一步。没过多久祝君繁就出来了，出了门径直往外走。温颜夏隐在门后，没被发现。从她的角度看过去，祝君繁的脸色并不好。

又过了一会儿，温颜夏才从门后出来。

她只求了一个平安符就出来了。温颜夏觉得自己也没待多久，可外面的游客不知何时已经走光了。公交车也只剩下最后一班，车厢里只有她和司机，本以为自己是最后一个乘客了，没想到车门刚关上，忽然有人在外面拍了几下车身。

车门再次打开，上来一个戴着鸭舌帽的男人。他坐在了温颜夏的斜前方，全程没有抬起头，温颜夏看不见他的脸和表情，只看见他坐下的时候一只手垂在一边，车子颠簸的时候，他的手臂就会晃一晃，好像没什么力气一样。

她总觉得这个人有点眼熟，想了好久，才记起自己在山庄的电梯里见过他。

车子经停几站，终于到了山下，温颜夏下了车。拿着行李往前走的时候，她总觉得刚刚车上的那个男人一直跟着她。从山脚通往大路的路只有一条，她想着，可能只是顺路，是自己想多了。

温颜夏又走了一段路，从原本路上还能遇上零星几个路人，到最后路上只剩下她和那个男人。手机响起低电量警报，温颜夏心里觉得有点不安，不由得加快了脚步。她甚至小跑起来，脚伤刚好不久，不多时受伤的部位又开始隐隐作痛。

好在她看见几百米之外的路边有一个极小的店铺，门还开着，从里面透出来一点灯光，那一点亮光让她有了一点安全感。

她松了口气，脚步慢下来，仔细听了听，好像身后的脚步声也听不见了。

正当温颜夏以为身后的男人已经离开，慢慢转过身去查看的时候，却又猛地听到一阵急促的脚步声向她靠近,下一秒,一个手臂箍住了她的脖子,一块湿布直接蒙住了她的口鼻。

彻底失去意识之前,温颜夏依稀听到一个阴森恐怖的男声:"季闻洲让我失去一只手,我要你用命来替他还……"

温颜夏醒来的时候,发现自己被绑在一把椅子上。她的双手分别被绑在椅子把手两侧,双脚绑在一起,绳子绑得很紧,她的四肢已经开始发麻。她眼睛上蒙着一块密不透光的黑布,嘴里好像塞着一根布条。

她动不得,看不见,也说不出一个完整的字,只知道身处的地方阴冷潮湿,耳边还有滴水声。身处陌生的环境,失去视力和对自己身体的支配能力,让她觉得恐慌。她开始挣扎,手腕被绳子磨破了皮,火辣辣地疼。温颜夏不断挣扎,可绳子像是紧紧粘在她身上一般,没有一点松动。她精疲力竭之时,头顶上方忽然响起一道男声:"我劝你省点力气,别没等我动手,你自己先死了。"那人的语气里带着几分狠意。

温颜夏浑身一颤。

在潮湿阴冷的环境里,那道声音显得极其突兀。温颜夏后背上冷汗涔涔,她没想到,把她绑来的人一直悄无声息地注视着她。

紧接着,一阵脚步声慢慢逼近,然后那人的声音继续响起:"想不到会在这里遇到你,真是天都在帮我。季闻洲为了你把我害成这样,我就要让他尝尝失去你的滋味。"

说到这里,那人越发激动:"他那个人真够奇葩的,连自己爹都不放在眼里,却把你保得这么周全!我既然动不了他,就只能对你下手了。你说,要是他收到你的手指,能不能认得出来?哈哈哈……"那人笑得疯癫又张狂。

温颜夏只觉得浑身汗毛倒竖,不仅是因为那人说的话吓到了她,还因为她终于认出了他的声音,是王克东,颜氏的股东。她原本以为和这个人第一次见面是在山庄，现在却想起之前在颜氏见过他。

不久之前，王克东突然被踢出了颜氏，手不知为何也几乎废掉了，还有官司缠身。听说他出事之后，原本在国外度假的老婆和孩子也临时决定暂时不回国。虽然没有明确地说要抛下他，但是他们夫妻的共同财产早就被法院查封得差不多了，唯一一点存在海外账户里的钱，也被他老婆悄悄地转移了。

所以，现在在温颜夏面前的是个亡命之徒。

可她没想到的是，王克东的手竟然是因为季闻洲才变成这样的，听王克东的语气，他们之间仿佛有深仇大恨一般。

王克东此时已经来到了她面前，扯下她嘴上和眼睛上的布，用没有受伤的那只手用力捏着她的下巴，语气阴沉地说道："你还有什么遗言要我带给季闻洲吗？"

他的手像一把钳子，温颜夏觉得自己的下颌都要被捏碎了，疼痛让她瞬间泪流满面。她还来不及说出一句完整的话，就被王克东一巴掌打得连人带椅子摔在地上。动静很大，还有空旷的回音，温颜夏立马反应过来自己可能在一个山洞里。

王克东愤恨地吼道："哭什么哭！和我的手比起来，你这点痛算什么！"他几近疯狂地将她从地上拽起来，死死地揪着她的衣领，恶狠狠地说道，"你说季闻洲是比较喜欢你的右手，还是左手？"

说着，他连拖带拽地将温颜夏扔到角落里，然后拿起一把刀抵在她的右手小指上，说："你得体谅我只有一只手，可能要多划几刀才能割下来。"他的声音阴森得像一条毒蛇。

温颜夏被他那一巴掌打得耳朵嗡嗡作响，嘴上喊道："不……不要……"她的身体开始本能地挣扎。挣扎的过程中，王克东手里的刀跌落在地上。这仿佛在提醒他，他只有一只手，已经是个废人。

他恼羞成怒，又是一巴掌打在温颜夏脸上，然后对着她连踢带踹。

温颜夏觉得身上每一寸都在疼，喉咙里充斥着血腥气，好像一张嘴就会吐出一口血来。她昏死过去，又醒过来。

四周一片静谧，王克东似乎已经离开了。

她倒在地上，身上还是被捆绑着，眼睛被一块布遮住，嘴里也被塞了一团布，布很脏，粗粝的灰尘悉数落在她嘴里，呼吸稍微用力一点，喉咙里就像被刀片刮过一样。

她鼻腔里充斥着腐败潮湿的味道，令人作呕。

她试着动了动僵硬麻木的右手，还好小指还在，应该是王克东打她打得忘我，忘记了割她的手指。

可是他再回来，她就不一定会这么幸运。想到这里，温颜夏恐惧得浑身发抖。

无论如何，她都要逃出去。

眼睛被蒙着，她什么都看不见，只得凭直觉往旁边挪。身上受着伤，体力不支再加上缺水，温颜夏连挪动身体都很费劲。

不知道过了多久，她的右手终于碰到了一根类似木条的东西，上面有一个尖锐的东西，应该是一根冒出头来的钉子。温颜夏凭感觉将绑着的双手往那边靠，本意是想割开手腕上的绳子，可是她看不见，好几次划在了手腕上。等到两只手腕都被划破了好几道口子，她才终于割开了绳子。

摘下眼睛上那块布的时候，她终于看见不远处的门缝里透进来一丝亮光。

她不顾自己手上的伤口，对着脚上绑着的绳子一顿拉扯，可是她越着急，绳子越是难解开。等到终于解开那一刻，外面已经响起了脚步声。

温颜夏想跑，但已经晚了。

王克东站在门口，一下将手里的塑料桶丢在地上，桶上的盖子转了几圈蹦出去老远，汽油刺鼻的味道一下钻进了温颜夏的鼻孔。

"想跑！"王克东上去就是一脚踢在温颜夏的背上。温颜夏吃痛地倒地，他上前去拉扯她，将她往汽油桶那边拽，嘴上道："我想过了，我们一起死吧，那个女人把我儿子的抚养权夺走了，我活着也没什么意思了！"

温颜夏被吓得尖叫出声。

王克东听得烦躁，一巴掌扇在她脸上。温颜夏顿时觉得头昏眼花，再也没有力气挣扎。她眼睁睁地看着他将自己拖到汽油桶那里，然后又看着他掏出了打火机。

很早之前她就听说过，人在濒临死亡的那一刻会见到最想见的人。此时她意识模糊，仿佛看见就在自己的正前方，有人踹门进来。外面的光猛地照进来，祝君繁就站在光里，满眼怜惜地望着她。

温颜夏扯了扯嘴角，心里想着，没想到在死之前，还能再见一次祝君繁。他们分开之后，她在梦里见了他很多回，每次都是哭着醒来。在商场见到他那次，她很狼狈；在山庄那次，她躲了起来；这一次，她非常努力地在笑，因为她以为这是此生她和祝君繁最后一次见面了。

温颜夏做了一个很长的梦，梦里的场景很黑，耳畔充斥着刺耳的警笛声，唯一有光的地方站着一个身影。梦里那人背光站着，她看不清他的面孔。那人缓缓走近，对她伸出手。就在那一瞬间，她看清那是祝君繁，她欣喜地伸出手，他却忽然将手往上一抬，准确地掐住了她的脖子。他动作迅速，温颜夏瞬间觉得呼吸困难，她拼命吸气，哀求他放手。可他的手指越收越紧，最终她窒息了。

接着，她觉得自己的手上传来一阵刺痛，她大吸一口气睁开了眼，所见之处是一片洁白。她在医院，刚才手上的刺痛，是因为护士正在给她扎针。

白炽灯光线强烈，她好一会儿才适应了。

一道惊喜的男声在耳边响起："颜夏，你终于醒了！"是季闻洲。

他就坐在温颜夏的病床边上，穿着一件深色的西装，里面是一件衬衫，衬衫领子上带着点已经有些发黑的血迹。他脖子上贴着一张纱布，上面隐约渗出一点红色。

"你受伤了？"温颜夏声音嘶哑。

原来，是他救了她。

季闻洲握住了她的手，将她额间因梦魇而濡湿的碎发整理了一下，然后说："一点皮外伤，最重要的是你没事。你先休息一下，我去叫医生过来。"

温颜夏这才发现，他脸色很憔悴，眼窝是青的，下巴上满是胡茬。

就在季闻洲起身准备去找医生时，手机响了起来。他看了一眼温颜夏，边往外走，边接电话。他走到病房门口的时候，温颜夏听见他说了一句："怎么样……"

季闻洲关上病房门之后，温颜夏只觉得浑身疲惫，在药物的作用下，她闭上了眼睛，再度陷入梦境。

而门外的季闻洲最后只对着电话那头说了一句："我要看到的，是他的尸体。"

温颜夏再次醒来时，发现病房里多了一个人，是季闻洲的助理。之前她见过几次，是个漂亮的女人，叫沈夕。

沈夕好像刚来，手里还提着一个纸袋。见温颜夏醒来，她将手里的袋子放在一边，笑着对她说："医生说你没什么大碍，过两天就能出院，到时候在家休养几天就能恢复。袋子里是衣服，季董叫我帮你买的，你之前的衣服又脏又破，已经不能穿了。"

"谢谢。"她对沈夕道。

沈夕虽然和温颜夏见过几次，但都只是远远地打过招呼。从前她是以季闻洲下属的身份和温颜夏打招呼,所以态度疏离又客气。但今天,温颜夏觉得她好像和从前有一点不一样。

比如,她此刻坐在温颜夏的病床边,削了一颗苹果递给她,说:"医生说水果对你有益。"温颜夏没什么胃口,但还是礼貌性地接过。

"季闻洲的伤……没什么事吧?"温颜夏问道,毕竟是季闻洲救了她,虽然他说自己的伤口没什么事,但是在她看来还是有些严重。

沈夕笑了笑,语气平静地说:"没什么大碍。"顿了顿,她又道,"不过,我跟了季董这么些年,还从没见他这么紧张过谁。"她跟着季闻洲六年了,他在商场上从来都是狠心铁腕,平时也冷着一张脸,就连那次季老爷子病重,他也没表现出点悲伤情绪来。可当王克东告诉他温颜夏在他手里时,季闻洲竟然恼怒地摔了一只平时最爱的古董花瓶。他抛下公司的一切,来到温颜夏出事的城市,动用一切关系找她。

可最终他还是比那个人晚到一步。

"对了,有一个消息你还不知道吧?"沈夕忽然又道。

她拿起温颜夏病房里的遥控器,打开了电视,直接调到了一个新闻频道,里面播放的内容让温颜夏有些震惊:王克东的一张照片被打了马赛克放在左下角,电视画面停留在一个山脚下。医护人员从一堆落石中间抬出一个担架,上面的人从头到脚盖着白布。

主播的声音随之而来:"据悉,嫌疑人因躲避追捕坠下山崖,找到时已经没有生命体征……"

随后,沈夕关掉了电视,看着温颜夏道:"也算是他咎由自取,不过——"她拖长了声音,继续道,"以季董的脾气,就算他活着也不会好过到哪里去。"她说得轻描淡写,温颜夏却猛然想起王克东说过季闻洲让他失去了一只手。

就在此时,沈夕的手机响了,她便没有继续说下去。接了电话之后,她告知温颜夏,自己要先离开。季闻洲要她转告温颜夏,今晚他会出差,但两天之后,他会来接她出院。

两天之后,季闻洲如约而至,将温颜夏接到了自己的一幢别墅里。那幢别墅闲置已久,他平时不住在那里,为此他还将自己最信任的张妈调过去照顾温颜夏。

温颜夏被绑架事件很是轰动,温婉自然也听说了,也打了电话来询问。得知温颜夏没什么大碍之后,她总算是松了口气。因为温颜夏病着,温婉时常亲自煲了汤叫人给她送来。

母女之间的关系也没之前那么僵硬了,只是两人心照不宣地不提颜佳,也不提颜震。

两人最后一次通电话,温婉才试探性地提到了颜震。她告诉温颜夏,颜震的身体和精神都好了许多,这几天已经回家休养了。末了,温婉又说,等温颜夏身体再好一点,想让她回家吃顿饭。

温颜夏知道温婉对上次的事心怀内疚,但想起之前的不愉快,她还是拒绝了。她只说,要是有空的话,想和温婉见一面,让她把自己在青川求的平安符带给颜震。

温颜夏在别墅一住就是两个月,季闻洲每隔几天就会来陪她吃顿饭。他白天工作忙,一般都是晚饭的时间点过来,吃完饭就走。

可这天,刚过中午他就来了。他还带了几个人过来,那些人手上拎着大包小包,其中一个手里还拿着一个化妆箱。

温颜夏正好奇,就听他说:"晚上有一个活动,我想让你和我一起去参加。"温颜夏本想以身体不舒服为由拒绝,但想起他为了救自己都受了伤,最终还是没有拒绝。

季闻洲当即吩咐一众他带来的人:"给温小姐选一件合适的衣服。"

坐在化妆台前的时候,温颜夏看见化妆师的箱子里有一本杂志,封面上"恒盛"两个大字十分显眼。

这些日子,恒盛在各大商业版都很吃香,业务也几乎横跨了各大行业。

恒盛所做的一切商业决策都极为果决。尽管这些日子以来祝君繁没有露脸,有关恒盛的一切商业活动和会议都是由盛希文出席的,但温颜夏还是觉得,恒盛简直就是祝君繁的一个影子,他越强大,恒盛也就越强大。

第十三章　红绳

如果你一点都不在乎我了,为什么还戴着这根红绳?

· · · ·

　　与他们一起去活动现场的还有沈夕,一路上她都在向季闻洲汇报工作。看得出来沈夕是个很能干的人,而季闻洲也愿意提拔她。

　　自从接手自家公司,他的行事风格与季老爷子完全不同,有不少老人对季闻洲是不服的,他能用的人并不多,而沈夕就是其中一个。

　　晚上七点,季闻洲和温颜夏准时出现在活动现场。沈夕并没有一起出席,而是去了楼下的一家咖啡厅。

　　季闻洲带着温颜夏一进入宴会厅,就有不少人迎上来,一杯杯地对着他敬酒,多数都是祝贺他最近拿下一个大项目。温颜夏恍惚想起,上一次遇上这样的场景,还是和祝君繁一起。

　　想起那时的情景,温颜夏有些出神,直到季闻洲叫她的名字,她才回过神来。

　　季闻洲盯着她手里那杯没有喝过一口的香槟,询问道:"你不舒服?"

温颜夏竟有些心虚地回道:"没有。"然后,像是为了证明自己真的没有不舒服一般,她仰头将杯子里的香槟喝了下去。可能是喝得太猛,她觉得自己脸颊有些发烫。

对于这些商业应酬和酒局,季闻洲早已得心应手。他突然想起,温颜夏来参加这个宴会之前什么东西都没吃。

他皱了皱眉,将温颜夏手里的空酒杯放到一旁,然后带着她来到休息的地方,扶着她坐下,又问侍应要了一块披肩替温颜夏披上。他走到甜品台前亲自替她拿了一块小蛋糕,放在她面前,道:"先吃点东西垫垫肚子,空腹喝酒伤胃。"

其实温颜夏一点胃口都没有,但季闻洲就在旁边盯着,她只得吃了一口。蛋糕甜腻的口感和着残留在嘴里的酒味,让她有点想吐,接着整个人都有些晕晕乎乎的。季闻洲见她不太对劲,当即就给沈夕打了电话。

他吩咐沈夕先把温颜夏送回家去休息,自己待会儿会叫司机来接。

温颜夏虽然本就不太想来,但宴会刚开始就弄成这样子,她也有些内疚,于是逞强道:"我没关系,可以等你一起回去。"可季闻洲决定了的事不会改变。

奇怪的是沈夕所在的咖啡厅就在宴会厅楼下,明明只有几分钟的路程,她却在十五分钟之后才上来。她对季闻洲的解释是,季闻洲在电话里说温颜夏喝醉了,外面风有些大,怕温颜夏出门吹到风会着凉头疼,所以她去买了一件外套。

那是一件黑色的大衣,应该是在楼下商场买的,小票还在。

季闻洲若有所思地看了沈夕一眼,然后吐出一个字:"嗯。"

沈夕替温颜夏披上大衣,扶着她往外走。

巧的是,两人刚离开休息区,大厅里就一阵骚动,不亚于刚才他们迎接季闻洲的架势。温颜夏抬头望去,就见盛希文挽着祝君繁缓缓走来。

比起上一次见到祝君繁时,他又瘦了很多,头发也短了许多。可能是因为酒精的作用,灯光之下,温颜夏觉得他的脸色有些苍白。她看着祝君繁所在的方向许久,直到沈夕在一旁轻声唤她,她才回过神来,继续往前走。

她被沈夕搀扶着,和祝君繁隔着人群往相反的方向走去。

司机早已等在车里,沈夕扶温颜夏上了后座,然后自己坐在了她旁边。她却并不吩咐司机开车,像忽然记起了什么似的对温颜夏道:"对了,颜夏,有件事忘记告诉你了。你被绑架的时候,季董不是第一个找到你的人。"沈夕顿了顿,若有所思地望了温颜夏一眼,见她眼中露出疑虑,才继续道,"最先发现你的好像是恒盛的祝先生。听说那天他路过的时候听见了一点动静……"

接下去的话,温颜夏并没有听得很仔细。

"那……是他救的我吗?"好一会儿之后,温颜夏终于问出了这个问题。她想起那天在昏死过去之前,她似乎看到了祝君繁的身影。原本她以为那是神志不清时产生的幻觉,现在看来,她那时看见的真的是祝君繁。

"这我就不是很清楚了,不过听说祝先生前些日子伤了手臂,算起来,好像就是在你获救后的第二天,有人在医院看到他的。不过恒盛老板本领通天,买下了那天的稿子没发。仔细一想也能理解,毕竟恒盛现在如日中天,这种消息传出去,即便是一点小伤也可能会引发不少猜测。"

沈夕这一说,温颜夏恍惚想起自己昏死过去之前,王克东拿着棍子向她走来,有人替她挡了一下。

所以,祝君繁的手很有可能是那天被王克东打伤的。

"我有东西落在会场了,要去取一下。"温颜夏忽然道。

"我陪你回去吧。"沈夕看着她说。

"不用了,你在车里等我,我去去就回。"其实温颜夏并没什么东西忘在会场,她来的时候只拿了一只小手包,此时它正安静地躺在车后座上。

她回去，只是想给自己心里的疑问找一个答案。如果真的是祝君繁救了她，那她应该向他道谢；如果不是他，那她也可以让自己死心。

沈夕当然也知道温颜夏只是找了个借口回去，但她没有揭穿。毕竟，让温颜夏和祝君繁见上一面，正是她的目的。

此时的会场里正在进行一场拍卖，为了烘托氛围，灯光师调暗了灯光。面对突如其来的黑暗，温颜夏一个踉跄，差点摔倒。出于本能，她右手往旁边一抓，抓住了一个人的胳膊。那人反手扶了她一把。等温颜夏站稳，灯光逐渐亮起来，她一扭头看见了站在她左边的季闻洲，而右边那个扶她的人已经不见了。

季闻洲问她："怎么又回来了？"他不确定她去而复返是不是因为祝君繁。

"我有东西落在这里了。"温颜夏用刚才编的理由应付他。

季闻洲直接揭穿了她："你来的时候只带了一个手包，刚才是我放到你手里的。"

周围人群喧闹，他们之间却一片寂静。

季闻洲这次可以确定，她回来就是因为祝君繁，但他没有戳穿她，而是说："既然回来了，你就先去休息区待一会儿吧，等会儿我和你一起回去。我这边会提前结束。"

温颜夏微微点了点头，然后往休息区那边走，她边走边在场内寻找祝君繁的身影。下一秒，她看见几米开外的祝君繁正往宴会场地的后花园里走，盛希文则站在原地和一位女士说着些什么，没有跟着祝君繁。

于是，温颜夏趁着季闻洲没注意这边，往祝君繁去的方向走去。

到了花园里，她看见祝君繁一只手扶着栏杆，一只手放在自己的额头上。在昏暗的灯光下，温颜夏看见他紧锁眉头，神情痛苦。温颜夏正要上前问问他是不是不舒服，就看见他拿出一个什么东西，吞了下去。

等她走近时，祝君繁发现了她，满眼戒备地说："你怎么会在这里？"与此同时，他的手缓缓地放到了身后。尽管如此，温颜夏还是看见了那个药瓶，和那天在电梯里她在他身上找到的药瓶一样。

她脱口而出："你在吃药？你不舒服？是不是因为手上的伤……"

可她话还没说完就被祝君繁打断了："只是普通的胃药。"

不知道是不是温颜夏的错觉，她只觉得他的语气里带着安慰。很久以前，他生病住院，她红着眼睛去看他的时候，他也是用这样的语气安慰她，只是那时他的语气比现在还要温柔几分。

说完，祝君繁就往会场里走。

温颜夏想起自己要问的问题还没问，情急之下抓住了他的胳膊，说："等等！"她清楚地看见他表情痛苦地皱眉，却并没有躲开她。

温颜夏知道可能是自己不小心碰到了他的伤口，迅速放开了他，语气带着内疚："对不起。"

祝君繁迅速收敛了自己的痛苦神情，平静地问："还有什么事吗？"

"我是想问，那天是不是你救了我？如果是，我想和你说声谢谢。"温颜夏轻声道。

她本以为祝君繁会回答是或者不是，可祝君繁答非所问："那天是季闻洲带你回去的。"

那天是季闻洲带她回去的，在他被王克东袭击倒地之后，是季闻洲抱着已经昏迷的温颜夏离开的。

不管是不是他先发现的她，也不管是不是他救的她，最后将她安全带回去的那个人终究不是他。以他现在的身体状况，已经没有办法保护她了，想到这里，祝君繁竟然有点难过，刚才吃下的那粒止痛药好像也没起作用，他只觉得自己的头痛得越发厉害了，只想赶快离开这里。

见祝君繁抬脚要走，温颜夏借着微薄的酒意问道："祝君繁，那天在山上的人也是你对不对？"

祝君繁冷声道："不是。"

"我都没说是什么事，你怎么就否认得这么干脆？"温颜夏走到他面前，鼓起勇气盯着他的眼睛，才继续道，"我说的是在雨夜里把我带到山民家里那件事。"

温颜夏刚才抓住他的手时，看见他手腕上还戴着那根红绳。

她突然想起那天在山民家里，她摊开自己的掌心时，发现上面有一个很深的半圆形的印子。她隐约想起，自己抓着那只手的时候好像被什么东西硌着了。现在看到祝君繁手上的红绳，她才记起印在自己手上的印子和他手上戴着的红绳上的水晶形状一模一样。

所以她断定，她在青川的时候，祝君繁救了她两次。

听到她这么说，祝君繁有些懊恼，怪自己否认得太快，反而让温颜夏确定了那天把她带回山民家里的人是他。

"就算是又怎么样，我不过是日行一善。"祝君繁让自己的回答尽量冷酷一些。

"那这个呢？为什么你还戴着这根红绳？"温颜夏冲过去，抓着他的手腕，指着上面的红绳，有些执拗地说道，"如果你一点都不在乎我了，为什么还要戴着这根红绳？"温颜夏觉得自己疯了，明知道两人之间已经隔着万水千山，她还是想努力证明祝君繁还在乎她。他并不像他自己说的那样冷漠，他说仅仅是为了颜佳才买下WE，可他又救了她两次。

祝君繁有一秒的愣怔，下一秒，他缓缓道："那是因为它对于我来说可有可无，就像你对于我一样，这一刻我可以将它戴在手上，下一刻我就可以丢掉它。"说完，他像是要证明一般，一把扯下红绳，丢到了旁边的游泳池里。

几乎是在同一时间，温颜夏随着那根红绳跳进了游泳池。池子里的水飞溅起来，落在祝君繁身上，让他觉得冰冷刺骨。他强迫自己不转身去看水里的温颜夏,他怕自己忍不住会伸出手去拉她。

他背对着泳池一步步地往前走,在心里对自己说,不过是一个泳池,温颜夏曾告诉他,她会游泳。

可是温颜夏自落水之后,就再没有动静。

她整个人没入水里,根本没有力气站起来。如果是八年前的她,那这个游泳池根本不算什么。可是自从颜佳出事之后,游泳就成了她最恐惧的事情。

泳池里的水很清澈,温颜夏可以清晰地看见那根落在池底的红绳,只要她稍微往前挪动一点就能够到它。可她一点力气都使不出来,只能瞪大眼睛,意识清醒地一点点往下沉。氧气一点点地被剥离,她恍惚觉得自己回到了八年前的那片海里,颜佳就在她前面不远处,一点点地向她靠近。她想大声呼喊,叫颜佳不要过来,快点上岸。只要不来救她,颜佳就不会出事。可她发不出声音,颜佳的脸越来越清晰,并缓缓地伸出手来救她。

下一秒,颜佳的脸忽然变了,变得苍白无比,就像那天温颜夏和父母在殡仪馆认领她遗体的样子。她原本伸出的、要来搭救温颜夏的手忽然掐在了温颜夏的脖子上,眼神狠厉,语气冰冷:"为什么?为什么你那天非要下水?如果不是你,我现在还好好地活着!"

是啊,如果不是为了救自己,颜佳现在还活着,她可能已经有了更加辉煌的事业,也实现了自己的理想,甚至有了美满的婚姻。

可是因为自己的任性,颜佳再也没有了以后的人生。

池子里的水不断地灌进温颜夏的鼻子和耳朵,她的视线逐渐变得模糊,最后眼前只余一片黑暗。

岸上的祝君繁见水里的人没有站起来,反而整个人都沉了下去,终于忍不住跳进了泳池。他来到她身边,将已经昏迷的她带出水面,一手托住她的下巴,使她的脑袋露出水面,确保她不会呛水,再一点点地后退着将她往泳池边上带。

上岸之后,祝君繁小心地将温颜夏平放在地上。

看着她苍白的脸,他心里一阵阵地发疼,他怪自己没在第一时间将她从泳池里拉出来,怪自己如此狠心、对她不管不顾。

祝君繁轻声唤了几声她的名字,她丝毫没有反应,他伸手探了探她的鼻息,发现她呼吸微弱。祝君繁心里前所未有地慌乱,又强迫自己镇定。

他将温颜夏的下巴微微抬起,正准备做人工呼吸,温颜夏却忽然呛出几口水。在睁眼的一瞬间,她看见了面前放大的祝君繁的脸。

他眼底的恐惧和担忧清晰可见,可几乎是在那一瞬间,他迅速起身往后退了一步。

温颜夏刚刚经历了溺水,脑子里一片混沌,忽然说:"你骗我对不对?你明明还在乎我,不然你不会来救我。"不知为什么,祝君繁分明已经把话说得很清楚,她还是很不甘心,不甘心自己就这样让他走开。

"请你不要加上自己的主观臆想,对我的内心进行过度解读。"祝君繁的神情已经恢复平静,他站直了身子,居高临下地望着她,才又道,"还有,我的时间很宝贵,没空陪你玩这种无聊的装死游戏。"说完,他转身离开。

他是故意的,故意说温颜夏刚才装死,故意让她觉得他不相信她刚才是溺水了。只有让她足够伤心,她才不会再对他抱有希望。尽管他说出这些话时,心疼得快要死了。

而温颜夏的反应也确实如他所料,她坐在地上,不管不顾地狠狠大哭了一场。

等哭够了,温颜夏回过神来,才发现自己手里紧紧攥着的是祝君繁的那根红绳。可她明明记得,她落水之后并没有捡到那根红绳。

祝君繁刚回到内场,盛希文就迎了上来。见他浑身湿漉漉的,盛希文吃了一惊。刚才她就一直在找他,这会儿他回来了,却是这个样子。

她正要询问，祝君繁先开了口："我没事。"

他这么说了，盛希文也就没多问，只是体贴地说："我陪你先回去吧，你这个样子，怕是会着凉。"

"你留在这里，等宴会结束，我自己先回去。"祝君繁直接拒绝了她的提议。

说完，他尽量避开宴会上宾客的目光，往一旁的侧门走去。

此时的季闻洲也终于找到了温颜夏。他看到她浑身湿透地坐在泳池边，呆呆地盯着自己的右手，可能是因为冷，她整个人都在抖。

他没问她怎么弄成这个样子，直接脱了身上的外套盖在她身上，然后一把将她抱了起来。温颜夏疲惫至极，没有挣扎，将脑袋靠在了他的胸膛上。直到进到车里，两人都没说一句话。

沈夕一脸吃惊地问："颜夏，你怎么会弄成这样？发生了什么事吗？"

季闻洲冷冷地看了她一眼，只吩咐了司机一句"开车"就不再言语。

沈夕在想什么，他再清楚不过。

如果不是沈夕对温颜夏讲了些什么或者做了些什么，温颜夏不会去而复返。

在季闻洲的监督之下，温颜夏回去之后洗了个热水澡就早早地去休息了。虽然她根本睡不着，但还是关了灯，睁着眼躺在床上。

沈夕原本一直在客厅里等着，见温颜夏休息了，就对季闻洲说想离开。

可季闻洲叫住了她，说有事和她谈。

两人站在楼下的偏厅里，季闻洲背对着沈夕，他盯着窗外直截了当地问："沈夕，你知道为什么你不是那批实习生里最优秀的，但我只留下了你吗？"

季闻洲的语气并不是很好，沈夕心里仿佛在打鼓一般。她在季闻洲身边也有些年了，可还是不知道该怎么回答这个问题才能让他满意，于是她选择沉默。

见她不回答,季闻洲转过身来,一边摆弄着袖扣,一边道:"因为你从来不奢求不属于自己的东西。"他顿了顿,抬起头,才又道,"或者可以说,即便你真的想要什么,也从来不会表现出来,让别人知道你的心思。"

沈夕突然感到一阵紧张。

当年和她一起进致恒的实习生大多都是女的。那时候的季闻洲还没有正式接手致恒,但在她们眼里,他已经是个光芒万丈的人了。

他长得好看,多金,在事业方面又很有能力。那些刚出社会的小姑娘没有一个不为他心动的,趋之若鹜地想要站到他身边去。可最后留下来的只有她一个人,听说还是他特意向人事部那边指定要她的。后来,她成了他的特助。

沈夕一直以为自己隐藏得很好,可没想到,季闻洲知道她的心思。即使如此,他还是让她留在他身边六年。这六年,她看着他身边的人不停地换,可没有哪一个能像温颜夏那样影响他。

在温颜夏出现之前,沈夕原本有些庆幸,自己至少在他身边待了六年,知道他的一切习惯。他的女朋友走马灯似的换,她这个特助却一直待在他身边。

可温颜夏出现之后,沈夕逐渐变得不那么甘心了。大概是因为,从前她清楚地知道,季闻洲对别的女人只是玩玩,他不爱任何人。可现在,他为温颜夏所做的一切都在证明着,在他心里,温颜夏与其他人都不同。

在沈夕成为季闻洲特助的第二年,她跟着他去一个海岛出差。那天他们谈成了一个大项目,季闻洲心情很好,带着她去了海边。两人一起在沙滩上散步,看着夕阳逐渐落下去,他忽然面对着大海,微微仰起头,闭着眼睛对她说:"感受到了吗,夏天的风。"

沈夕从来没有见过他这么温柔的样子,盯着他的眉眼许久,忘记了回答。直到他睁开眼睛望向她,她才慌忙地扭过头,学着他刚才的样子感受他说的夏天的风。那是初夏,潮湿的风吹过来,她觉得自己的脸微微发烫。

后来,他让她调查温颜夏的时候,她才明白,所谓夏天的风,原来是温颜夏带给他的回忆。

"沈夕,如果你做不了一个好的下属,就离开致恒。"

这是那天季闻洲对沈夕说的最后一句话,语气里带着威胁。

他是在告诉沈夕,不要妄想一个不属于自己的身份。如果她不能好好地隐藏自己的情绪,那么她就只能离开致恒。

沈夕最后什么也没说,极其狼狈地离开了季闻洲的别墅。她自诩是个骄傲的人,可季闻洲刚才分明是告诉她,她在他面前不过是一个跳梁小丑。她自以为深深埋藏着的对季闻洲的爱慕,他全都知道。

如果换作从前的沈夕,肯定不会和季闻洲唱反调,可此刻,她不想再这么听话了。

温颜夏几乎是一夜无眠,只在凌晨的时候迷迷糊糊地睡了一会儿。醒来的时候天刚亮,她怎么也躺不住了,想起身去喝口水。

温颜夏路过厨房的时候发现灯亮着,张嫂还没醒来,只有季闻洲背对着她站在那里。

他听见动静回过头,发现温颜夏站在那里。看着她憔悴的脸,他关心道:"醒了?我正在煮粥,想着你醒了就可以喝到了。"话音刚落,他身后用来煮粥的瓦罐就发出了"刺刺"的声音,那是粥水溢出来滴在火苗上的声音。

季闻洲极少下厨,热个牛奶都费劲,更别说煮粥了。见到这样的场景,他本能地用手去揭锅盖,瓦罐加热了有段时间了,锅盖的温度很高。温颜夏想要阻止已经来不及了,只能眼睁睁地看着那只锅盖从他手里掉落,摔在他脚边碎了一地。

温颜夏赶忙上前关了火,才发现季闻洲的手被烫得有些严重。

"你先去外面坐着,我收拾完这里就给你找烫伤膏。"温颜夏嘱咐道。

她收拾完地上的一片狼藉,才拿着烫伤膏去客厅找季闻洲。彼时他正在打一个工作电话。温颜夏没有打扰他,直接拿着棉签将烫伤膏涂到了他手上,大概是疼,他的手抖了抖,然后看了她一眼,又继续打电话。

等帮他涂好烫伤膏,温颜夏才发现不知何时他已经挂了电话,正低着头,一动不动地看着她。温颜夏被看得浑身不自在,想借着丢棉签的空当走开。可是手里的棉签还没丢出去,季闻洲已经用那只被烫伤的手握住了她。

温颜夏挣扎了几次都没挣开,只得低声道:"放开我。"

季闻洲充耳不闻,手上的力道甚至加大了几分。

他忽然在她耳边道:"我刚刚得知一个消息,说恒盛最近会有一桩喜事。"温颜夏忽然就停止了挣扎。见她这样,季闻手眸色一暗,更加用力地握住了她的手。他低头在她耳边缓缓地说道:"今天上午十点,恒盛会发新闻稿,宣布祝君繁和盛希文订婚的喜讯。"

温颜夏的呼吸瞬间变得急促起来。

季闻洲本可以不在这时告诉温颜夏这个消息,但他此时偏偏看见她两只手上都戴上了红绳。昨天晚上看她抖得厉害,他并没有细问。其实在找到她之前,他就已经看见了同样浑身湿透的祝君繁。

而此时,她手上还戴着她和祝君繁的定情信物。

他心里升起的妒忌之火使他几乎发狂,他一刻都不想多等,他现在就要告诉她,她心心念念的人要和别人订婚了,他要她现在就死心。

"放开我。"温颜夏想把季闻洲推开,可他像块石头,她使出浑身力气也推不开。

此时的温颜夏只想离开季闻洲身边,可季闻洲不依不饶地说道:"你对他来说不过是一颗用来报复颜家的棋子。你的父母害得他的母亲不得善终，你该不会以为他会因为你放过颜氏吧？你别忘了，他最爱的颜佳是因为你才死的。"

季闻洲说的每一个字都像一块石头压在温颜夏的心上，压得她快要喘不过气来。最后她只能大口大口地喘气，然后眼泪一滴一滴地落了下来。

她当然知道，可她就是忘不了祝君繁。自从分开之后，她路过那些他们一起去过的地方都会想起他，吃他们一起吃过的食物也会想起他，甚至看见好看的男装，第一时间想到的就是祝君繁穿上它的样子。

祝君繁虽然离开了她，可她好像被他们之间的回忆层层包裹起来了。温颜夏也很努力地想要放下，可她无法冲破这些回忆，开始一段新的旅程。

她终于忍不住哭喊出声："你放过我吧，我求求你放过我吧……"她哀求着。

温颜夏的手被季闻洲握着，但是身子一点一点地蹲了下去，最后瘫坐在地上。她一只手死死地捂住自己的眼睛，但眼泪还是落了下来，让地毯湿了一片。

季闻洲原本垂在身侧的另一只手越收越紧。他心里的妒意越发浓厚，怕自己再在这里待下去，会做出伤害她的事情来。所以，他最终还是放开了她的手，拿起沙发上的外套，夺门而去。

温颜夏哭够了，才发现季闻洲早已不知去向。

张嫂起来的时候，看见温颜夏坐在地上哭成个泪人，慌忙来拉她，问道："温小姐这是怎么了？和先生吵架了？"

温颜夏抹了把脸，只谢了一句"张嫂，我没事"就回房间了。

张嫂也不敢多问，只得在客厅里自顾自地收拾起来。等收拾完了，张嫂打开电视，本想看看美食节目，学几道菜，毕竟先生嘱咐过她温小姐的口味，叫她多做温颜夏喜欢的菜色。

可打开电视张嫂才发现自己记错了时间,美食节目开始的时间是在半个小时之后。此时电视上正在直播的是恒盛集团董事长的订婚喜讯,张嫂不太看这种新闻,正要关掉电视,却听见"嘭"的一声巨响,她一扭头就看见温颜夏从房间里冲了出来。

初春的天气里,温颜夏光着脚站在那里,一动不动地盯着电视看。

张嫂忙道:"哎呀,温小姐,小心着凉啊,我去给你拿双棉拖鞋。"她丢下遥控器就去给温颜夏拿拖鞋。

可等她拿了拖鞋再回来,温颜夏已经不见了。大门开着,温颜夏外套没穿,鞋也没穿,就这么出去了。

张嫂慌了,赶紧给季闻洲打了个电话。打完电话,她自己也出了门,准备在附近找一找温颜夏。

这边张嫂急疯了似的找温颜夏,那边温颜夏已经来到了祝君繁召开记者发布会的恒盛大楼楼下。

她站在门口,脚底被石子划了好几道口子,深浅不一,划得厉害的那几道甚至已经在流血了。初春的气温并不高,她站着的地方刚好是一个风口,冷风一阵阵吹过来,她整个人都在发抖。

不远处的透明玻璃门内,一众记者正将话筒对着并肩站着的祝君繁和盛希文。温颜夏听不清他们在问什么,只依稀看见盛希文脸上甜蜜的笑容。

几分钟后,记者发布会结束。祝君繁和盛希文齐齐起身,也就在此时,温颜夏感觉祝君繁看见了她,看见了狼狈不堪的她。

如果是从前,他一定会来到她身边。可现在,他只是隔着人群遥遥地望了她一眼,下一秒就平静地收回了目光。

在祝君繁带着盛希文转身之后,温颜夏也慢慢转过身。脚底伤口上的疼痛一点点地传来,她每走一步就痛一分,到最后,疼痛让她眼泪直流。她觉得自己最近一直在哭,原来结束一段感情是一件这么难、这么痛的事。

可即便如此,她也没有停下脚步。温颜夏一路走去,看到了一家咖啡厅,是她第一次撞见祝君繁和盛希文在一起的那家咖啡厅。她还记得那天她回去之后,对祝君繁说:"祝君繁,以后如果你喜欢上了别人,一定要亲自告诉我。"

那时候祝君繁还说她想太多了,说自己只喜欢她一个人。可是现在,他到底是把另一个人带到了她面前。他从没告诉她自己喜欢上了别人,可他带着那个人高调地宣布订婚。他告诉全世界,他将给那个人一个万众瞩目的订婚仪式。

温颜夏想到这里,竟然又哭又笑。

就在此时,她面前的落地玻璃窗前突然出现了另一个身影,那人几步就从门口绕到她面前,吃惊地问:"颜夏,你这是怎么了,怎么一副失魂落魄的样子?出什么事了?"这个人是沈夕。

温颜夏慌忙抹掉脸上的眼泪,调整自己的表情,轻声道:"没什么,只是凑巧路过。"

沈夕拉着她进了咖啡厅,边走边说:"之前季董在,有些事情我不方便说。"

温颜夏一愣,就听沈夕又说:"是一些关于恒盛祝君繁的事。"

见到服务员,沈夕说:"麻烦帮我们安排一个包厢。"服务员的素质很高,没有对着狼狈的温颜夏上下打量,只微笑着带她们去包厢。

"看你这个样子肯定还空着肚子,我帮你点个三明治加一杯热拿铁吧。"两人坐在包厢里,沈夕如是说。

温颜夏点了点头,其实她什么都吃不下。她之所以留下来坐在这里,只是因为沈夕说有关于祝君繁的事要告诉她。

食物被端过来之后,温颜夏只是象征性地喝了一口咖啡,就没再动。沈夕见她没什么心情,便直入正题道:"我有位医生朋友,在骨科方面算是权威,我也是从他那里得知,原来那天祝君繁为了救你受了很重的伤。

这段时间，恒盛如日中天，外界却没有关于他的消息，不是因为他为人低调，而是因为他在医院养伤。我的那位朋友说，他的手差点就废了。"说到这里，沈夕停顿了一下，好像是在给温颜夏消化的时间。

温颜夏猛地想起，昨天晚上，她抓住祝君繁手臂的时候，他的脸色都变了。

沈夕接着说："颜家和祝家的恩怨，我也略有耳闻。"沈夕身为季闻洲的心腹，知道这些事情，温颜夏并不觉得奇怪。

"还有一件事，你不知道。你被救出来之后，是季董让人将祝先生送去了医院，并要求当时出现在现场的人绝不能提关于祝君繁为救你重伤昏迷的事。"沈夕道。

"那你为什么要告诉我这些？"温颜夏也不是傻子，沈夕对季闻洲言听计从，为什么会选在这个时候将事情经过和盘托出？

"因为我喜欢季闻洲。"沈夕说得十分坦荡，让温颜夏都有些惊讶。从前沈夕在温颜夏面前称呼他为季董或者季先生，可现在她叫他季闻洲。

"因为我喜欢他，所以不想你们在一起。"沈夕看着温颜夏道，"我不知道祝君繁出于什么原因不肯承认对你的感情，但是如果一个人肯舍命相救另一个人，绝对不会只是日行一善这么简单。"

见温颜夏攥紧了手里的咖啡杯，她又蛊惑般地说道："等他和盛希文真的结了婚，那一切就真的晚了……"

沈夕还没说完，温颜夏已经匆忙起身，转身往咖啡厅外跑去。温颜夏告诉自己，再给自己和祝君繁一次机会，如果还是不行，那她会彻底放弃。

沈夕并不意外，微微抿了口咖啡，然后拨通了一个电话："王总编，我这里有个比祝君繁订婚还劲爆的消息，我想你会感兴趣的……"

温颜夏再次来到恒盛大厦楼下，刚才的喧闹场景已经不再。此时楼下只有几个保安，倒是显得有一点戒备森严的样子。

温颜夏站在门口踌躇良久，最终决定上去找祝君繁。可是她连鞋都没穿，还没走到门口就被保安拦下了。

"我认识祝君繁，能不能让我进去找他？"她哀求道。

保安将她打量一番，几近冷漠地说："认识我们董事长的人多了去了，你怎么不问问我们董事长认不认识你？"言下之意，是把她当成骗子了。

温颜夏进不去，但是又必须见到祝君繁，只得在一边等着。她想着，祝君繁总会出来的。为了在见到他的时候不那么狼狈，她在楼下广场的洗手池里简单地洗了一下自己的脸，还有那双一直光着的脚。

就在这时，她觉得自己身后闪过一道光。一扭头，温颜夏就看见一个人正拿着一台相机对着她拍。紧接着，两个、三个、四个……好像是刚才在记者发布会上的那帮人去而复返。

温颜夏从慌乱中回过神来，伸手胡乱挡着自己的脸。

有人问道："听说你和今天宣布订婚的恒盛董事长有过一段恋情，请问你为什么会出现在这里？"

"请问你是心有不甘吗？"

"听说你还是著名演员秦临霜的执行经纪人，是真的吗？"

"听说秦临霜生子之后决定淡出演艺圈，是真的吗？"

"……"

听到秦临霜的名字，温颜夏心里"咯噔"一声。

无论如何都不能把记者的注意力引到秦临霜身上，温颜夏不想自己的事情给秦临霜造成困扰。她后面是一堵墙，前面是记者，她退无可退，只能往前走，试图冲破记者的层层围堵。可她哪里知道这些记者都是沈夕特意叫回来的，不套到点劲爆的料，他们是不会轻易离开的。

温颜夏越往前，记者也越往前，她一个人终究抵不过一群人。推搡间，她摔倒在地，一个记者的话筒重重落下，砸在她脑袋上。伴随着话筒里传来的巨大而空洞的撞击音，温颜夏觉得头晕目眩。

也因为这巨大的响声,原本叽叽喳喳的记者们顿时变得鸦雀无声。

"你们在干什么!"因为四周十分安静,所以这句话显得尤为响亮。温颜夏晃晃脑袋回过神,才发现说这句话的人是黎时。

此时他已经走到了温颜夏面前,搀着她的胳膊扶她起来。

等她站定了,黎时才语带威胁地对着在场的记者道:"恒盛的发布会早已结束,各位现在这个样子,我完全可以叫保安请你们出去。恒盛旗下也不是没有合作的媒体,我想各位也不希望明天自己丝毫没有职业素养的照片出现在同行的头条上吧。"

黎时说完,记者们脸上神色各异。

见自己的话起到了震慑的作用,黎时环顾了一圈,又道:"麻烦各位出去的时候,将自己的相机和录音笔交给保安检查一下。我不管你们之前拍过什么,但是今天恒盛记者发布会之后的内容必须全部删除。如果让我看见有关温小姐的内容出现在哪家的杂志或者报纸上,恒盛的法务部会和各位详谈。毕竟你们应该也清楚,祝家那两兄弟最擅长的事之一就是和你们杂志社和报社打交道。"

记者们的脸色都白了几分,黎时说的没错,祝家那两兄弟确实难以应付。之前有位前辈得罪了秦临霜,连带着他所在的杂志社都倒了大霉。

于是,他们只得按黎时说的,在早已等候在一旁的保安队身旁排队,将相机和录音笔一一交给他们检查。

这边,保安们正在检查记者们的相机和录音笔,那边,黎时已经将温颜夏扶进了电梯。

温颜夏的膝盖有些破皮,手掌也被划破了。黎时看见她光着的脚,皱眉道:"你怎么弄成这个样子了?"他刚才正在给祝君繁做检查,楼下保安队长说楼下突然来了一群记者正围着一个女孩吵吵闹闹的,要不要让人干涉一下。祝君繁一打开办公室里的监控,看见是温颜夏被记者堵着,脸色都变了。

黎时在他身边这么多年了,自然知道此刻自己应该做什么,于是就下来替温颜夏解围了。

"你先坐会儿,我去取药箱来。"电梯在十六楼停下,黎时带着温颜夏进了自己的办公室,将她扶到了沙发上。

这是他的临时办公室。他一个医生总是出入恒盛有点奇怪,但祝君繁最近又很需要他,所以干脆安排他入职了恒盛,明面上他是公司的项目总监,其实是祝君繁的私人医生。祝君繁的休息室就在这条走廊的尽头,整个十六楼只有他的办公室和祝君繁的休息室。祝君繁的办公室并不在这层楼,他在这里只安排了一个套间用来休息。当然,闲杂人等是禁止进入十六楼的,如果不是黎时领着,温颜夏肯定是上不来的。

黎时急匆匆地去取药箱,门都没关。温颜夏原本盯着门口发呆,突然看见盛希文的身影匆匆而过。想起刚才她和祝君繁相拥的画面,温颜夏忍不住站起来。

温颜夏刚走到门口,就看见盛希文走到了走廊尽头的休息室门口,只见她在门口的密码锁上按了几个数字,门就开了。

门开得不大,但温颜夏还是一眼就看见了休息室里的祝君繁。

他此时正躺在沙发上,右手手腕上吊着一根透明的管子,好像正在打着吊针。

他生病了?

温颜夏下意识地就要往休息室走去,可下一秒盛希文就关上了门。

第十四章　大雪

已经是半夜了，外面风大雪大，她却孤零零一个人在山顶等他。

"怎么走到这里来了，你的伤口还在流血，很容易感染。"这时，黎时拿着药箱出现在门口，不着痕迹地挡住了温颜夏看往休息室方向的目光并将她带回了办公室。

温颜夏回到沙发上，再开口时语气里难掩焦急："我看见他在打吊针，他是不是身体不舒服？"

黎时正低头帮她处理伤口，手上的动作停顿了一下，才回答："可能是最近工作强度太大了，君繁胃有点不舒服，没什么大事，多休息一下就行。"

"我想见见他……可以吗？"温颜夏想起自己此行的目的，至少要见他一面。

"他现在不方便见你。"黎时此时处理完了温颜夏的伤口，说道。

他没有说谎，现在的祝君繁确实不方便见她。祝君繁刚刚病发，现在整个人都很虚弱。要是在平常，黎时此刻也该陪在祝君繁的身边，但黎时很清楚，在这里，除了他，祝君繁不相信任何人，温颜夏的事只能由他来处理。

"有人告诉我，我被绑架的时候，是他拼命救了我。"温颜夏不甘心就这样放弃。

黎时愣了愣，温颜夏说的没错，祝君繁确实是拼命救了她。他现在的身体状态本来就差，为了温颜夏还受了那么重的伤。如果是以前，他根本不用在医院的监护病房里待上两个月。

但也正是因为如此，黎时才更不能让温颜夏见到此刻的祝君繁，他不想祝君繁付出的一切都变得毫无意义。

黎时说："你说的这些我不是很清楚。你先在这里等我一下，我让助理去帮你买双鞋，然后送你回去。"说完，他就绕到自己办公桌前拨通了恒盛的内线。

温颜夏趁着他拨打电话的空当，迅速离开了那个办公室。

她来到走廊尽头的休息室门口，看着紧闭的门，忽然想起她不知道门锁的密码。

身后是慢她一步的黎时，他的表情很是无奈："我说了他现在不方便见你。"说着他就要伸手去拉温颜夏。

温颜夏忽然拍起门来，那扇门很厚，她拍得手掌通红，门也只是发出一阵闷闷的声音，好像根本传不到祝君繁的耳朵里。

虽然动静不是很大，但还是惊动了守在电梯口的保安。

保安们以为温颜夏要闹事，将她围了起来，一不小心还将她推倒在地。黎时见状，赶忙阻止道："温小姐是我朋友，这里的事我会处理。"保安们互相对视了一眼，才默默地退回了电梯口。

黎时一边去扶温颜夏，一边若有所指地说道："你如果真的想为他好，现在就离开这里。"

就在此时，温颜夏身后的门忽然被打开了。她一抬头，就看见祝君繁和盛希文牵着的手。他右手手背上贴着一块胶布，显然是刚刚把针拔掉了。

盛希文像是吃了一惊，道："我当是谁吃了熊心豹子胆敢在这里闹出这么大动静，原来是温小姐啊。"温颜夏扶着黎时的手站起来，将视线从两人手上挪开。

她咬了咬下唇，才鼓起勇气看着祝君繁道："你好点了吗？"

祝君繁只看了她一眼，然后语气平静道："今天来祝贺我和希文订婚的人很多，不过都没温小姐你的方式来得独特。"

温颜夏觉得自己的心像是被人狠狠地捏了一下，她敛去脸上的狼狈，咬牙道："我不是来祝贺你订婚的。"

"那你来干什么？"祝君繁冷哼一声，道。

"我是想问问，为什么那天你会为了救我，受这么重的伤？"温颜夏盯着他的眼睛道，"你说你不在乎我了，那为什么还要冒着生命危险救我？"

盛希文感觉祝君繁握着自己的手骤然用力了几分。黎时也忍不住皱起眉头。

"那天我就说了，不过是日行一善。"祝君繁放开盛希文的手，一步一步向温颜夏靠近，语气越来越冷，"如果这个理由还不够，那么我告诉你，我之所以救你，是想让你看着我一步步毁掉颜氏，毁掉颜震，就像当年你的父母毁掉我的母亲，就像你害死我最爱的颜佳一样。"

温颜夏的身子一晃，险些摔倒。如果不是黎时扶着她，她可能会就这么栽倒在地。

"黎时，带她离开这里，我不想出来的时候还看见她在这里。"祝君繁对着黎时道，说着就打开门，准备带着盛希文回到休息室去。

可温颜夏迅速拉住了他的手，正好按在他贴胶布的地方。

"你骗我，如果真的是这样，如果你真的讨厌我到这种地步，为什么你会把红绳捞起来给我？你明明扔掉了，你明明可以不管，可你偏偏把它捡起来了。"温颜夏不依不饶地问道。

黎时去拉她，可她怎么都不愿意放开祝君繁的手，直到她手上一片黏腻，才发现祝君繁的手背肿得老高，血不知何时已经渗透了那块白色的医用胶布。温颜夏吓坏了，猛缩回去的手抖得厉害。

盛希文上前要去拉开温颜夏，却被祝君繁拦住了。他忽然一把揽住盛希文的腰，当着温颜夏和黎时的面，低头吻住了盛希文的唇。

许久之后，两人才分开，祝君繁盯着红着眼睛的温颜夏，沉声道："现在你满意了吗？"

看着他在自己面前亲吻别人，满意了吗？温颜夏在心里问自己。她僵硬地往后退了一步，强忍着泪意："对不起，我不该打扰你们。"

祝君繁看都没看温颜夏一眼，只是对黎时说了一句："黎时，我以后都不想再见到这个人。"说完，他就牵着盛希文的手，头也不回地往休息室里走去。

咚！沉闷的关门声传来那一刻，温颜夏才回过神。

她将沾了祝君繁血的手收紧，然后泪眼婆娑地看着黎时，带着歉意低声道："我……我不是故意的……我真的不是故意的……"

黎时表示理解，可是刚才祝君繁的脸色实在是很差，想着他此刻应该很需要自己，当务之急是先把温颜夏送走。

于是黎时说："我先安排司机送你回去。"

温颜夏呆呆地点了点头。

门外的黎时和温颜夏逐渐走远，门内的盛希文则扶着祝君繁站在门口看监控。他们左边的沙发旁还垂着一根用来打吊针的透明管子。连接管子的针头处，正不断往外流着液体。就在记者发布会之后，祝君繁突然病发,黎时刚给他挂上水,温颜夏就被记者围得水泄不通。黎时下去解决这事,并让盛希文上来照看祝君繁,谁知道竟然被温颜夏看见了正在打吊针的祝君繁。

祝君繁因为头疼正在休息,听到温颜夏拍门的时候,本来不想开门,可是当他听到保安把她推倒的动静时,他毫不犹豫地扯掉了手上的针头,胡乱贴了一块医用胶布就去开了门。

此时温颜夏离开了,祝君繁紧绷的神经也松懈了下来。剧烈的头痛再次袭来,他一手捂着额头,身子都站不直了,只能一只手死死地握着门把手,虚弱地对着盛希文喊道:"把药给我……"

盛希文知道他要止疼药,慌忙去找,可她还没找到药,祝君繁已经栽倒在地了。

黎时再次返回时,祝君繁已经醒过来了。

黎时一边替他再次挂上吊针,一边担忧道:"你应该很清楚自己的身体状况,这样下去可不行。"

祝君繁只看了一眼盛希文,盛希文知道他和黎时有话要谈,自己不能再继续待在这里,于是便找了个借口先走了。

等到休息室里只剩下祝君繁和黎时的时候,祝君繁才缓缓地开口问了一句:"她没事吧?"他的语气很虚弱,却透着对温颜夏的关心。

"没什么大碍,只是受了点皮外伤。倒是你自己,再这样下去真的不行。"黎时调了调管子里药水的流动速度,忧心忡忡地提醒道,"你自己曾经也是个医生,应该比我更清楚你自己的身体状况。"

祝君繁最近的身体状况一天不如一天,可他又不肯住院治疗。他身体各项指标都很差,连黎时都看得心惊胆战。

祝君繁许久没说话。黎时重重地叹了口气,好一会儿才又道:"我有时候在想,如果她能陪在你身边,你会不会稍微好过一点。"

"别告诉她,这是我唯一的要求。"祝君繁忍着剧烈的头痛。继续道,

"你知道的,我宁愿她恨我。"

他宁愿温颜夏恨他,也不要她一直惦记着他,因为她将来有很长的路要走,会有很美好的人生。而他本就身处深渊,即便前路没有一点光亮,他咬咬牙也能走完。

"你这又是何苦呢?"黎时低低地叹了一口气。

温颜夏回到别墅的时候,发现季闻洲正面色不虞地坐在客厅等她。更令她想不到的是,颜震也在,他此时正坐在轮椅上。

见她回来,颜震勃然大怒,直接将手里的一沓东西甩在了她身上,低吼道:"丢人现眼!"

温颜夏很震惊,因为颜震甩出来的东西是照片,是她在恒盛楼下被拍到的照片。她的嘴唇动了动,想解释点什么,却发现没什么能解释的。

颜震说的没错,她今天确实是丢人现眼。

季闻洲缓缓地开口:"你就这样跑出去,把张嫂急坏了。我不得已才通知了伯父。"说是不得已,可他的语气里没有一点不得已的意思。季闻洲如果真的要找她,根本不用费吹灰之力,他却大费周章地去找了颜震过来,分明就是想借着颜震来震慑她。

温颜夏沉默半天,才吐出一句:"对不起……"

季闻洲从沙发上起来,看着狼狈不堪又浑身是伤的温颜夏,吩咐张嫂:"张嫂,你先带她去洗个澡,然后通知高医生过来一趟,替温小姐检查一下伤口。"

张嫂今天被吓坏了,这会儿看到温颜夏回来,她才松了一口气。听季闻洲这么说,张嫂赶忙过来扶温颜夏,却被对方拒绝了。

温颜夏低头看着季闻洲的脚,声音很轻地说道:"我想离开这里,回我自己家去。"她说的是回她自己的家,不是颜家。

不等季闻洲回话,颜震怒道:"不许去!你还嫌不够丢人吗!给我回房间去！"

张嫂见状，急忙去拉温颜夏，嘴上道："温小姐，你就算要走，也要先休息一下再走。"她压低了声音，"听说颜老爷子刚刚气得高血压都犯了，你可别再气着他了。"

温颜夏这才没再说话，被张嫂拉进了房间。

温颜夏刚简单地收拾了一下自己。季闻洲说的那位高医生很快就过来了，他检查了一下她身上的伤口，嘱咐她不要碰水，给她开了一点消炎的药便走了。

高医生走后，温颜夏疲惫地躺下，却忽然听见楼下传来很大的响声，好像是什么东西摔在地上的声音。她起身准备开门去看看，却发现自己的房门被人锁住了。

她以为是锁坏了，喊张嫂过来开门，可连喊几次，都没人回应。察觉到不对劲，温颜夏开始拍门，边拍边喊道："张嫂开门啊！外面为什么这么吵，为什么把我关在里面啊？"

张嫂姗姗来迟，贴着门对温颜夏道："小姐别担心，刚刚是颜老爷子不小心打碎了一只杯子。也不是要关着你，只是颜老爷子吩咐了，这几天让你在房间里待着，等休息好了再说。这几天我会把饭菜送进去的，你就在房间里好好休息吧。"张嫂的语气里带着些为难，她也不想关着温颜夏，可季先生和颜老爷子执意如此，她也没有办法，只能尽量安抚温颜夏。

房间里的温颜夏瞬间明白了，几天之后，祝君繁和盛希文就要订婚了，颜震和季闻洲是要等他们完成了订婚仪式，再放她出去。

她房间的门很结实，自己手上没有钥匙，门外又有张嫂守着，连手机也被放在房间外面，她根本没有办法离开这里。

温颜夏在房间里待了三天，第四天张嫂送饭菜过来的时候，悄悄地把她的手机送了过来，说是这几天一直有人给她打电话，怕是有什么急事，今天难得季闻洲不在，张嫂就悄悄地把手机拿来给她看看，让她可以回个电话。

温颜夏看了看手机，上面有十几个电话是秦临霜打来的。温颜夏回拨过去才知道是秦临霜最近几天一直联系不上她，怕她出事。温颜夏没和秦临霜说自己被关在季闻洲的别墅里，只说最近手机出了点问题，刚修好，自己一切都好，让她不要担心。

还有几个电话来自一个陌生号码，温颜夏正犹豫着要不要回拨过去，手机突然响了几声，进来一条信息，上面写着：如果你看到这条短信，今晚八点清平山顶见。

信息是祝君繁的号码发过来的。

清平山是温颜夏承认自己喜欢祝君繁的地方。

温颜夏被一时的喜悦冲昏了头脑，甚至忘记了思考为什么祝君繁前几天还对她如此决绝，现在却突然约她在山顶见面。

她刚想给他回个"好"字，张嫂就慌忙过来提醒她，季闻洲回来了。

温颜夏只得作罢，匆匆地把手机还给了张嫂。

季闻洲好像喝了不少酒，他站在温颜夏房间门口的时候，她闻到了一股浓烈的酒气。

温颜夏本以为他会进来，可他只是站在那里看了她一眼，就离开了。

季闻洲喝醉了，醒来的时候已经是傍晚时分。平时季闻洲虽然也待在别墅这里，但他一般晚上都有应酬，不会在这里吃饭。今天张嫂见他在家，就问要不要让温颜夏和他一起吃顿饭。张嫂也是有意想让温颜夏出来透透气。

季闻洲揉了揉有些昏沉的脑袋，点了点头，算是同意了张嫂的提议。

当张嫂满心欢喜地打开温颜夏的房门时，看到的却是一个空荡荡的房间。阳台上的玻璃门被打开了，冷风呼呼地灌进来，吹得她头皮发紧。

235

虽然这是二楼，但是楼层也不低，温颜夏的一块围巾此时还挂在阳台栏杆上，仿佛在向张嫂诉说刚才温颜夏是如何从这里逃出去的。

虽然已经是初春的天气，但是最近气温直降，气象台刚刚还发布了霜冻暴雪预警。温颜夏为了利落地从这里逃走，连外套都没套上一件。

张嫂愣愣地站在冷风中，眼睁睁地看着季闻洲的脸色慢慢变黑，然后看他头也不回地离开了那个房间。

温颜夏竟然在他的眼皮子底下溜走了。

季闻洲立刻派人在周边寻找，然后又查了温颜夏的消费记录，只查到她的卡在出租车上刷了一笔费用。那笔费用能行驶的距离大概是二十公里，季闻洲通知了颜震，然后亲自带着人在离别墅二十公里左右的地方找。

温颜夏坐车到了半山腰，天突然下起了雪。山上雾气大，雪又逐渐大起来，司机劝她还是不要在这时候上山了，自己的车也不能开上去了，此时山上的能见度太低，司机怕出意外。

温颜夏付了钱，直接下车，告诉司机剩下的路自己走上去。司机看她实在执着，身上又连件外套都没有，只能从车里拿了一把伞给她，然后自己掉头下山。

温颜夏走在路上，只觉得雪越来越大，山顶上没什么亮光，只有几辆车从山上下来。

等她到了山顶，雪已经厚厚地积了一层，站在上面往下看，只觉得整个城市都笼罩在一片冷冽之中。温颜夏想起第一次被祝君繁带来这里的画面，那时候她看见的和现在所见的截然不同。

信息上约的是八点，可温颜夏这一等竟然等到了半夜。

山顶彻底没人了，路灯光亮微弱。原本供游客休息的地方因为天气都关闭了。温颜夏缩在一幢建筑的墙角里，撑着那把司机给她的伞，在呼啸的寒风里躲避着越来越大的雪。

温颜夏的指尖停留在祝君繁的红绳上,盯着山顶此时唯一开放的入口。那里空无一人,祝君繁没有来。

也许是因为上山的路已经被雪覆盖,祝君繁一时半会儿上不来。温颜夏这样想着,她挣扎着起身,扶着身后的墙一点一点艰难地往入口处走去。她的手已经冻僵了,只麻木地拿着那把伞,脚下一滑,她连人带伞摔在地上,冰凉的雪水浸湿了她单薄的衣衫。

温颜夏冻得浑身发抖……

恒盛的十六楼,祝君繁挂完最后一瓶水已经是晚上十点半。在这之前,他刚开完一个会议,因为最近几乎没怎么休息,再加上思虑过度,祝君繁刚开完会就头疼难忍。黎时在他的药水里加了一点镇定类的药物,希望他可以好好睡一觉。

祝君繁刚睡着,黎时就接到消息说季闻洲找温颜夏找疯了。

外面大雪纷飞,温颜夏下落不明,黎时心中有些不好的预感。他想叫醒祝君繁,却被陪在一旁的盛希文阻止了。她沉声道:"君繁现在这个样子,叫醒他也只是徒增他的烦恼。难道你想让他以这个身体状态,顶着大风大雪去找人吗?"

黎时犹豫了一下,觉得盛希文说的也没错。以祝君繁现在的身体状况,即便是一场小小的低烧都会让他的病情变得极为凶险。

盛希文望着窗外纷纷扬扬的大雪,若有所思道:"况且颜家和季闻洲都在找她,清江才多大,最多不过是上个山。"

"什么山?"忽然,祝君繁的声音响起,不知何时他已经醒了。

盛希文吓了一跳,一时之间说不出话。

"我问你,是什么山?"祝君繁眉头紧锁,又问了一遍。

"我……我只是这么一说。"盛希文有些紧张地回答道。

黎时也发现了她的不对劲,忙问:"你是不是知道些什么?"见盛希文不说话，他又说，"姑奶奶，这种天气要是颜夏真在山上，可是要出人命的！"

"我最后问你一次，她在什么山上？"祝君繁的忍耐像是已经到了极限。

黎时也在一边急得不行，劝道："至少先把人找到，要是真的出点事怎么办？"

盛希文犹豫了一番，最终还是说道："我用你的手机给她发了条信息，约了她今晚八点在清平山顶见，本来以为她不会去，谁知道她真的去了。"

她原本只想耍一耍温颜夏。因为她妒忌温颜夏，妒忌祝君繁即便身体差到了如此地步，还在处处为她考虑。盛希文之所以答应和祝君繁订婚，除了因为这是她的梦想，还因为事成之后祝君繁会给她恒盛的股份。她原本以为自己总算是赢了温颜夏一次，可她前两天听说祝君繁要将手里的颜氏股份全部无条件赠予温颜夏。他要把他们费尽心血夺回来的颜氏原封不动地还给温颜夏。

为了温颜夏，他甚至放弃了为自己的母亲报仇。从前是颜佳，现在是颜夏，她盛希文凭什么卑微地活在她们姐妹俩的阴影之下？

盛希文知道，清平山是温颜夏和祝君繁定情的地方，所以她给温颜夏发了短信，要让温颜夏在大雪天上山，要给她一个教训。本以为八点见不到祝君繁她就会下山，谁知道她这么蠢，会等到半夜。

祝君繁听到"清平山顶"这四个字，只觉得眼前一黑。

在这样一个暴雪天里，他躺在灯火通明、暖气充足的休息室里，也能感受到外面的冰冷。现在已经是半夜了，外面风大雪大，她却孤零零一个人在山顶等他。

"叫司机备车。"祝君繁艰难地撑起身，尽管脑袋一阵一阵地发疼，他还是坚定地要出去。

盛希文听到他这句话就后悔了。祝君繁这样的身体根本承受不了外面的风雪,她几乎哭着说:"君繁你别去,只要我把消息给季闻洲,他一定会找到她的。"

"走开!"祝君繁将被她握着的手抽出来,声音冰冷。

他用力握着黎时的手臂,认真道:"如果她出了事,我会比死还难过。"

黎时原本也不想让祝君繁去,身为医生,他知道如果祝君繁再发烧,那么之前所做的一切治疗都白费了;可身为他的朋友,黎时理解他。

五分钟之后,司机已经等在门口,黎时将大衣披在祝君繁身上,和他一起上了车。

盛希文跟着他们一起下了楼,穿着高跟鞋站在风雪里,看着车子绝尘而去。

她颤着嗓音通知季闻洲:"温颜夏在清平山顶,我不管你用什么办法,不要让她见到君繁!"她变得歇斯底里,如果不能阻止祝君繁去找温颜夏,那么她也要让温颜夏见不到祝君繁。

雪下得很大,车子行到半山腰,轮子打滑,陷进了山道旁的沟里。司机一个人没办法弄出来,黎时下车去帮忙,千叮咛万嘱咐祝君繁千万不能下车。

可当他和司机再次回到车上时,却发现祝君繁不见了。祝君繁身体还好的时候就常来爬山,上山的路他十分熟悉。雪下得很大,祝君繁的脚印已经被覆盖,黎时一时分辨不出他往哪个方向走了。

山上信号不好,电话无法接通,黎时只得自己往山上走,让司机开车下山去有信号的地方报警。祝君繁如今的身体状况,一刻都耽误不起。

而此时的祝君繁已经走了一段路了。

如果是从前,这一段路对他来说根本不在话下,可现在下着大雪,他的身体又不好,走这小小的一段路,已经让他浑身冒冷汗。衬衫已经汗湿,冰冷地紧贴在他身上,他每走一步,脚下都像有千斤重。他明明浑身冰冷，可又觉得全身滚烫，一时之间竟然分辨不出自己到底是冷还是热，只觉得身上的大衣很是厚重，最后，他将大衣脱下扔在了路边。

就这么又走了一段路，祝君繁觉得自己呼吸越来越重，喉管里弥漫着一股血腥味，脑袋又晕又疼，眼前一下发黑。如果不是扶着旁边一棵枯树，他怕是已经栽倒在地。

就在此时，汽车的轰鸣声由远及近，一辆黑色的车从祝君繁身边呼啸而过，车辆打滑，划过一旁的树枝，将祝君繁带倒在地上，然后侧翻在一旁的山沟里。他整个人在雪地上滚了一圈，额头磕在一旁裸露的石头上，疼得他心脏都一颤。

温颜夏一路不知道跌倒了多少次，伞早已经不知道丢到了哪里。她的泪水也不断落下，身上又冷又疼，可还是往山脚的方向走着。

她不断告诉自己，祝君繁一定来了，肯定是因为车上不了山，所以他才没上来。

可是她一路往下，都没有看见他的身影。温颜夏觉得自己的体温随着眼泪一点点地流逝了，可她仍旧不放弃。她摔了太多下，手腕上的其中一根红绳已经被尖锐的石块磨断了。她将它握在自己皮开肉绽的手掌里，掌心里的血染得那块水晶娇艳欲滴，可她就是不放手。她走啊走，到最后身子越来越重，眼皮也越来越重。

终于，她看见了一个人，接着是两个、三个……

可是他们都不是祝君繁，是季闻洲，他带着人找到了她。

接到盛希文的电话之后，他马上带人上了山，车子开到半山腰往上几公里就抛锚了，是他带着人一路寻上来。见到浑身是伤、一身狼藉的温颜夏，他原本汹涌的怒意瞬间变成了心疼。

温颜夏居然会为了祝君繁做到这种地步，甚至连自己的命都不要了。在见到他的那一刻，他清晰地看到她眼底的情绪由狂喜变成了失望。

她一定以为是祝君繁来找她吧，所以在看清楚他的脸之后，才会表现得如此失望。

下一秒，温颜夏紧紧地拽住了他的袖子，问道："你见到祝君繁了吗？他会来找我的对不对……"

"他没有来，也不会来，会来这里找你的只有我季闻洲。"季闻洲将温颜夏扶住，以免她因为腿软而瘫坐在地上。

"不……你骗我，他明明说了八点在山顶见，他一定会来的，我要去找他。"温颜夏推开季闻洲的手臂就要往前走，却被季闻洲死死按住，最后他一弯腰将她抱了起来。

他盯着她的眼睛，几近冷酷地说道："温颜夏，就算你今天死在山上，祝君繁也不会替你感到可惜。"

"你骗我……"温颜夏眼里的泪水更加凶猛。

"我有没有骗你，你比我清楚。"季闻洲残酷地提醒着她。

大概是因为实在是累极了，在季闻洲说完这句话之后，温颜夏就昏倒在了他怀里。她那只受伤的手落在季闻洲胸前，手心里那根红绳刺痛了他的眼睛。

几乎没有任何犹豫，他就将那根红绳从她手心扯了出来。

温颜夏的手掌受了伤，流了不少血，血液凝固后和红绳粘在一起。季闻洲知道她会疼，可还是将它拽了下来扔在地上。然后，他抱着温颜夏，带着那些他带来的人，往山下走去。

落在雪地上的红绳被一遍又一遍地踩踏，变得肮脏不堪。粘在上面的血一点点地晕染开来，在肮脏的雪地里变成一朵鲜艳而短暂盛放的花。

一个小时之后，黎时终于带着搜救队在山上找到了祝君繁。彼时，祝君繁已经发起了高烧，下山之后，直接进了ICU。

黎时带着搜救队上山的途中遇到了季闻洲一行人，自然也见到了他怀里的温颜夏。

季闻洲见到他只愣了一秒，就像没见到一般，匆匆离去。

241

黎时微微松了口气,至少温颜夏被找到了。

从刚才季闻洲看他的眼神,黎时就知道,在温颜夏醒过来之后,季闻洲绝对不会告诉她,曾经在山上见到过自己。

去医院的途中祝君繁醒来过一次,他戴着呼吸机,神志不清,十分吃力地问黎时:"人找到了吗?"听到黎时说"已经被季闻洲带回去了",他才又沉沉地睡去。

黎时叹了口气,望着祝君繁手心里那根残破又肮脏的红绳,轻声道:"明明能让你开心的只有她,为什么又要将她拒之于千里之外呢?"

祝君繁再次醒来已经是第二天晚上了。他身上插着各种监测仪器,像是被惊醒的,语带惊恐地喊着温颜夏的名字。他情绪太激动,惹得监测仪器上的数据发生剧烈波动。

"她没事,已经安全回去了。"黎时回答他。

听到这句话之后,祝君繁才逐渐平静下来。

下一秒,黎时又忧心忡忡地说道:"眼下还有一件更棘手的事。"像是要让祝君繁做好心理准备,黎时顿了顿,才继续说,"昨天晚上,颜震被发现死在城西郊区的私人疗养院里。而现场监控拍下了你在他死亡前半小时里出入过那里。在你昏睡期间,警察已经来找过你了。"

颜震死了……

祝君繁只觉得头痛欲裂,明明他在疗养院见到他的时候还好好的,怎么突然就死了?

可下一秒,祝君繁满脑子想的都是温颜夏现在是什么状态。

他没管自己有可能会被当成犯罪嫌疑人,想到的是颜氏这几年的发展状况已经是一路下坡,颜震病了之后更是下滑得厉害。现在颜震过世,颜氏内部肯定乱得一塌糊涂。温颜夏虽是颜震的合法继承人,但她终究是一个在外待了八年的人。而温婉自从颜佳死后,就再没插手过颜氏的事,丧女之痛让她没有精力来管这些。

温颜夏醒来的时候，第一眼看到的是季闻洲。

她还记得昏过去之前他说过的话。祝君繁最终还是没有出现。她身上的伤口都被处理好了，右手手掌也被包了好几圈纱布。

季闻洲提醒她："手上伤口受到了感染，可能会留下疤痕。"

温颜夏盯着自己的手掌，半晌没说话。

季闻洲缓缓地走到她的身边，眼神与往常不同。

许久之后，他才道："我先去叫医生过来看看你。"

医生很快就过来了，给温颜夏做了几项基础检查之后，他才对着季闻洲说："病人虽然现在没什么大问题，但我还是不建议你现在就告诉她这个消息，她现在不能受太大的打击。"

温颜夏听出了一些不对劲，问季闻洲要告诉她什么消息。

季闻洲目光深沉地看了她一眼，坐到了病床边上。

温颜夏内心顿时被一种不祥的预感席卷。

下一刻，季闻洲将两只手放到了温颜夏的手臂上，把她的手臂固定在身子两侧，仿佛是为了让她不要乱动。他深吸一口气，沉声道："你的父亲颜震，昨天晚上在城西郊外的私人疗养院里过世了，现场监控拍到在他死前半小时，祝君繁曾出入过那里。"

嗡……温颜夏觉得自己耳边响起一声长长的轰鸣，像是连绵不断的惊雷，又像是一列呼啸而过的火车，震得她心口发疼。

季闻洲手上的力道逐渐加大，最后索性抱住了她。

温颜夏情绪激动，但因为被季闻洲控制着，她做不出什么大的动作，只能发出一声声悲切的呜咽，然后号啕大哭。

尽管她和颜震的关系不如从前，但她身体里流淌着和他一样的血。此时她全身的血液仿佛都在为她的父亲激荡，它们汇聚成一条小小的河流，撞击着她的心脏，疼得她差点昏死过去。

八年前，颜佳出事之后，温颜夏跪在颜震的书房里，那时候他痛苦地质问她："为什么出事的是颜佳而不是你？"

她年幼的时候，身为父亲的他也曾将她高高举起……可现在，季闻洲说他不在了。

当她在冰冷的山顶上等着祝君繁的时候，她的父亲彻底离开了这个世界。

而她死等的那个人，竟然变成了杀她父亲的嫌疑人。

是她太天真了，祝君繁分明已经表现得那样决绝，她却傻傻地信了他的话，苦苦地等在山顶。等到最后，迎接她的是颜震的死讯。

多重打击之下，温颜夏在病床上昏死过去。

温颜夏再次醒来，已经是半个小时之后。病房里多了很多人，包括泪眼婆娑的温婉。

季闻洲站在温颜夏的病床边，伸手接过一份文件，递到温颜夏面前，嘴上道："你父亲病重的时候立下遗嘱，现在你是他的继承人，只要签了它，你就拥有颜氏百分之二十的股权。"

温颜夏整个人都是蒙的，她呆呆地盯着那份文件，其实一个字都没看进去。

季闻洲将笔递给她，道："如果你还想保住颜氏，就签了它。"

温颜夏觉得自己像一个木偶，连手都是僵硬的，在签那个"颜"字的时候，她不断落泪，字迹被晕得一塌糊涂。温婉走过来抱住了她，母女俩痛哭了一场。

哭完之后，季闻洲递上来一份新的文件，这一次温颜夏总算完成了签字。看着那份文件上复杂的条条框框，温颜夏觉得自己很悲哀。

她来到这个世界上是为了救颜佳，后来也逐渐成了颜佳的替身，爱上颜佳最爱的人。最后，她甚至赔上了自己的父亲。可她自知没有颜佳的能力，不能救颜氏于水火。

温颜夏攥紧了身下的床单，冷汗一阵一阵地往外冒。最终，她哀求道："季闻洲，你能不能帮帮我，帮我拯救颜氏？"

季闻洲看了她半晌，才缓缓地说道："我要什么，你很清楚。"他觉得自己在这时候说这种话很无耻，但只要能得到温颜夏，他并不在乎。

"我答应和你结婚。"温颜夏认真地看着他的眼睛，一字一句地说道。

从现在开始，她唯一的愿望就是保住颜氏。

为此，她愿意赌上自己的幸福。

第十五章　命案

> 颜震在三天后出殡，温颜夏扶灵，季闻洲完全是以准女婿的身份陪着。

　　祝君繁转到普通病房那天，温颜夏和季闻洲要结婚的消息铺天盖地。媒体添油加醋，不外乎是一些颜震过世，颜家母女寻求致恒庇护的话题。

　　黎时原本想瞒着祝君繁，谁知来调查颜震命案的警察讨论得热火朝天，说什么颜震去世，颜氏也陷入危机，致恒在此时出手相助颜氏，原来是因为季闻洲是颜震的准女婿。

　　黎时站在门口，轻咳几声，道："两位警官如果没有公事要办，我们祝总想先休息。"

　　两人这才收敛了一点，没再多言。

　　由于祝君繁还在观察期，身体也很虚弱，医生只答应警方做个简单的笔录。再加上除了监控画面，初次勘验现场没有发现别的对他不利的证据，所以祝君繁暂时只需要配合调查。等到出院之后，他要到警察局补一份完整的笔录。笔录里，祝君繁只说自己是受到颜震的邀请才去的疗养院，走的时候他还好好的。至于到底和颜震说了些什么，祝君繁只说属于个人隐私，不便回答。

温颜夏出院之后，温婉和她一起搬到了季闻洲的别墅里，仍旧是由张嫂照顾她们。温颜夏本来想陪着温婉回家住，但是季闻洲说那个家里到处都是关于颜震的回忆，怕温婉睹物思人，所以让她们先在别墅里住一段时间。

温颜夏看着红肿着眼睛的母亲，答应了下来。

当天晚上，温婉絮絮叨叨地和温颜夏说了很多话。温颜夏也逐渐了解到，自己的父亲好像并没有自己所以为的那样冷酷无情。温婉说，颜震去求过季闻洲，向他表示愿意将颜氏三分之一的股份给他，只要他放弃娶温颜夏的想法。但是季闻洲没有答应，两人激烈争吵之后，颜震受了点刺激，才会从家里搬到疗养院。

温颜夏忽然想起，那天张嫂说颜震摔碎了一只杯子，应该就是那天，他和季闻洲发生了争吵。

温颜夏心里难过得要命，唯一庆幸的是，自己替颜震求来的平安符已经由温婉转交到了他手上。虽然平安符并没有真的保颜震平安，但至少让他知道了自己对他的一点心意。

秦临霜原本计划在孩子满月之后就带温颜夏一起去国外度假。但前段时间君庭集团刚好有个项目，需要祝君亭出国一趟，最少要在国外待两个月。他不放心秦临霜独自带着孩子留在国内，于是就带上了秦临霜和孩子一起，顺便带他们在当地游玩。得知颜震去世的消息之后，秦临霜有打求电话慰问，并表示自己会买最近的机票回国，帮温颜夏一起处理颜震的后事。

但第二天早上，温颜夏又接到了祝君亭的助理打来的电话，说孩子突然高烧不退，秦临霜却决意要回国，祝君亭劝不住她，希望温颜夏能帮忙劝劝。

温颜夏有季闻洲帮忙,一开始就劝说过秦临霜不必特地赶回来,如今孩子这个状况,她更加不能因为自己让秦临霜回国了。何况现在颜氏乱成一锅粥,祝君亭应该也不想秦临霜来蹚这浑水。

最后,在温颜夏的极力劝说之下,秦临霜才答应下来,等孩子的病好了再说。

温颜夏和温婉去替颜震看墓园是在七天之后。本来早就该去看的,可是温婉遭受的打击太大,身体一直没有恢复,温颜夏只得等温婉身体状况稳定之后,才和她一起去。

季闻洲本来也要一起去,可致恒那边临时出了点事,他必须回去处理。温颜夏不想他为难,遂表示自己和温婉一起去就可以。

墓园位于清江郊区,依山傍水,环境很幽静。因为颜佳的墓就在这里,温颜夏和温婉对这里并不陌生。

母女俩替颜震看了墓地之后,又去了颜佳墓前。

自从颜震走后,温婉就有了眩晕的毛病,医生开了药,但是上山的时候忘在车上了。此时她情绪激动,温颜夏怕她犯病,连忙喊了司机一起将她扶到山下。见温婉已经满头虚汗,温颜夏叫司机去车上拿药,自己带着温婉坐在附近的凳子上休息。

温颜夏给温婉喝了口水,然后轻轻拍着她的背替她顺气。等到司机拿着药赶来的时候,温婉的状况已经有所缓和。

温颜夏和司机扶着她又走了一段路,才到了车旁。

温婉上车之后,温颜夏才想起温婉的围巾落在了凳子上。那是温婉最近一次生日时颜震送她的礼物,她珍惜得很。

温颜夏叫司机等等,自己去取了围巾就来。可等温颜夏拿了围巾回来,发现车子不见了,她打了电话给司机和温婉,俩人都没接。

正当她满心焦急之时,一扭头却看见了一个熟悉得不能再熟悉的身影,穿着一件黑色大衣的祝君繁带着几个人正朝她的方向缓缓走来。温颜夏这才发现,原来负责侦办颜震案件的辖区警局就在这里。

两个警察跟着祝君繁他们一起出来。祝君繁身后跟着的好像是他的律师,一个年长一点的警察客套地对律师道:"如果后续有什么需要补充的,还请祝先生帮忙。"

温颜夏离得不远,可以听见他们说话的声音。

律师笑了笑,替祝君繁回答道:"那是当然,配合警察的工作,是我们作为公民的义务。"

说完,那位律师转过身,对着祝君繁说了几句话,才上了早已等候在一边的车。

祝君繁身后还跟着司机,他的车就停在温颜夏的左手边。

他转过身,看到温颜夏那一瞬间,面上闪过一丝惊讶。

下一刻,他却又像没有看见她一样,径直往车的方向走。司机快步上前,替他拉开车门。眼看祝君繁就要上车,温颜夏终于忍不住叫住了他:"祝君繁!"

祝君繁像没有听到一般,头也不回地上了车。关上车门之后,他吩咐司机:"开车。"

车子缓慢地行驶到车道上,温颜夏上前几步,张开手臂挡在了车前。

司机为难地提醒道:"先生,她挡住了我们的路。"

祝君繁只看了一眼,道:"绕过去。"

司机按吩咐做事,见后面没什么车,就往后倒了倒,然后准备从温颜夏右边绕过去。可温颜夏像疯了一般,猛地扑了上来,司机猛踩刹车,轮胎在地面上发出一阵尖锐的摩擦声。原本在后座上闭目养神的祝君繁猛然睁开了眼睛。他打开车门下了车,一把拽过还挡在车前险些被撞的温颜夏,吼道:"不要命了!"

此时车子停着的地方正好是马路正中间,后面被堵住的车辆拼命地按着喇叭,好几辆车从温颜夏身边呼啸而过,看得祝君繁心惊胆战。最终,他趁着旁边没车经过的间隙,打开车门进到里面,然后迅速将车外的温颜夏扯了进去,又立马将车门关上。

温颜夏一时失力,扑倒在了祝君繁怀里。他皱了皱眉,低声吩咐司机:"开车。"

温颜夏从恍惚中回过神来,才发现祝君繁的手还抓着她的手臂,他的力道很大,捏得她有点疼。祝君繁似乎也察觉到了这一点,手指骤然一松,放开了温颜夏。

车厢狭小,祝君繁的脸近在咫尺,温颜夏一下就将他推开,她力气不小,祝君繁又个高,后脑勺在车窗玻璃上撞了一下,发出一声闷响。祝君繁瞬间疼得脸色发白。

温颜夏看着他,觉得眼前这个曾经最熟悉的人已经变得很陌生,甚至令她害怕。她不自觉地颤抖着声音问:"我爸爸有严重的花粉过敏症。警方说他死之前喝过一杯果汁,那杯果汁里被人加了花粉。解剖他的法医说他走得很痛苦,因为过敏引发的窒息让他用自己的手使劲挠自己的脖子,直到指甲都翻了盖,脖子血肉模糊。而他的抗过敏药就在离他两米的地方,如果他伸长手,只差一点点就可以够到。警察还说,凶手很可能是站在旁边看着我爸难受地窒息而死。"温颜夏说到这里,已经泪流满面。

温颜夏手里紧紧地捏着一样东西,那是她替颜震求来的护身符。在生命的最后一刻,颜震一直将它握在手里。警方将这个遗物交给温颜夏的时候,她看着上面斑驳的血渍,甚至可以感受到颜震当时的恐惧。

祝君繁的脸上始终没有表情。

温颜夏死死地扯着他的衣服,边哭边问:"我知道你恨他,恨他毁掉了你的家庭。你也恨我,恨我害死了你最爱的颜佳。可即便是这样,你也不该……不该眼睁睁地看着他死在你面前。他是我的爸爸，也是颜佳的爸爸啊……"

温颜夏哭得喘不过气来，祝君繁看在眼里，觉得整颗心都揪成了一团。

然而，他嘴上却说："温颜夏，如果我真的有罪，现在根本不会在这里陪你浪费时间。你说你父亲有严重的花粉过敏症，谁知道他是不是为了陷害我而用自己的命来做赌注。或许是他刻意约我见面想陷害我，却一不小心害死了自己。毕竟，你父亲的手段向来拙劣。"祝君繁伸出手，捏住了温颜夏的下巴，"你倒是和你父亲很像。怎么？颜氏倒台了，你想用你父亲的死来博取我的同情吗？还是你知道我手上有大量颜氏的股票，想求我高抬贵手，放过你们这对可怜的母女？你不是已经找到了致恒这棵大树吗？是不是怕它没有恒盛这棵树大？"说完，他竟然一低头，吻住了温颜夏的唇。

祝君繁本该好好说话，可是他一想到温颜夏和季闻洲马上就要结婚了，就忍不住说话带刺。

啪！那是温颜夏打在祝君繁脸上的一巴掌，也是带着她满腹屈辱的一巴掌。

祝君繁还没反应过来，温颜夏就冲已经被吓得有些呆滞的司机喊道："停车！如果不停，我马上跳下去！"说着她开始拉车门上的把手。

祝君繁眼疾手快地按住她的手，低吼道："停车！免得她死在车上弄脏了我的车！"

温颜夏在身后车辆愤怒的鸣笛声中下了车，转身跌跌撞撞地冲到人行道上。看着祝君繁的车逐渐消失在眼前，她浑身失去力气一般跌坐在地上。

有行人路过，见她这个样子以为她遇到了什么不好的事情，关切地上前询问她是否需要帮助。温颜夏摇了摇头，然后扶着身边的栏杆缓缓地起身。

就在此时，司机打来电话，说温婉刚才突然晕倒，已经就近送到了附近的天和医院，当时情况紧急，没来得及通知她。

知道医院的名字之后，温颜夏在路边打了辆车，匆忙赶了过去。

车子开了一段路之后，祝君繁觉得头痛欲裂，最后身子一歪，倒在后座不省人事，吓得司机慌忙拨通黎时的电话。简单询问确定了位置之后，黎时让司机将祝君繁就近送到天和医院，说自己离那家医院很近，也有朋友在那里，会先过去打点好一切。

温颜夏赶到的时候，温婉已经在急诊室醒来了。医生说她没什么大碍，只是不能再受刺激，情绪起伏也不能太大。温颜夏稍稍放下心来，想起此时已经是下午了，温婉还没吃午饭，于是她拜托司机先照料着，自己去医院旁边的粥铺给温婉和司机买点吃的。

温婉叮嘱温颜夏自己多少也要吃点，温颜夏点头答应着，其实一点胃口都没有。

刚走到急诊大门口，温颜夏就看见了黎时。

黎时背对着她，很焦急地望着门外。温颜夏到了门口，才看到祝君繁的车停在门外。几个医生拿着担架从她身后的急救室冲出来，人群纷纷避开，温颜夏被挤了一下，退到了一边。然后，她眼睁睁地看着车辆后座的门被打开，祝君繁从里面被抬出来。他被固定在担架床上，一张脸煞白，毫无生气，丝毫没有了刚刚在车里暴跳如雷的样子。

温颜夏的心脏骤然一跳，她正要上前，胳膊却被人拉了一把。她一回头，发现黎时一脸紧张地望着她，他忙说："君繁没事，他有低血糖，你知道的。"

"可是他……"

"你们已经分手了。"

在听到黎时的这句提醒之后，温颜夏才后知后觉地反应过来，自己和祝君繁已经闹得不可开交。刚刚好像有那么一瞬间她忘记了祝君繁现在是杀她父亲的嫌疑人。

"你说得对,不管他现在怎么样,都与我无关。"说完,她就离开了。

黎时愣在原地,一时之间竟不知道温颜夏的态度对祝君繁来说到底是好事还是坏事。直到一个医生叫他,他才匆匆地往抢救室跑。

他来之前已经打过招呼,现在天和脑内科的主任已经等在那里了。

温颜夏回来的时候,发现季闻洲已经陪在温婉身边了。

"事情处理完了?"她问道。

"剩下的都是些不那么重要的事,听说伯母昏倒了,我怕你一个人应付不过来,就先过来了。"季闻洲回道。

"谢谢。"温颜夏客气地向他道谢。

"我们之间不用这么客气。"季闻洲从她手上接过粥,放在病床边的柜子上。

温颜夏愣了愣,然后点了点头。

等温颜夏喂温婉吃完粥,季闻洲提出一起出去走走,说有关于颜氏的事要和她谈。

两人在医院的公园里走了走,最后买了咖啡挑了个没什么人的角落,坐在了长椅上。

"你应该清楚,现在祝君繁手上握着不少颜氏的股票。我手上的股票基本和他持平,但对他来说没什么威慑力。现在只有你手上的那些股份再加上我手上的这些,才有把握赢回颜氏。"李闻洲将现在颜氏面对的困难一一给温颜夏讲清楚。

他没有告诉她的是,他家老爷子刚刚在致恒明令他不要插手颜氏的事。可他不听,两人起了争执,老爷子被他气得不轻。

温颜夏离开颜家已经八年了,季闻洲说的这些,她其实并不是很明白。

她喝了口咖啡，直截了当地问："所以，我能帮上什么忙吗？"

"如果可以，我想尽快和你完婚。"季闻洲将目光投到温颜夏的脸上。

其实还有别的办法，可是季闻洲不想错过这次机会。对于温颜夏，他迫切地想要得到她。

温颜夏没什么反应，只是低着头，看着手里装咖啡的纸杯，问："你想提前到什么时候？"

"下个月的二十号。"季闻洲道。

他甚至想提到更早的时候，可是办理颜震的后事也需要时间。

"我答应你。"温颜夏说完这句，觉得咖啡的苦味在舌尖上弥漫开来。

"颜夏。"

"嗯？"听季闻洲忽然叫了她的名字，温颜夏抬起头就看见他的脸不断靠近。

温颜夏心里一阵紧张，不着痕迹地将脸转向一边。季闻洲的动作顿住了，最终他只是伸手抱住了她，在她耳边轻声道："下个星期我们举办一个订婚派对吧。"

"对不起，我现在实在没有心情。"季闻洲温热的气息喷洒在温颜夏的脖子上，让她浑身不自在。

季闻手的手在她腰间收紧，他道："颜夏，站在高处的人必须懂得隐藏自己的情绪，毕竟世人想见你哭多过想看你笑。"

颜震在三天后出殡，温颜夏扶灵，季闻洲完全是以准女婿的身份陪着。

第二天，致恒发布正式声明，总裁季闻洲在三天后会和颜氏继承人温颜夏举行订婚派对，两人的结婚日期是在下个月二十号。

与此同时，经温颜夏的授权，致恒派人入驻颜氏，处理颜氏的账目及后续问题。

三天后，致恒旗下的一家酒店里热闹非凡。温颜夏挽着季闻洲的手臂出席订婚派对。现场商界名流不少,有些人温颜夏认识,有些她不认识。来的人都对他们表达了祝福之情。

除了宋芸。

宋芸见过温颜夏几次,一直以为她不过是个想要爬上枝头当凤凰的小乌鸦罢了,没想到她居然是颜氏的继承人。她爸这几年和颜震关系不错,按辈分来算,她还得叫颜震一声叔叔。而温颜夏居然是颜震的女儿,虽说在外被"流放"了八年,但现在回来,也是顶着颜氏继承人的名头。

宋芸心高气傲,又一直对温颜夏和祝君繁的事耿耿于怀。此时见温颜夏站在季闻洲身边,宛如女主人的样子,她也觉得十分刺眼。

宋芸猛灌了几口酒,然后端着酒杯走到了温颜夏面前。她扬了扬手中的酒杯,喝了一口,嘴上说着:"季董,订婚快乐。"一双眼睛却盯着温颜夏。

季闻洲面无表情地喝了一口酒,十分客套地道了一句:"谢谢。"

宋芸对着温颜夏上下打量,张口道:"记得第一次见你是在清平山顶,那时候——"宋芸拖长了音调,慢慢地走到了季闻洲身边,才继续道,"是祝君繁带你去的。"

自从那天把温颜夏从山顶带回来之后,季闻洲就听不得"清平山"这三个字。此时宋芸一提,他脸色变得十分难看。

宋芸心里却是乐翻了天,道:"后来我还听说你们在一起了,没想到你们这么快就分开了。不过我不得不承认,温小姐,哦不,准确地说,应该是颜小姐,你的眼光真是不错,挑的都是些厉害的人物。"

温颜夏一早就看出宋芸来者不善,可没想到她会这么不留情面。

宋芸忽然话锋一转,道:"哦,对了,我爸爸和颜叔叔算得上是好朋友。不过我之前只知道颜叔叔有个女儿,德才兼备,可惜年纪轻轻就香消玉殒,颜叔叔每每提及她都十分伤心。没想到他还有一个女儿,在外流浪八年。现在看来,你在外流浪八年也是活该。我可没见过哪个女儿会在父亲出殡三天后,就开开心心地举办订婚派对。"

"闭嘴!"季闻洲冷冷地看了宋芸一眼。

可在酒精的作用下,宋芸已经变得肆无忌惮了,她扯着嘴角轻笑道:"季董您也是,以您的身份,什么样的女人得不到啊,非得要别人不要的破……啊!"

"破鞋"的"鞋"字还没来得及说出口,宋芸就发出了一声尖叫。

温颜夏直接将酒杯里的红酒悉数倒在了她头上。

宋芸精心做的发型被毁了个彻底,像一只刚从水里捞起来的恼羞成怒的章鱼。

这边动静不小,引来了在场人员的注目。

温颜夏就在那些注目礼中不紧不慢地说道:"没错,我这些年是不在颜氏,也不在父母身边。宋小姐你从小在父母身边过着锦衣玉食的生活,也不见得有多少教养。我现在是颜氏的合法继承人,将来也会是季太太,论身份不会比你差,宋小姐该谨言慎行才是。毕竟,我听说你父亲的公司这几年一直在走下坡路。"她亲昵地挽住了季闻洲的胳膊,又道,"你父亲的水产生意可全要仰仗致恒的码头,这一点你可千万记住了。"

下一秒,温颜夏感觉季闻洲的一只手揽在了她腰上,她抬起头,看见他脸上的表情逐渐愉悦起来。她本以为自己像个泼妇一样和宋芸对骂会惹得季闻洲更不开心,现在却发现他看过来的眼神里带了一点赞许的味道。

宴会结束之后,季闻洲送温颜夏回家。

因为按照习俗温颜夏是要从家里出嫁的,所以颜震出殡之后,她就和温婉搬回了颜家,也好准备一些婚礼要用的东西。

自从颜震离开之后,温颜夏几乎没有睡过好觉。这一路上,她竟然困了,车子停下的时候,她还在熟睡。季闻洲示意司机不要叫醒她,然后打发司机下车去透口气。

而他自己就这么坐在车里，静静地看着熟睡的她。月光停留在她的脸上，竟也显得十分柔和。

很多年前，颜佳还在的时候，温颜夏常常跟他们一起出去玩。有一回，三个人一起去了酒吧，本来温颜夏是被勒令喝果汁的，可她好奇鸡尾酒的味道，偷偷喝了颜佳的酒。鸡尾酒烈，温颜夏喝得又猛，再加上没有酒量，当时就醉倒了。

最后，是季闻洲把她背回去的。

那天晚上的月光也像现在这样。他背上的人很不安分，甚至伸手捏了他的脸。他背着她没法反抗，只能任由她捏着。一旁的颜佳本来是想阻止的，可刚走近，她就笑得直不起腰来。颜佳说，难得看见平时没什么表情的季闻洲脸被扯得像仓鼠一样。

那时候的温颜夏以为颜佳和他在一起，真心实意地把他当成姐夫、当成哥哥。她并不知道，他和颜佳之间有协议。颜震和他的父亲都希望他们能在一起，两人索性将计就计，假装在一起。然后从各自的父亲和家族那儿获得资源，再共享资源，实现共赢。

颜佳是一个好的合作伙伴和朋友，但不是他的恋人。

季闻洲的心一开始就在温颜夏身上，在她还是一个蹦蹦跳跳的小女孩时就是如此。

回忆至此，季闻洲忍不住伸手拨开了温颜夏脸颊旁的碎发，她的脸更清楚地呈现在他眼前。他的指尖滑过她的皮肤，细腻而柔软。季闻洲情不自禁地将身子往温颜夏那边探，嘴唇蹭过她脸颊的那一刻，原本睡熟着的人忽然惊醒。

她眼神里有惊恐，然后往另一边偏开了脑袋。

好一会儿之后，她才轻不可闻地说了一句："对不起。"

季闻洲知道她这声对不起代表着什么。

这代表着她即便和他结婚，也无法和他像恋人一样亲昵。

下一秒，季闻洲伸手捏住了温颜夏的下巴，迫使温颜夏的脸正对着他。他眼里弥漫着某种不可言状的情绪，身上酒气浓烈，他一点点地靠近她，然后将脑袋埋在她的脖颈之间，一口咬住了她的耳垂，含糊不清地说道："你现在已经是我的未婚妻了，不该尽尽义务吗？"

温颜夏想躲，但已经避无可避。

他松开她的耳垂，吻在她的脖子上，说："你该知道，我不是那种不求回报的正人君子。"

温颜夏浑身都在抖，但没有推开他。他的唇在她脖颈间一寸寸流连，最后他扯开了她衣服的领口。然后，他感受到一滴滚烫的液体落在了脸上，抬起头的时候，他才发现温颜夏紧闭着眼睛，咬着唇，无声无息地落泪。

季闻洲最终还是放开了她。他脱下自己的外套扔给她，说了一句"你下车吧"，然后再没看她一眼。

温颜夏刚下车，司机就回来了，他降下窗户对温颜夏道了个别就驱车离去了。温颜夏披着季闻洲的外套，按紧领口的位置，整理了一下自己的头发，擦掉脸上的泪痕，努力扯了扯嘴角，才慢慢地往家里走。

就在她进家门五分钟后，不远处一辆黑色的车辆缓缓启动，然后消失在黑暗中。

黎时接到那个陌生电话时已经是晚上十二点，对方称自己是宠物店里的店员，说遇到一个姓祝的先生，喝了不少酒，抱着她家的猫不撒手要买，但是没有带现金，只掏出来一张金卡。可他们店只是一家宠物店，刷不了金卡，和他沟通半天都没有丝毫进展。

无奈之下，他只能在他手机里选了一个最常拨的号码打了过来。毕竟已经十二点了，他们要打烊了。

那家宠物店就在祝君繁那间小公寓旁边的街上。

黎时到的时候，祝君繁还抱着那只小猫。他一看就全明白了，祝君繁怀里的猫和当初送给温颜夏的那个几乎一模一样。小家伙缩在祝君繁的怀里，满眼戒备地喵喵叫着。而祝君繁已经醉得不省人事了。

黎时向宠物店的人道了歉，付了买猫的钱，然后将祝君繁和猫一起带回了家。

祝君繁最近发病很频繁，黎时再三叮嘱他，除了按时吃药，饮食方面也要注意，尤其不能喝酒。可他现在偏偏醉成这样，黎时抱怨道："真是不要命了。"

祝君繁很长一段时间都住在浣西南路六号，基本不回这间小公寓。可今天不知道怎么回事，他非要回这里住。

黎时没法子，只能依着他。

好不容易将祝君繁带回家，他却熟门熟路地往楼下走，然后掏出钥匙打开了门。

祝君繁家楼下是温颜夏的房子。

温颜夏的房子早就挂牌出售，但一直没有合适的买家，一个月之前才刚成交，现在想来，应该是祝君繁买下了它。里面的东西几乎没有动，还保持着温颜夏搬走之后的样子。祝君繁就这样抱着猫，鞋子也不脱，上了温颜夏那张只剩下床板的小床。他身材高大，躺在那里，整个床显得有些狭小。

小猫大概终于忍不住了，一下子从他怀里窜出来，躲到了床边的柜子下面。

祝君繁没有去找，只是在那张小小的床上一点点地蜷缩着身子。

黎时叹了口气，也不再强求他回到楼上，上楼去帮他拿了一张毯子盖上，然后坐在一旁的椅子上陪着他。

不知道过了多久，黎时迷迷糊糊之间，听到祝君繁说了一句话。

他好像是说："我好想她。"

第二天一大早，黎时又接到了祝君繁助理的电话。一大早交警队就给祝君繁助理打电话，说祝君繁的车辆因为违停被拖走了，让他过去处理。现在他已经办完手续，把车开回来了，本来想问祝君繁需不需他去接他上班，但电话怎么也打不通，于是他只能打给黎时了。

黎时询问了违停地点，发现是在离颜家不远的那条街上的酒吧门口。黎时猜测，祝君繁大概就是在那里喝得烂醉，然后又打了车回小公寓的。

黎时告诉助理，车停在公司停车场就行，祝君繁如果要回公司，他会送人过去。挂掉电话之后，他喂了猫，然后出去买了早餐，回来的时候，祝君繁还熟睡着。

近段时间，祝君繁头疼得越来越严重，晚上也要靠镇定类药物才能入眠。可从昨天晚上回来到现在，他竟然睡得十分安稳。到底是因为昨晚喝醉了酒，还是因为睡对了地方，黎时不得而知，也不敢去问。

祝君繁醒来之后，回家洗了个澡，换了身衣服。黎时买的那一大堆早餐，他只喝了一杯热牛奶，只喝下去几口还吐了。

因为病情逐渐加重，祝君繁需要进行放疗。这使他几乎吃不下什么东西，还总是吐。

黎时扶他到卫生间，给他倒了一杯温水漱口，犹豫再三还是说道："君繁，你应该清楚，这样硬撑下去没有什么意义，如果去了瑞士，或许还有挽回的可能。"

祝君繁的主治医师和黎时都知道，瑞士那边有治疗脑部疾病的权威，如果去瑞士进行手术或许还有一线生机。以他的病情来看，接下来三个月是黄金治疗期，可祝君繁偏偏不愿意去。

比如现在，祝君繁吐完之后，对黎时的话置若罔闻，只问了一句："让你办的事办得怎么样了？"他声音里都透着虚弱。

"律师已经在办了，最多一个月。一个月之后，你和颜氏就完全没有关系了，只是赠予协议比较复杂，需要你多跑几趟律师事务所。"黎时回答道。

"嗯,去公司吧。"祝君繁起身,洗了把脸。

随着调查的深入,颜震的案件也有了新的进展。

除了现场的监控录像,没有直接证据可以证明案件和祝君繁有关。当时散落一地的抗过敏药丸上有液化反应,经化验之后,发现上面沾有海水。法医从海水中发现了一点微生物,经过对比,确定是距离清江市几百公里外的海域里才会有的。从微生物暴露在空气中的繁殖情况来看,凶手很有可能是在那片海域下过水,然后直接到了清江市找颜震。而这个过程应该是在三天之内完成的,祝君繁最近这一周都没有出过清江市,所以基本排除了嫌疑。

温颜夏得到这个消息的时候,没有表现出多大反应。

她已经将颜氏的一切事宜都授权给季闻洲和他的团队管理,自己只是安心在家里准备结婚的事情。

那天晚上之后,温颜夏没有见过季闻洲,连电话都没有通过。唯一见到他的时候是在电视上,他让颜氏的一个项目起死回生,新闻做了报道。

中午吃完饭,温颜夏终于接到了季闻洲的电话,他的声音听不出什么情绪,只是通知她下午去颜氏参加董事会议。

虽然已经将一切事宜交给季闻洲处理,但她是合法继承人,所以关于颜氏的一些重大决策需要通过股东表决时,还是需要她在场。

温颜夏到的时候,会议室只有季闻洲一个人,见她过来,他拉开了一个座位让她坐下。那个座位是颜震从前坐的,温颜夏还没离开颜家时,曾经跟着颜佳来过颜氏。她见过颜震开会,那时颜震是一副指点江山的样子,而现在已经物是人非。她犹豫了一下,最终没有坐那个座位,而是坐到了旁边的座位上。

温颜夏觉得自己没有资格坐在那里,她自知没有商业头脑,现在只是想保住颜震辛苦经营创下来的事业。

这一次会议的主要内容是关于颜氏彻底放弃房地产市场，重整资源进入旅游业的发展策略。近几年来，颜氏在房地产板块上的业绩不断下滑，甚至已经开始有拖垮别的板块业务的迹象。虽然颜氏现在还有好几个地产项目，但这些项目没有哪个能真正赚到钱。如果不是颜震生前坚持，颜氏早就放弃房地产这一板块了。

如今颜震不在了，股东们就借着季闻洲的手将这个决策推上日程。这个决策是否能够通过，最终以现场表决为准，未到场的股东直接视为弃权。

祝君繁和周丙泉没有到场，最终以四比三的结果通过了该项决策。

就在股东们在决策书上签字的时候，周丙泉忽然出现了。

他审视四周，说自己不同意这个决策，一时之间，投票比例由刚才的四比三变成了四比四，会议陷入僵局。会议室里鸦雀无声。

"我也不同意颜氏退出房地产。"一道男声忽然响起

温颜夏抬起头，发现祝君繁正站在会议室门口。他在众人的注视下一步一步地走到温颜夏旁边，然后坐在了原本季闻洲让她坐的座位上。

他面上没什么表情，沉声道："忘了告诉大家，就在两天前，周丙泉已经将他手上百分之五的股份卖给了我，所以现在我才是颜氏最大的股东。"他的目光一一扫过在场的人，看着他们面色各异的脸，缓缓道，"我现在就宣布，颜氏非但不会退出房地产市场，反而还会把重心放在房地产上。"

"祝君繁，你别忘了，这是在颜氏，不是你们恒盛。"季闻洲忍无可忍地起身道。

祝君繁冷笑一声，道："季闻洲，你也别忘了，这里不是致恒。我们现在都是颜氏的股东，唯一不同的是，我作为最大股东可以不用任何理由就否决你们的一切决定。"他看了一眼温颜夏，继续道，"虽然你是颜氏的准女婿，可你们现在还没结婚。你手上的股权没有我多，拿什

么跟我抗衡？"

温颜夏瞬间觉得自己的心沉入了冰水，祝君繁是下定决心不肯放过颜氏了，他要颜氏彻底变成他的傀儡。

季闻洲愤而离席。

股东们议论纷纷，最终也陆续离场。

最后，会议室里只剩下温颜夏和祝君繁。

温颜夏不想与祝君繁多说什么，起身要走，却忽然被他叫住了。

他说："你就这么相信季闻洲？"信到把一切事务交给他处理。

温颜夏本不想与祝君繁面对面，但听他这么说，她还是忍不住反驳道："我不相信季闻洲，难道该相信你吗？"该相信他这个一心想要毁掉颜氏的人吗？

不久之前，她还因为颜震的命案与他无关而有点庆幸。现在他已经成为颜氏最大股东，要置颜氏于死地了。

祝君繁听到温颜夏这么回答，心里莫名升起一阵妒意，他一步一步地走到温颜夏身边，居高临下地望着她，然后用一种蛊惑般的语气轻声道："你为什么不试试求我呢？求我放过颜氏，放过你父亲辛苦打下的江山。"

温颜夏死死地咬住了唇，不发一言。

许久之后，她略带倔强的声音才响起："如果我求你，你会放过颜氏吗？"

"不会。"祝君繁毫不犹豫地回道。

温颜夏瞬间觉得自己像一个跳梁小丑，居然还真的问了祝君繁。在问出这句话的瞬间，她甚至带了点侥幸心理。

她自嘲地笑了笑，然后开口道："既然如此，麻烦你不要浪费我的时间，毕竟我还得回去准备婚礼。"

听到"婚礼"两个字，祝君繁突然非常不悦。

他忽然伸出手迅速按在了温颜夏身后的墙上，将她困在自己与墙之间，然后一字一句地说道："我忽然改变主意了，如果明天晚上十点你到君庭酒店9133号房间来，我就认真考虑一下是否放过颜氏。"顿了顿，他继续说，"你应该知道，就算你和季闻洲结婚，股权转让手续也得在结完婚三个月之后才能办。到了那时，颜氏可能连壳都没了。而求我，颜氏或许还有一线生机。"

　　说完，他就离开了会议室，只留下觉得自己备受屈辱的温颜夏。

第十六章　沈夕

你还不明白吗？我刚刚说的那个该死的女人就是你啊！

● ● ● ●

温颜夏一夜没睡，次日一整天都心不在焉。她不知道祝君繁叫她去酒店到底是什么意思，可现在好像真的如他所说，除了求他，她别无他法。

季闻洲本来说要和她一起吃晚饭，但温颜夏实在没有胃口就推掉了。

晚上十点，温颜夏准时到了君庭酒店9133房间。刚到门口，她就听到里面隐约传来一阵笑声。

她愣了愣才按响门铃，好一会儿，门从里面打开，迎接她的除了祝君繁，还有盛希文。两人穿着同款睡袍，祝君繁好像刚从浴室出来，头发还在滴水，他见到温颜夏的时候眯了眯眼睛。

看着房间里的两个人，温颜夏后退了一步。

盛希文的声音首先传来：“君繁，你怎么直接把人约到房间里来了，不怕我吃醋啊？”

祝君繁的语气里带着点宠溺：“我还真是忘记了，今晚还约了温小姐。"他对着温颜夏上下打量一番,继续道,"温小姐如果识相,应该也知道我今天没空招待你了吧?"

温颜夏捏着手袋的手紧了紧,说了一句:"对不起,打扰了。"

然后,她转身离开,身后传来一阵男女嬉闹的声音,紧接着是一声沉闷的关门声。

门和门框碰撞的声音在温颜夏听来震耳欲聋。她不相信祝君繁是这么健忘的人,他分明是故意将她约到这里,然后让她看见今天这一幕,为的就是让她难堪,让她清楚自己的不自量力。她觉得自己不仅不长记性,还很愚蠢,一次又一次地被祝君繁玩弄于股掌之中。

温颜夏穿过走廊,下了电梯,最后在酒店门口停住脚步。她昨晚一晚没睡,今天一天没吃东西,刚才9133房门关上那一刻,她仿佛才感受到了一点饿意。

大多数餐厅都打烊了,她走进酒店旁边的甜品店里,点了一份甜品,然后坐在了靠窗的位置。她只吃了几口,然后盯着外面蓦然落下的雨滴发呆。最后,她无声无息地落下泪来。她原本以为自己已经不在乎了,可是想起刚才的一幕还是觉得很难过。祝君繁接近她,利用她报复颜震,现在还以颜氏最大股东的身份企图让颜氏成为一个空壳。她明明应该讨厌他,可她还是放不下他,她甚至恨自己,为什么陷得那样深。

温颜夏不知道自己哭了多久,直到店员满脸歉意地告知她要打烊了,她才匆忙抹了一把脸,从店里走了出去。

外面雨很大,温颜夏没有带伞。

大概是看到她心情不佳,店员离开之前,好心地给了她一把伞。

温颜夏撑着雨伞走进雨幕里,还没走到街对面,就被人猛地撞了一下。那是一个没有带伞、行色匆匆的路人,嘴上对她说了一句"不好意思",脚步却没有停留。

温颜夏揉了揉被撞疼的胳膊,继续往前走。她一抬头,看见本应该在9133房间的祝君繁站在不远处看着她。隔着几米远,她都能闻到他身上浓烈的酒味。

他没有撑伞,就这样站在大雨里,一动不动地望着温颜夏。

温颜夏有些恍惚,她很久没在祝君繁眼睛里看见这种毫无防备的眼神了。

雨水落在伞上的声音很大,周围都是匆忙赶路的行人,只有温颜夏和祝君繁站在原地,看着彼此。

温颜夏将手里的伞塞到了祝君繁手里,然后匆匆地走到对面伸手打车。可能是因为雨实在太大,出租车见她在路边招手,纷纷将空车的牌子换成了有客。

忽然之间,她头顶的雨停了。

温颜夏一抬头,发现祝君繁站在她身边,手里的伞高高举起,撑在她头顶。他低着头,醉眼蒙眬地看着她。

"你大可不必这样,我把伞给你,是因为我有求于你,想讨好你……"

温颜夏还没说完,祝君繁已经上前一步,没撑伞的那只手一把将她拉进了自己怀里,然后在她腰间收紧。

温颜夏伸手推他,但他丝毫不动。

"祝君繁,你到底想干吗?是不是耍我让你很有成就感?"温颜夏压低声音吼道。祝君繁前后态度的巨大转变,让她觉得他又一次想耍她。

祝君繁完全没有要放开她的意思,只是抱着她。

许久之后,温颜夏累了,放弃了挣扎,才听见祝君繁含糊不清地说:"我想抱抱你,好想抱抱你。"那个声音柔软到让温颜夏鼻子一酸。

肯定是他醉得把她当成了颜佳吧,她想。在这个世界上,除了颜佳,没有人能让他以这样的口气说出这种话。

两人在街边站了很久,直到祝君繁整个人的重心都往温颜夏身上倾倒的时候,她才发现他身体滚烫,像是发烧了。

雨还是很大,她打不到车,祝君繁现在这个样子,她又不忍心将他丢在路边。思虑再三,她决定先把祝君繁送回君庭。可她一挪动脚步,祝君繁放在她腰间的手就收紧一分,他几乎不让她动。温颜夏试探性地拍了拍他的背,柔声道:"我不走,你发烧了,我先送你回去好不好?"

许久之后,她才听到他的回答。

他说:"嗯。"那是一种对外界毫无防备的声音。

温颜夏从他手里接过雨伞,然后扶着他艰难地走回了君庭酒店。

进入大堂之后,她叫了一个服务生过来,告知他祝君繁是9133房间的客人,请服务生将他送回房间,然后说了一种祝君繁常用的退烧药的名字,让他到时候送到房间去。

服务生答应下来,然后来扶祝君繁,可祝君繁一只手握住了温颜夏的手腕。他体温高得吓人,迷迷糊糊道:"你说……你不走的。"

温颜夏想挣开,可她越挣扎,他的力道越大,嘴里依旧是那句:"你说你不走的……"

服务生见状,忙道:"小姐,要不您和我一起送这位先生上去?"

温颜夏实在挣脱不开祝君繁的手,只能答应下来,和服务生一起送他回房间。到了房间之后,服务生说祝君繁浑身湿透,最好先洗个澡,再换身衣服。他顺便打开了隔壁房间的门,说温颜夏可以先去洗个澡,烘干衣服。可祝君繁依旧抓着温颜夏的手腕不放,最后温颜夏只得好声好气地说了一句:"你先放手,我不走。"他才终于松开。

温颜夏洗了个热水澡,烘干了衣服,本想就此离开,但是经过9133房间的时候发现服务生还在里面,原来是祝君繁吐了,服务生刚替他换好床单,将他扶回床上。祝君繁缩在床上,额头沁出细密的汗珠,温颜夏伸手摸了摸,好像更烫了。她拿了房间急救箱里的体温计量了量,发现祝君繁的体温已经接近三十九摄氏度。

问起退烧药,服务生说温颜夏说的那种退烧药不是酒店常备药,已经让人去给酒店供药的药店买了,但还没买回来,可能是因为雨实在太大耽误了。服务生又提议,如果实在不行,可以直接叫救护车来将祝君繁送到医院。

温颜夏觉得祝君繁现在身份特殊,直接用救护车送去医院动静太大,会引发外界不必要的揣测。

她想起酒店门口就有一家小药店,决定下去碰碰运气,没想到很顺利地就买到了她要的药。

药喂下去之后,祝君繁的高烧稍微退了一点,温颜夏终于松了口气,想着等他完全退烧了就离开。此时她已经累极,靠在沙发上想休息一下。谁知她睡着了,醒来已经是半个小时之后。她发现床上的祝君繁有点不对劲,只见他脸色煞白、牙关紧闭。

"祝君繁?"温颜夏唤他的名字,他毫无反应。温颜夏拿了体温计又帮他量了一次体温,发现体温已经达到四十摄氏度,而且他的呼吸越发急促。

情急之下,温颜夏给黎时打了电话。

黎时问了祝君繁吃的退烧药之后,立马说道:"他现在不能吃这种药!你现在马上联系酒店,让酒店提供大量冰块,放满整个浴缸,然后把他放进去先降温。我家就在附近,我马上赶过去。"

挂断电话之后,黎时随便套了件衣服就往车库走,边走边打电话给祝君繁的主治医师:"老陈,君繁刚用了退烧药。那种药和你给他吃的药会产生反应,导致他过敏。我现在开车去你家,你带上东西跟我去酒店一趟。"

温颜夏被黎时紧张的语气吓坏了,忙按他说的做。等到祝君繁躺进放满冰块的浴缸时,黎时也匆匆赶到,和他一起赶来的还有两个中年男子,每人手里都拿着一个医疗器械箱。

那两人招呼都没来得及打就直接进了房间浴室,没会儿出来一个人,仔细询问了温颜夏退烧药的用量之后,对黎时道:"这不是胡闹吗!差点闯祸!"

黎时望了温颜夏一眼,低声对那人道:"老陈,她不知情。"

被喊老陈的人明显愣了愣,然后摇了摇头,说了一句:"人都这样了,还不告诉她?"说完,他就再次进了浴室。

温颜夏也想进去,但被黎时拦住了。他轻轻地拍了拍她的肩,说:"里面不能有太多人,你还是别进去了。"

温颜夏瞥见里面两人好像正在给祝君繁用药,那个叫老陈的在调配药水,准备给祝君繁扎针。

"他到底怎么了?以前他也吃这种药,从来没有出过事,为什么这次这么严重?"温颜夏心急如焚。

"最近君繁的身体出了点状况,在服用别的药,以前那些药最好不要给他吃。"黎时看着里面的三个人,一脸担忧。幸好这次用药量不大,也发现得早,有老陈他们在,应该不会有什么大问题。

"他的身体出了什么状况,上次他真的只是因为低血糖晕倒的吗?"温颜夏忙问道。她想起上次在医院看到祝君繁晕倒的时候,黎时说他只是低血糖。

可此时的黎时面色太过凝重,让她觉得很不踏实。

"是一点小状况,问题不是很大。上次他晕倒的确只是因为低血糖。"黎时尽量让自己语调平稳,怕吓着温颜夏或者引起她的怀疑,毕竟祝君繁不想让她知道他身体的真实状况。

就在这时,里面两个人出来了,老陈对着黎时道:"暂时没事了,保险起见,等他醒来让他去医院找我一趟,我给他做个详细的检查。"

"辛苦了。"黎时像是终于松了口气,道,"你们先回去休息吧,我留在这里,等他醒了,我就带他过去。"

老陈他们走后,温颜夏仍留在那里。

黎时提醒她道："君繁这里应该没什么事了，你先回去休息吧，天都快亮了。"

温颜夏心中仍有疑惑，但她知道黎时是不会告诉她祝君繁到底出了什么状况的。她只能远远望着还昏迷着的祝君繁，小心翼翼地问道："我能不能进去看看他？或者……或者我等他醒了再走行吗？"

黎时没有说行，也没说不行，只是对她说："颜夏，你的未婚夫是季闻洲，而君繁现在的未婚妻是盛希文，你留在这里，对他们都不公平。"

温颜夏仿佛是在听到这句话之后才想起自己现在的身份。是她僭越了，她一时之间忘记了自己和祝君繁的关系，也忘记了祝君繁不过是因为醉酒把她认成了颜佳，才会拉着她不让她走。

他们之间，不过是她一厢情愿。

温颜夏没再坚持。

"如果以后他身体出现什么状况，最好还是跟我说一声，作为他的医生，我最清楚他的身体状况。"温颜夏走出去之前，黎时提醒她。

"以后应该不会有这种机会了。"温颜夏回答道，声音很轻。

在温颜夏走后，黎时拨通了祝君亭的电话："实在不好意思祝先生，这么晚了还打扰你，但是君繁这边出了点事，只有你能帮这个忙……"

十分钟后，今晚来过9133房间的所有员工都收到了君庭酒店高层下达的通知。通知说，君庭酒店9133房间今晚发生的一切都严禁讨论外传，若有人私自传播不实信息，后果自负。

温颜夏回到家时，已经凌晨三点了。

家里没有灯光，温婉肯定已经睡下了。她放轻脚步进了门，走到客厅中央时，头顶的灯忽然亮了。她这才发现，季闻洲就坐在沙发上。他的手边放着一些食盒，隐约还飘着点食物的香味，是温颜夏最喜欢吃的那家店的东西。

季闻洲看着她不说话,脸色很差。

"我……"温颜夏垂下脑袋,企图解释点什么,话到嘴边却不知道到底该怎么说。

最后她只说了一句:"我去给你倒杯水。"水很烫,她递给季闻洲的时候拿的是杯子的边缘,季闻洲接过去,却握住了杯子的中间。

那是温婉当艺术品买回来的一套茶具,为了好看,杯壁做得很薄,导热效果极好。

"小心烫。"温颜夏提醒他。可季闻洲整只手掌都贴在杯子上,没有放手的意思。他的掌心逐渐泛红,温颜夏情急之下去夺他手里的杯子,季闻洲的手一躲,杯子里的水瞬间溢出来大半,除了零星几滴溅到了温颜夏身上,其余的都倒在了他手上。

下一秒,杯子被他摔在地上,水花和碎片四溅。

季闻洲一字一句地说道:"我的心和这些菜一样凉。"说着,他手臂一挥,一旁的餐盒全部落在地上。她说没有胃口,他赶去十几公里之外买了她爱吃的那家店里的菜。他从晚上九点半等到凌晨三点,等到那些原本热气腾腾的菜彻底凉透。

他心急如焚,让人去查她的下落,结果她和祝君繁一起在君庭酒店从晚上十点待到凌晨三点,回来之后一句解释都没有。

温颜夏慌忙道歉:"对不起,我……"

"我不要你的道歉,我要的是你对我最起码的尊重。"季闻洲打断了她的话。

摔门而去之前,他只留下一句话:"我的忍耐是有限度的,这一次我可以当什么都没有发生,但没有下次。"

门被大力地关上,温颜夏在原地愣了许久才慢慢地蹲下身子收拾地上的一片混乱。杯子碎片划破了她的手指,不是很疼,但她还是坐在地上哭了一场。

祝君繁醒来已经是中午，黎时早就叫人把他从浴缸里扶了出来，替他洗了澡，换好了衣服。黎时旁敲侧击地问："昨天酒店服务生说你拉着一个人的手不让她走，你还记得那个人是谁吗？"

祝君繁皱着眉半晌，才说了一句："不记得了。"

他只记得昨天温颜夏走后，他把盛希文打发走了。他开了房间里的一瓶酒，后来，他觉得很闷就出去透了透气。接下来，他好像做了一个很复杂的梦，但梦的具体内容他不记得了。

他只记得头很疼，无法忍受的疼。

黎时见他实在想不起来，就提醒道："昨天你把温颜夏留下来了，无论如何都不让她走。你淋雨之后发高烧，她给你用了以前常用的药，和你现在正在服用的药产生了反应，差点出大事。"

"她没看出什么吧？"祝君繁的眉头拧得更紧了，不知道他昨天有没有说不该说的话。

"那倒没有，我只说你身体出了点小状况。"说到这里，黎时顿了顿，看了一眼祝君繁才继续说，"顺便提醒她，你们都是各自有结婚对象的人。"

黎时实在想不通，祝君繁的身体都这样了，最关心的怎么还是温颜夏有没有看出什么。

祝君繁的表情没什么变化，他缓缓地将脑袋往后靠了靠，右手捏住眉心。半晌之后，他对着黎时说了一句："谢谢。"

"虽然昨天没出什么大事，但老陈说你最好去他那里做个详细的检查，我现在带你过去。"黎时见他精神状态不错，决定带他去医院。

两人出了酒店，进到车里，祝君繁才像想起什么似的对黎时道。"以后让盛希文去对接颜氏的一切事务。"略一停顿，他又道，"至于颜氏那边，必须让温颜夏来对接。"

黎时不解地问道："盛希文的性格你又不是不知道，虽然你们俩订

273

婚只是幌子,但她还没对你死心。你把温颜夏放到她面前,不是送羊入虎口吗?再说了,你都已经准备把名下颜氏所有的股份赠予温颜夏了,何必又把她送到盛希文身边去受虐?"

长久的沉默之后,祝君繁才回答他:"在我还有时间的时候,我希望她学到更多的东西,而不是死死地抓着一个只剩下空壳的颜氏。我想她以后无论遇到什么事都不用受制于人。"

他所做的这一切,不过是希望她以后不用为了保住什么而苦苦哀求别人,希望她变得更加强大,希望她以后的生活可过得如她自己的愿。他希望,即使没有了他,她也可以拥有很好很好的人生。

三天之后,盛希文带着自己的团队正式入驻颜氏,并向颜氏提出,自己代表的是恒盛,严格意义上来说是甲方。颜氏作为乙方,必须成立一个项目管理小组来和恒盛进行对接。而她对这个小组的成员有一个要求,那就是,温颜夏必须是这个小组里的一员,而且要全程参与整个项目。

项目小组成立的第一天,盛希文就要求小组每天必须有一人去现场监理。项目小组一共十个人,除了温颜夏,其他都是资历深厚的工程师。大家每天都很忙,只有温颜夏这个门外汉什么都不懂,大家什么都不让她做。于是她自告奋勇地去工地,想着只要能帮上点忙,哪怕累点苦点,也没有关系。

可第一天,她就在现场出了意外。

她在经过一栋在建高层时,一根钢管从高处坠落,直直地落在她脚边不远处。虽然没有被砸到,但是她在躲避的时候扭伤了脚。

盛希文为此大发雷霆,认为这个项目在管理上存在重大失误,当即换掉了现场的项目经理。她还顺便批评了温颜夏,说她作为颜氏的继承人、项目小组的成员竟然对项目的管理现状一无所知。小组里有人替温颜夏鸣不平,结果被盛希文直接踢出了小组。

盛希文甚至毫不避讳地对他们说，对于温颜夏这种没有下过基层、光靠继承权就想坐收渔翁之利的人，她最看不上。

温颜夏咬咬牙，发誓一定要坚持下去。从脚好的那天开始，她每天早早起床，先去项目施工现场转上一圈，再回来做点功课。一日三餐都是在项目工地食堂随便对付一口，几天下来，她整个人都瘦了一圈。

虽然盛希文还是不断地挑她的刺，但相比原来的一无所知，她已经能磕磕绊绊地回答一些问题了。

季闻洲这段时间一直没有出现，就连试婚纱都是温颜夏独自前往。她本来想叫季闻洲一起，可打了电话过去，是沈夕接的，说是他那边有重要会议，不方便接电话。那次宴会之后，温颜夏只见过沈夕几次，每次看她气色都不是很好。温颜夏想着，可能是因为沈夕当着她的面承认了喜欢季闻洲，如今自己要和他结婚，沈夕难免介怀。

又是几天过去，季闻洲终于出现了。

沈夕打电话给温颜夏，说季闻洲约她吃晚餐。因为第二天早上要开项目例会，所以温颜夏整理好会议资料才匆忙赶去，到的时候离他们约定的时间已经过去了半个小时。季闻洲也没有出现，想着可能他也很忙，温颜夏便要了一杯咖啡，坐在那儿看了会儿资料。

等她看完资料已经又半个小时过去了，季闻洲还是没来。

温颜夏打了电话过去，那边提示正在通话中。

正当温颜夏不知该如何是好之时，她看见沈夕远远地朝她走来。今天的沈夕和平常有点不一样。从前她穿着得体、发型端正，而今天的她穿着十分性感，头发也有些凌乱，细看之下，神色也有点奇怪。

温颜夏想着，下班时间沈夕可能约了朋友，没有平日里工作时那么严谨也正常。但是既然遇上了，出于礼貌，温颜夏还是向她打了个招呼。

沈夕往她所在的方向走来，最后她自然地拉开温颜夏身旁的椅子坐了下去。

温颜夏这才发现，沈夕的神色显得有些慌张。以为她遇到了什么事，温颜夏问道："沈夕，你脸色不是很好，是出什么事了吗？"

沈夕看了她一眼，然后才说："没什么，只是我约的朋友没有来。"

"闻洲也还没来，要一起坐一会儿吗？"温颜夏出于礼貌地问。她以为沈夕会拒绝，可她偏偏答应了。

好在季闻洲一直没来，待会儿就待会儿。

温颜夏虽然和沈夕见过几次，但算不上很熟悉，两人坐在那里也没有什么话题可聊。沈夕率先打破了沉默："如果有一个人和你相互喜欢，在一起几年，但是后来那个人劈腿了别人，你觉得她该死吗？"

温颜夏被这个突如其来的问题问住了，甚至忽略了她偏激的语气。以为沈夕遇到了感情问题，温颜夏想了想才回答："如果真的是这样，那这个人根本不值得喜欢。与其说他该死，不如早点离开他，及时止损。"

沈夕在她回答完问题之后，一动不动地盯着她。

沈夕的眼神直勾勾的，让温颜夏觉得很不舒服，正想说点别的什么扯开这个话题，却又听到沈夕说："我说的不是那个男的，而是抢走他的那个女的。"她停顿了一下，又问了一次，"温小姐，你说她该死吗？"

温颜夏觉得沈夕今天很不对劲，便问她是否喝了酒。

沈夕却忽然笑了起来，边笑边压低声音说："我在他身边六年了，那个女人一出现就把他抢走了！"她忽然站起身来，脸上的笑意变得瘆人，疯魔了一般喊道，"那个女人该死！该死！"说完，沈夕靠近温颜夏，将脸凑到了她面前。

温颜夏吓了一跳，往后躲的时候不小心带倒了桌上的一只杯子，动静不小，周围用餐的人纷纷看了过来。服务员马上来收拾了杯子，然后看了眼还站在那里的沈夕，询问温颜夏是否需要帮助。

温颜夏怕沈夕难堪，打发走了服务员。她拉着沈夕在座位上坐下来，小心翼翼地问她是不是身体不舒服。

沈夕没有回答，只是坐在那里不说话。两人之间一阵沉默，气氛也有些尴尬。

温颜夏正踌躇着，季闻洲的电话就进来了。

温颜夏刚接起来，他就在那边问："你在哪里？"温颜夏被问得一头雾水，又想可能是他太忙了，约了自己又忘记了，于是提醒他自己在他约的餐厅。

那边的季闻洲沉吟一会儿，忽然问道："沈夕在吗？"温颜夏看了眼沈夕，然后用手挡了挡手机听筒，回答道："你怎么知道我刚巧遇上了她？"

季闻洲一听沈夕也在，立马就说："你先从餐厅出来，我快到了，在门口接你。"

温颜夏觉得季闻洲今天有点反常，正要问明明是他约的她来这里，为什么没吃饭就要走时，季闻洲又催促道："你马上从餐厅出来，见了面再和你解释。"

温颜夏答应下来，挂了电话就和沈夕道别，说自己要先离开。

沈夕一开始没什么反应，等到温颜夏站起身来时，却拉住了她的手，仰头问道："是要去见季闻洲吗？"这是沈夕继上次承认喜欢季闻洲之后，再一次直呼其名。

这家餐厅本来就是季闻洲让沈夕预订的，温颜夏想着自己去见季闻洲也没什么好隐瞒的，于是她回答道："对，他应该是临时有事，没时间和我吃饭了。"

说完温颜夏就想走，可沈夕手上的力气加大了一点，好像丝毫没有松开的意思。

温颜夏愣了愣，问道："沈夕，你今天不太对劲，是不是不太舒服？闻洲说他马上就到门口了，要不我让他送你回去？"

话音刚落，沈夕就有些激动地喊道："不！"

277

"沈夕，下班时间放松一点。"温颜夏轻轻地拍了拍她的肩膀，以为是季闻洲平时给了沈夕太大压力，才会让她情绪失控。

可沈夕下面的话，让她一头雾水。

沈夕说："他的行程表我知道得一清二楚。这个时间段他根本没事要忙，他不来和你吃饭，只不过是不想见到我罢了。"

"什么？"温颜夏不明所以。

"你还不明白吗？我刚刚说的那个该死的女人就是你啊！"沈夕忽然一把将温颜夏拽回了座位上，面目狰狞地说出这句话。

趁温颜夏还没反应过来，沈夕迅速从包里掏出了一把小刀，抵在温颜夏的腹部。

温颜夏整个人都僵住了，她试图稳住沈夕："沈夕你不要冲动，不要做让自己后悔的事。"

可沈夕越发激动："温颜夏，你少在这里假好心！我在季闻洲身边六年了。为了让他注意到我，我付出了多少努力！我在他身边看着那些莺莺燕燕来来去去，很庆幸自己没有被换掉。我知道那些女人和他不会有什么结果，所以我甘愿等，只要他的眼里有一小块地方是属于我的就可以。可是你回来之后，一切都变了！他甚至警告我，让我不要对他有除了下属之外的情感。而现在，他要和你结婚！他居然要和你结婚！"沈夕说到这里，更加恶狠狠地看着温颜夏。

"那我算什么？我在他身边的这六年算什么？我为了他去整容，即使酒精过敏也去替他挡酒！为了他的项目日夜加班，甚至为了他被客户揩油！现在，他却要和你结婚！"沈夕逐渐变得歇斯底里，手上的刀子随着她激动的情绪上下摆动。

温颜夏被她说得怔住了，她没想到沈夕还为了季闻洲去整容。

现在最重要的是先稳住沈夕，于是温颜夏劝道："对不起沈夕，我不知道你为他付出了那么多。但是你现在这个样子对自己完全没有帮助，你好不容易有今天的成绩，也不想亲手毁掉吧？"

本来两人的声音都压得很低，再加上面前有桌子挡着，并没有引起别人的注意。可就在温颜夏说完这句话之后，沈夕忽然站了起来，将那把小刀抵在温颜夏的脖子上，大声吼道："少在这里假惺惺！"

周围用餐的人纷纷尖叫着起身，餐厅里顿时乱成一团。两个保安上前试图劝说沈夕把刀放下，但她情绪激动，拿着刀在空中胡乱挥舞，割伤了温颜夏的手臂。

保安不敢轻举妄动，只能按沈夕说的退到一边。

沈夕拿着刀在温颜夏的脸上比画，嘴上道："你知道吗？我刚去见了整形医生，他说我左脸的面部神经坏死了，我现在笑起来就像鬼一样！我得不到的，你也别想得到。我倒要看看，如果你脸上多了两道口子，季闻洲还爱不爱你！"说完，她用刀尖划开了温颜夏的左脸，疼得温颜夏直掉眼泪。

"沈夕，你住手！"季闻洲不知何时已经出现在了门口，对着沈夕大声喊道。

沈夕有一瞬间的愣神，但很快反应过来。再开口时，她的语调里已经带着哭腔，她语无伦次地哭道："你来了，你终于来了。"

"对，我来了，你不要冲动，先把刀放下。"季闻洲慢慢地靠近她，放低声音道。

沈夕疯了一般，又哭又笑地说道："你知道为什么我帮你们约在这里吗？因为你第一次带我和客户吃饭就是在这里，那时候你还帮我挡酒了，你记得吗？从你替我喝掉那杯酒开始，我就知道我在你心里是有一点点不同的。"沈夕拿着刀的手从温颜夏脸上移开，指着她们面前那张桌子继续道，"当时……当时我们就坐在这个位置。"

"对，我记得。"季闻洲边说边靠近了一步。

可沈夕的防备心很强，她拿着刀在他们之间挥舞，喊道："退回去！"

279

季闻洲只得按她说的退了一步。

沈夕继续说:"我没像别的女孩那样向你表露心迹,就是想留在你身边。我一直以为自己隐藏得很好,可是你居然全都知道!你知道我喜欢你,还是把我留在你身边,看你女朋友走马灯似的换!我整容回来的那段时间,你说我变好看了。因为你一句好看,我时常光顾那家整形医院,甚至连医生都说我去得太频繁。我为了你付出了这么多,甚至变成了面瘫。可你呢?你喜欢她!"沈夕再次将刀架上温颜夏的脖子,道,"你还要和她结婚!你警告我不要喜欢你。我得不到你,毁掉她也一样!"

沈夕说着,就要把刀往温颜夏身上扎。

"小夕对不起!"季闻洲见状,慌忙喊道。

沈夕手上的动作一顿,表情终于稍稍柔和了一点。好一会儿之后,她才说:"你怎么会知道我的小名?我妈妈走后就再也没人叫我小夕了。"其实是沈夕的妈妈有一次来公司看沈夕,季闻洲听到的。

然而,他却说:"因为我也关注着你,你知道为什么我身边的人来来去去,只有你一直在吗?因为你对我的付出,我一直都看在眼里。"眼见沈夕有所动容,季闻洲走近几步,继续道,"把刀放下,别做回不了头的事。"

沈夕看了一眼温颜夏,摇了摇头,喊道:"不!我要毁掉她!"

"你仔细想一想,如果你伤害了她,警察会放过你吗?我答应你,只要你放开她,我就和你在一起。"季闻洲又往前了一点。

沈夕愣了好久,再开口时语气像极了一个即将得到礼物的小孩:"真的吗?"

"真的,我答应你。"季闻洲回答道,语气十分笃定。

沈夕天真地相信了,她放开了温颜夏,将人推到一边,然后想要扑到季闻洲怀里,谁知季闻洲马上去扶温颜夏。

沈夕手里还拿着刀,知道自己被季闻洲骗了,恶狠狠地说道:"你骗我！你到现在还在骗我！"她伸手就要去刺温颜夏。季闻洲回过神来，一把握住了那把刀。他的手掌瞬间被划破，鲜血滴了一地。周围的人更加恐慌，尖叫声此起彼伏。

沈夕大概没想到季闻洲会这样，吓得尖叫一声，哭着道歉："对不起……我不知道会伤到你。"

季闻洲趁此机会想要夺下她手里的刀，便轻声细语道："你先把刀放下，然后陪我去医院包扎好吗？"

沈夕此时的精神状态很不好，看到季闻洲受伤本来已经满心愧疚，现在听季闻洲这样说，本来也想把刀放下，可她眼角瞥见季闻洲没有受伤的那只手竟然紧紧地护着温颜夏，甚至把她挡在身后，瞬间，她又被妒火点燃，手里的刀挥舞着，不管不顾地往季闻洲身后扑去。

在这之前，沈夕的动作已经有所停顿，保安们也松了口气，放松了警惕。所以沈夕此刻的动作完全出乎他们的意料，可沈夕又快又猛，等保安们反应过来时已经晚了。刀已经刺了过去，季闻洲见情况不妙，一下子挡在了温颜夏面前。

刀刺进他的腹部，血瞬间渗透了他白色的衬衣和粉色的马甲。

"季闻洲！"温颜夏大声喊道。

在沈夕愣神之时，几个保安终于上前将她按住。

温颜夏将季闻洲扶到一旁的座位上，双手捂着他的伤口哭喊："快叫救护车……"

季闻洲很虚弱，但还是关心着温颜夏："你没事吧……"

温颜夏满脸是泪，使劲摇着头，叫他别说话，省点力气，救护车很快就到。季闻洲忽然笑了一下，沾着鲜血的手扶上她的脸颊，气若游丝地说："你终于为我哭了……"说完这句话，他就昏了过去。

好在餐厅附近就有医院，季闻洲被及时送到医院，刀也没有伤及要害，医生清创缝合之后，季闻洲就被送到了病房。

温颜夏脸上的伤口也不是很严重，简单包扎之后，医生叮嘱她尽量不要让伤口碰到水。

季闻洲醒来之后，和温颜夏解释了沈夕的事。

原来沈夕在工作上一直很出色，但最近总是心不在焉。因为她的疏忽，致恒一个项目损失了一百万。为此，季闻洲责备了她，沈夕还因此请了一周的假。

她请假之后，季闻洲发现公司内部有一笔资金不知去向，仔细查了之后，发现是沈夕挪用了。他又查了用途，钱在一周前从她账户里划给了一家整形医院。没想到她居然挪用公款去整容，季闻洲大发雷霆，叫沈夕将钱如数归还之后就离开致恒。

谁知，她居然在离职之前利用职务之便，替季闻洲约了温颜夏。

如果不是那天季闻洲看到了她电脑上的行程安排，甚至不知道她约了温颜夏在餐厅见面，差点酿成大错。

温颜夏听了之后，心里一阵后怕，要是今天季闻洲没有赶过来，那后果真的不堪设想。

季闻洲说完这些，又和她解释，他和沈夕之间除了上司和下属，没有别的关系，希望温颜夏不要误会。

他本以为温颜夏多少会有些在意，毕竟别的女人为了他要置她于死地，可温颜夏只是说："你今天忙了一天，一定没好好吃东西，饿不饿？我出去买碗粥给你。你想喝什么粥？"

"鸡丝的吧。"季闻洲半晌后才回答道。

"好，我去看看。"温颜夏答应下来，就去拿自己的包。

包在季闻洲病床的另一边，温颜夏弯腰去拿的时候，季闻洲的脸正好对着她的侧脸。他忽然叫她的名字："颜夏。"

"嗯？"温颜夏转过头，正好和他四目相对。

他缓缓道："我希望你以后可以对我的绯闻对象表现出一点在意。"

季闻洲觉得，她甚至可以跟他闹，也好过现在的平平静静。温颜夏一时没反应过来，等明白过来的时候，发现季闻洲的唇正往她这边靠近。

几乎是下意识地，她躲开了。

"我很快就回来。"温颜夏留下这句话，就匆匆地离开了病房。

季闻洲看着她逐渐远去的背影，忽然感到一阵莫名的悲哀。

他不爱沈夕，温颜夏也不爱他。

温颜夏跑了几家店才买到鸡丝粥，回到医院病房的时候，发现季闻洲已经睡着了。

她将粥放在一边，见他嘴唇干裂，便拿湿润的棉球替他擦了擦。

时间已经不早了，温颜夏一整天都没怎么休息，想着不回去了，就在季闻洲的病房里靠一会儿，万一季闻洲晚上有什么不方便的，她也可以照顾一下。

第十七章　离开

祝君亭那边已经来过人了，君繁已经不在医院了。

她刚把包放下，电话就响了起来。

来电显示是项目组的张工程师，他火急火燎地说项目工地那边出事了，他们现在已经赶过去处理了，现在要交给温颜夏一个任务。

温颜夏听完之后，顿时眉头紧锁。

原来项目工地上塔式起重机吊臂忽然断裂，正巧压倒了一幢刚搭建起来的活动板房。巧的是当时板房里有人在进行室内作业，那人的一条腿被压住了，送到医院的时候那条腿已经坏死，只能进行手术截肢。那人年纪不大，老婆刚生完孩子，父母身体也不是很好，整个家几乎是靠他扛起来的。

得到消息之后，家属已经在工地和医院闹得不可开交。项目经理去探视慰问，但被赶出来了。现在盛希文也知道了这件事，点名要温颜夏出面去安抚家属。出事之后，媒体已经争相报道过这件事，如果不能稳住家属的情绪,任由事情发酵下去,在舆论的引导下对颜氏和恒盛都很不利。

温颜夏看了一眼熟睡的季闻洲,最终还是离开了医院,去往张工程师给她的另一家医院的地址。

到达医院之后,温颜夏在门口踌躇良久才下定决心进去。毕竟她不知道该用什么样的说辞,才能让伤者及其家属的心里好受一点。她买了水果和花,可刚进门就被赶了出来。伤者的妻子抱着哇哇大哭的孩子,骂道:"我老公的腿都没有了,你还买花过来!你什么意思,庆祝吗?!"

温颜夏原本只是想表达慰问之情,没想到却被误会了。她挣扎着从地上爬起来,对着伤者家属鞠躬道歉,并且承诺所有医疗费及损失都会依照法规赔偿。尽管如此,伤者的妻子还是将一杯水劈头盖脸地泼到了温颜夏脸上,嚷嚷道:"这不是你们该做的吗?怎么?你是不是觉得你们赔了钱,我们还得感恩戴德?如果不是你们,我老公现在会半死不活地躺在床上吗?我们一家老小全靠他的工资过活,现在他变成了这样,我们可怎么活啊!苍天啊……你怎么这么残忍啊……"说到伤心处,伤者的妻子坐在地上大哭起来。

护士见状,忙去将伤者妻子从地上拉了起来,然后又将温颜夏拉到一边,对她道:"病房里不能大声喧哗,如果不是来探病的,请你出去。"

温颜夏还想再和伤者妻子说上几句,却见她又坐在地上大哭起来。怕自己再待下去会使事情变得更糟,温颜夏无奈之下,只得走到了外面走廊上。

伤者妻子的哭声逐渐止住,温颜夏却不敢再进去。她脸上伤口上的纱布已经被水浸透,火辣辣地疼着。自己这点伤都疼成这样,那个伤者的腿该有多疼。温颜夏不敢细想,只觉得自己好像也没有资格要求伤者及其家属不要再找媒体。

她被深深的挫败感打败,坐在医院楼梯的台阶上将脑袋埋在臂弯里悄悄地哭。她觉得自己很没用，什么都做不好，先是保不住颜氏，现在又安抚不了伤者家属。

不知过去了多久，最后温颜夏哭着睡着了。迷迷糊糊中，好像有人在抚摸她的头发，那人甚至拭去了她脸上的泪珠。温颜夏浑身一个激灵，一抬起头就愣在当场，她看见祝君繁站在她面前，此刻正面无表情地看着她。

她不确定刚才的感觉是不是她的幻觉，甚至不确定现在面前的祝君繁是不是她的幻觉。祝君繁弯下腰，握住她的手腕，将她从地上拉起来，然后又带着她往病房的方向走。

那天的天气其实不算冷，祝君繁穿着一件厚重的羊绒大衣，手掌还是很凉。温颜夏被他拉着一直往前走，有些恍惚。

两人走到病房门口，伤者妻子见状又要坐到地上去。可这一次，她没哭，或者说她还没来得及哭，祝君繁就蹲下身去，递过去一份合同。

他对着伤者妻子缓缓地说道："除了你丈夫的医疗费用和赔偿，我们还可以额外提供帮助。你丈夫的父母可以就近住到养老院去，所有费用由我们承担。你孩子的抚养和教育问题，我们也会一并负责。如果你的孩子有升学困难，我们可以提供一些私立学校的入学名额。同时，为了方便照顾你丈夫和孩子，我们会送你们一套位于你们老家的房子，地段你来挑，唯一的要求是周边必须有学校和医院。还有些别的补偿，全部写在这份协议里。当然，这上面也有一些附加条件。如果你签了这份合同，希望你能遵守契约精神。"

伤者妻子好半天才反应过来，丝毫不客气地说："别以为我不知道，你们就是想让我不要再爆料给媒体。"

"你说得没错。"祝君繁直截了当地承认了，"合约条款上确实着重提出了这一条。"

"呵，如果我不签呢？"伤者妻子冷笑一声，她就不信了，如果她不签，找上媒体闹一闹,还怕得不到这些赔偿?

"如果你不签,那就只能拿到你们该有的赔偿。如果你们想再得到点什么,几乎是不可能的。或者,你也可以选一个好一点的律师,因为有可能你将面对一堆烦琐的法律程序和一场长达三年五载的官司,毕竟我们恒盛拥有一支非常专业的律师团队。"说到这里,祝君繁略微停顿了一下,才继续道,"而且我听说,你丈夫之所以会出现在还没启用的临时用房里,是因为他一直在偷偷地倒卖项目工地上的废铁。平时宿舍里人多眼杂,他便把拿回来的废铁藏在那栋还没启用的临时用房里。"

祝君繁说到这里,温颜夏发现伤者妻子的脸色逐渐变了。

祝君繁乘胜追击,道:"我给你三天时间来考虑,但这三天之内,如果你再爆料给任何一家媒体,这份协议会马上作废。"

说完这句话,他就起身离开了。温颜夏跟着他一起离开,到了病房外面,祝君繁走了几步,最后坐在了走廊里的长椅上。

温颜夏看了他一眼,在他旁边的一张椅子上坐下。

好一会儿之后,温颜夏才问道:"你说她会签那份协议吗?"祝君繁没有出声,正当温颜夏以为他不想和她说话时,他却回道:"既然她丈夫已经截肢了,那么在保障他们家庭生活的情况下,她首先会考虑抚养孩子和赡养老人。我给她的条件已经远远超出她丈夫应得的赔偿,她没有理由不签。"

不知为何,温颜夏觉得他说话好像很累,扭头看他的时候,才发现他脸色苍白、眉头紧锁,额间沁出一层密密麻麻的汗。

"你不舒服?我去帮你叫医生。"想起自己身处医院,温颜夏当即就要替祝君繁去找医生。

经过祝君繁身边的时候,他拉住了她,道:"不用找医生,我口袋里有药,老毛病了……"就这一句话,他说得十分费力。

温颜夏照他说的,从他大衣口袋里翻出一瓶药来,问道:"吃几粒?"

"一粒……"

温颜夏觉得祝君繁的呼吸都急促起来。她倒出一粒,将药瓶放在一边,然后喂他吃下了那粒药。十分钟之后,祝君繁的气息总算平稳了一些,脸色也比刚才好了很多。

温颜夏忍不住问:"你……刚才怎么了?"

祝君繁没正面回答她,只是拿出手机拨了一个电话,接通之后,他问:"你到哪儿了?"

电话那边的人说了些什么温颜夏没听到,只听到祝君繁挂断电话之后说了一句"我马上过去",然后就起了身。

温颜夏也慌忙跟着起身。

"你干什么?"祝君繁一脸不耐烦地看着她问,"该不会是想和我回家吧?"

"不是,只是想和你说声'谢谢'。"温颜夏的声音很轻。

"不用,我不是帮你,我帮的是恒盛。虽然恒盛是大公司,有很完美的危机公关,但是这种负面新闻还是不要出现的好。你如果真的想谢谢我,就努力做好自己该做的事,不要三天两头给我添乱。"祝君繁的语气里没有什么感情。

不多时,黎时就出现在走廊尽头,原来刚刚祝君繁是打电话给他了。

黎时见到温颜夏明显愣了愣,然后才对祝君繁道:"车就停在门口。"

祝君繁点了点头,跟着他往外走。

温颜夏想起什么似的快步跟上去,边走边对祝君繁说:"对不起,上次误会你和我父亲的死有关。"其实温颜夏心里一直有些内疚,觉得自己欠祝君繁一个道歉,尽管他可能并不需要。

祝君繁的脚步大概停顿了半秒,最后他什么都没说,和黎时一起走了。

温颜夏回过身去拿自己的包的时候,才看见祝君繁那瓶药还留在椅子上。

她拿起来看了看,上面没有中文标识,都是些很复杂的专业名词,在用药说明里,她只看懂了"脑部"两个字。

想起刚才祝君繁发病的样子,温颜夏捏着药瓶忍不住想一探究竟。

第二天,温颜夏去急诊挂了个号,然后拿着那个药瓶去找医生。医生只看了那个药瓶一眼,就问:"确诊多久了?片子带了吗?"

温颜夏谎称没带片子,只说吃了这个药不太舒服,能不能先停一段时间。医生奇怪地看了她一眼,回道:"一般中晚期才要用这个药。"他打开瓶子看了看里面的量,才继续道,"副作用是有点,但比起疼起来的时候还是要好一点。如果你已经在服用这个药,现在想要换别的药意义也不大。你的主治医生应该跟你说过,国内目前没有别的抗癌药物的药效比得上它……"

那医生絮絮叨叨说了很多,可温颜夏都没听清。

她只记得医生说,这是抗癌药。

她想起祝君繁在天和医院的时候,黎时说他只是低血糖,不想闹出了那么大的动静。

在君庭酒店的9133房间,他只是吃了平常吃的退烧药就变成那样。

昨天他疼成那样,却不让她去找医生。

温颜夏不知道自己是怎么走出医院的,只记得医生最后还鼓励她,叫她不要放弃,现在医疗技术发达,还是有治愈的希望的。

她失魂落魄地走在街上,一辆摩托车呼啸而过,差点将她撞倒。司机对着她破口大骂:"要死死远点,别碍着我!"一个小朋友经过她身边,手上拿着一个装满亮片的气球,他宝贝似的捧在怀里,可是走着走着忽然摔了一跤,气球被地上的石头碎片割破了,"嘭"的一声炸裂开来,亮片飞得到处都是,小朋友没忍住,哇哇大哭起来。

温颜夏也没忍住,她蹲在地上,捏着那个药瓶无声地哭泣。她觉得自己就像那个小朋友,一瞬间失去了最心爱的东西。

她哭得筋疲力尽，却还是停不下来。她一边哭，一边打了一辆车，去了祝君繁家所在的小区，也是她曾经的家所在的小区。

管理员还认得她，见到她的时候，有些八卦地问："你和祝先生两个人也真是的，都在一起了还把房子买来买去的。"

温颜夏强忍住泪意，问道："什么房子？"

管理员一脸"别想蒙我"的表情，道："不就是你那套房子吗，现在业主是祝先生了，那天我都在业主群里看见了。"

温颜夏没再说话，转身进了电梯，泪意更加汹涌。管理员还在旁边嘀咕："现在的小年轻也不知道怎么想的……"

温颜夏先来到自己原来的房子门口，发现门锁还是旧的。抱着试一试的心态，她输入了密码，没想到真的打开了。看得出来，房间里被人精心打扫过，东西和她搬走的时候几乎一样。

脚边忽然响起一声猫叫，她一低头，看见一只小猫正在挠她的脚，它的花色和之前祝君繁送她的那只一模一样。

原来那只小猫，在她还在清川市的时候，因为逃出宠物医院，在路上被车撞了，没救回来。温颜夏为此还伤心了好久。

此时，她面前这只小猫脖子上挂着一块小小的铜牌，她把它抱起来，见牌子上写着"毛毛"两个字。

"毛毛"，是她给原来那只小猫取的名字。没想到隔了那么久，她还能再见到这个名字，还能再见到一只和毛毛一样的猫。

温颜夏抱着小猫走进了自己的房间，原来的旧墙纸被撕掉了，取而代之的是一片白墙，看得出来刚被粉刷过。

想起很久之前，她和祝君繁说过，要把墙刷白，然后装上投影仪。最好在墙角放一张很大的懒人沙发和一个零食架，下雨的时候，可以和他一起坐在沙发上看看老电影。

而现在，这里真的变成了她想象中的样子。装满零食的零食架旁边放了一个柜子,她打开抽屉,里面装满了旧影碟,全是她喜欢的电影。

房间的另一侧还放了猫窝、猫砂盆和一个巨大的猫爬架。毛毛从她怀里挣脱,熟练地上了猫爬架,然后从其中一根柱子后面探出头来看她。

温颜夏走过去将它抱下来,摸了摸它的脑袋,然后帮它倒满了猫粮。等毛毛吃饱了,她抱着它,坐在沙发上看了一部电影。电影结束的时候,她听见祝君繁家家门打开又关上的声音。

温颜夏放下毛毛,第一时间冲了过去。

门已经关上了,她敲了好久也没人应答。怕祝君繁一个人在里面出什么事,温颜夏试着输入了他家以前的密码,没想到门真的开了。

祝君繁并没有在客厅,浴室的门打开着。卧室阳台上传来东西倒地的声音。温颜夏急忙过去,发现祝君繁正扶着阳台的栏杆站着,花架倒在了地上。

他好像极力在支撑着不让自己倒地。

温颜夏见状,急忙上前扶住他,见他面色苍白、满头大汗,她问:"药呢?"祝君繁已经疼得有些神志不清,甚至不知道是谁在问他。

他疼得连话都说不出来,只伸手指了一下床头柜。温颜夏急忙过去拉开抽屉,看到里面放着许多她那天见过的小药瓶。

她一连拿起几个,里面都是空的,最后只找到了几粒药。她不知道原来祝君繁已经吃了那么多药,原来那些她没在他身边的日日夜夜,他都是靠着这些药一点点熬过来的。

阳台上的祝君繁发出一声疼痛的呻吟,温颜夏来不及多想,赶忙倒出一粒药,又拿起一边的杯子去接了温水,让他把药吃下去。

过了一会儿,祝君繁的病情终于有所缓和。他的眼镜不知何时被甩在了一边,从前他视力很好,但差不多一个月前,温颜夏发现他开始戴眼镜了。本以为只是装饰,但此刻她发现他没了眼镜,眼神并不清明。他的目光停留在温颜夏脸上,半晌,伸手抚上了她的脸颊,大拇指的指腹在她脸上包着的纱布上来来回回地抚摸。

他忽然笑了一下,虚弱地说道:"看来副作用真的越来越明显了。"

是了,医生对温颜夏说过,这种抗癌药物有轻微的致幻副作用。祝君繁刚刚疼得神志不清,甚至以为面前的温颜夏是自己的幻觉所致。

温颜夏将他的手紧紧地握在手心里,轻声回答他:"祝君繁,我不是幻觉,我真的在这里。"祝君繁忽然皱了皱眉,缓慢地捡起地上的眼镜戴上,视线逐渐变得清晰,映入他眼帘的是温颜夏那张满是泪水的脸。

她想尽量使自己的语气平静一点,但还是控制不住地颤抖,问:"你生病了为什么不告诉我?"

祝君繁推开她,扶着栏杆的手上青筋暴起,他为自己刚刚情不自禁地抚摸温颜夏的脸而感到暴躁。他质问她:"为什么你会在这里!谁允许你私自出入我家的!你马上离开这里!"

温颜夏拼命摇头,一点点地靠近他,哀求道:"我求求你不要赶我走,让我陪着你好不好?"她握着祝君繁的手,发现他在不停地颤抖,这也是药物的副作用之一。

她不知道他的病情已经到了何种地步,但她真的好想陪着他。

祝君繁抽回手,语气冷了几分:"我们之间已经没有任何关系,你有什么资格留在这里?"

"可是你明明把我的房间变成了我想要的样子,你明明……明明还留着我送给你的杯子。"温颜夏像找到救命稻草一般,将刚才从祝君繁床头柜上拿来的杯子递到他眼前。

那个杯子是她有一次出差的时候买的,本是一对,她和祝君繁一人一个。她那个被毛毛打碎了,本以为祝君繁不会留着这个杯子,可今天她却发现,他至今都在用它喝水。

如果他真的一点都不在意她了,为什么还要留着跟她有关的一切?

甚至连客厅墙上他们俩的合照都没有被摘掉。

啪！在温颜夏反应过来之前，祝君繁便将她手里的杯子夺过来摔在地上，碎片四溅，划伤了温颜夏光着的脚脖子。

他冷声道："这样你满意了吧？"

温颜夏瞬间愣在当场，祝君繁还嫌不够，摇摇晃晃地走到客厅里，将墙上的相框摘了个干净，用力摔在了地上。

"不要！"温颜夏跑过来阻止，但是已经晚了。她穿的是一双祝君繁放在她家里的拖鞋，因为太大，奔跑的过程中甩飞了一只。

此时她赤着一只脚站在相框的碎玻璃上，脚底被划了好几道口子，鲜血染红了玻璃碎片下那块纯白的毛毯。

祝君繁看得心中一痛，嘴上却还是说："好，你不走，我走！"说着他就要往门口方向走。温颜夏慌忙去阻止，以祝君繁现在的身体状况，独自出去很容易出意外。

"不，你别走，我答应你，马上离开这里。"温颜夏见祝君繁情绪激动，为了不刺激他，只得答应他离开这里。

她刚出门，祝君繁家的门就被他用力地从里面关上了。

她靠着他家的门，身子一点点地往下滑，最后坐在地上。许久之后，她给黎时打了个电话，说祝君繁身体不舒服，让他过来看看。

黎时接到电话时还有点惊讶，到了祝君繁家里看见那一片狼藉，基本就明白了。

祝君繁就坐在客厅的地板上，手里捏着一张他和温颜夏的合照。照片上两个人捧着一对情侣杯，笑得甜蜜。

黎时叹了口气，问道："看来，她都知道了？"

祝君繁没回答，只是捏着照片的手指用力到指节都泛白。黎时替他打扫了地上的一片狼藉，打扫完客厅走进卧室，才发现祝君繁床边的柜子上放着一个杯子，一个被打碎又重新粘起来的杯子，好几个地方甚至留有缺口。

他以前见过这个杯子，觉得不是祝君繁的审美，但他一直用那个杯子喝水。如今看到祝君繁手里那张照片，黎时才明白过来，原来杯子是温颜夏送给他的。

祝君繁不知何时也来到了卧室，看着那个杯子发呆。

黎时忍不住感叹道："你这又是何必呢？明知她离不开你，你也离不开她……"

"我累了，想休息一下，你先回去吧。"黎时话还没说完，就被祝君繁打断了，他开始赶人了。

见他的心情不好，黎时也不强求，麻利地打扫完，就走了。

黎时走后，祝君繁将那杯子拿了过来，手掌在上面摩擦，却被一道裂口的尖角狠狠地扎了一下。他想，温颜夏的心肯定也像这个杯子一样四分五裂了吧？

她是要站在明媚阳光下的人，他怎么可以把她拽进地狱？他怎么可以让她看见一个日益残破的自己，让她看见自己大把大把地掉发，让她看见自己视力骤降，让她看见他日日夜夜因为头疼而哀号，让她看见自己的生命一点点地消逝？

温颜夏还有很长的人生，不应该承受这些。他不要她哪一天午夜梦回，看见的是他这张病态憔悴的脸。

温颜夏后来又来找过祝君繁几次，但他都避而不见。

自从那次项目事故之后，颜氏对安全生产抓得更加严格。温颜夏因为祝君繁的事，也更加频繁地辗转于各个项目，用工作来麻痹自己。

倒是季闻洲出院之后，逐渐将工作放缓，想要给温颜夏一个盛大的婚礼。

温颜夏约过黎时一次，本想问问黎时，祝君繁的病情到了什么地步，是不是真的药石无医。可黎时坚决不肯说，尽管温颜夏再三保证，自己不会去烦祝君繁,黎时也只说祝君繁交代过自己,他不想违背祝君繁的意思。

在婚礼前一周,温颜夏才终于又见到了祝君繁,在医院的加护病房里。黎时通知她,祝君繁的病情突然恶化,已经紧急送医。

温颜夏赶到的时候,祝君繁刚刚醒过来,整个人还有点迷迷糊糊。看到温颜夏也在,他的情绪很激动,甚至一度要扯掉手上的留置针,他原本很虚弱,可医生和护士都按不住他。他看着温颜夏,嘴里喊着:"出去啊……"

黎时劝道:"君繁,颜夏是我叫来的,你别这样,你现在不能激动……"

"滚……滚出去!"黎时还没说完,就被祝君繁粗暴地打断了。祝君繁去扯自己身上的监测仪器,好像只要温颜夏不走,他就拒绝一切治疗。见他情绪实在太过激动,怕温颜夏再待在这里适得其反,黎时只能把她拉了出去。

病房门外,温颜夏蹲在地上哭了很久。

医生和护士在病房里进进出出,祝君繁那边总算没了大动静。

黎时安慰她:"君繁只是不想让你看见他现在这个样子,你别放在心上。"

温颜夏没有在意,只是觉得心疼祝君繁。

"病发的时候,会很疼吗?"温颜夏问黎时。

"很疼,比你想象得到的任何一种疼痛都要疼。"黎时如实回答。

祝君繁的母亲就是因为不堪忍受这种剧烈的疼痛,所以才会选择放弃自己的生命。

"那他现在这样,真的一点办法都没有了吗?"温颜夏问出这句话,心在隐隐作痛。她怕黎时说是的,怕他宣布祝君繁已经没有救了,只能慢慢地等待死亡的到来。

"如果去瑞士,可能还有一线生机。"黎时看着温颜夏,道,"今

295

天我之所以叫你过来，也是希望你能帮忙劝劝他。瑞士那边的脑肿瘤医疗技术还是要高超一点，像君繁这种情况可以通过手术解决，但是……"黎时说到这里顿了顿，让温颜夏有足够的心理准备之后，才接着道，"因为君繁脑部肿瘤所在的位置比较特殊，所以只有两成把握，一旦手术出现意外，他的智力很有可能会受损，或者无法走下手术台，这也是他不愿意去瑞士的原因。"

温颜夏没说话，只是紧紧地握住了自己手袋上的那根链子，金属的质感硌在她的掌心里，冰冷刺骨。

确实，除了那两成生机，剩下的对祝君繁来说没有丝毫意义。

那天，在病房门口，温颜夏还知道了很多事情，知道祝君繁其实早就放弃了报复颜震的念头。

她是颜震的女儿这件事，其实他之前并不知晓。等他知道的时候，已经查出身体有问题。她也知道了祝君繁手上所有关于颜氏的股份，最后都会无条件地赠予她。祝君繁用自己被病痛折磨着的身体一步步地为她铺路，想要给她一个从此以后不用再依附于人的人生。

他和盛希文订婚不过是幌子，一方面是为了让她彻底死心，另一方面是因为他的身体状况不行，在恒盛内部必须有一个在他无法做决定时能替他做决策的人。

而仅仅是盛希文的话没有说服力，但如果盛希文是他的未婚妻，一切就都不同了。

事成之后，他会给盛希文一部分恒盛的股份。

如果他真的出了什么事，恒盛会由祝君亭全权管理，盛希文则会成为祝君亭最得力的助手。

温颜夏难过的是，祝君繁为她做了那么多，而她和季闻洲的婚期却即将到来。

温颜夏回到家的时候，发现季闻洲也在。温婉不知道和他在聊些什么，两人都笑眯眯的。见温颜夏回来，温婉将她拉到季闻洲身边坐下，然后说："知道你工作辛苦，闻洲特意去买了你最爱吃的甜品。我已经吃过了，你别浪费人家的一番心意。"温婉将手边的一碗杨枝甘露推到温颜夏面前，然后笑着起身回房间了，摆明是想给温颜夏和季闻洲一点独处的空间。

温颜夏看着那碗包装完好的杨枝甘露，半天没动。季闻洲替她拿了一个勺子，然后打开盖子，再度递到她面前。

"对不起，我现在没什么胃口。"温颜夏的语气中带着歉意。

"工作上遇到什么问题了吗？"季闻洲发觉她的脸色不太好，他最近听说她几乎是连轴在转，基本没怎么休息。

"我们的婚期可不可以推迟一点。"温颜夏最终还是说出了这句话。

她知道这对季闻洲很不公平，可她带着对祝君繁的遗憾嫁给他也不公平。

"你是想延期，还是根本不想和我结婚？"季闻洲盯着她，一字一句地问道。他不是不知道她最近在想些什么，他已经受够了，受够了她一次一次地把他推开。

"对不起……"温颜夏眼底满是愧疚。

"我不要听到道歉！"季闻洲的声音突然提高，他一把将桌上那碗杨枝甘露推到地上，然后站起身来，上前一步拽住了温颜夏的手，将她带到自己面前，几乎是咬牙切齿道，"温颜夏，我不是你的玩具。我可以容忍你心里还有祝君繁，也可以容忍你没有爱上我，但是无法容忍你一次又一次地欺骗我，取消婚礼或者延期，你想都不要想！"说完，他踢开脚边的椅子，扬长而去。

温婉听见动静从房间里出来，忙问温颜夏出什么事了。

温颜夏低头收拾地上的脆片，只轻描淡写地说自己最近压力太大，想将婚礼延后，季闻洲不同意。

温婉便劝她，季家和颜家在清江市都是有头有脸的，尤其是季家，一举一动更是万众瞩目，婚礼改期这种事，难免会引发别人的遐想。温婉说知道温颜夏压力太大，关于婚礼的事自己会帮她办理妥当。

温婉已经这么说了，温颜夏就没再多说什么。

温婉身体不好，温颜夏怕惹她担心。

婚礼的筹备并没有停止，温颜夏在医院和颜氏两边跑。祝君繁一次都没见她，她最多只能在病房外远远地看他一眼。黎时说祝君繁的病情还算稳定，暂时不会有什么大问题，温颜夏总算稍稍放心。在此期间，季闻洲没再来找过温颜夏，只有确定婚宴宾客名单的时候，他的助理来找过她，确定她的朋友没有遗漏。

三天之后，婚礼如期举行。

季老爷子身在国外，因为身体不好没法出席。

就像温婉说的，季家和颜家在清江市都是有头有脸的，婚礼当天，清江市叫得上名号的人几乎都来了。媒体也来了不少，争相报道这场声势浩大的婚礼。温颜夏坐在新娘化妆室里，不知为何心里很不安，连季闻洲进来她都没有发现。

自从上次吵架之后，两人没有见过面，今天见到温颜夏，季闻洲也是冷着一张脸。

两人的脸上完全没有即将结婚的喜悦。

婚礼协奏曲响起，温颜夏挽着季闻洲的手缓缓地出场。台下闪光灯一片，温颜夏有些不太适应。

温婉坐在台下看着她，哭成了泪人。她没有机会看见大女儿出嫁，此时身在小女儿的婚礼上，不免感慨万千。

司仪引导两人说完誓词之后，温婉哭得更加厉害。原本打算婚礼结束之后,季闻洲和温颜夏一起去民政局登记,可是到了交换戒指的环节,温颜夏的手机被拿了上来。是她在颜氏的一个小助理拿上来的,说她手机响了十几分钟,都是同一个号码打来的,怕有什么急事,就帮她拿了过来。

温颜夏看了一眼屏幕上显示的号码,是黎时的。她又看了季闻洲一眼,最终还是说:"对不起,我必须接这个电话。"

季闻洲的脸色都变了,他抓着温颜夏的手臂不让她走,低声道:"请你看清楚,现在是什么场合。"

温颜夏拿过司仪的话筒,直接对着台下的宾客道:"实在抱歉,仪式可能要中断一下,我必须接这个电话,非常感谢大家在百忙之中来参加我们的婚礼。"

台下顿时议论声一片,温颜夏却不管不顾地拿着手机往后台走去。

等到了没人的地方,温颜夏才接起了电话。

"君繁的情况不太好,已经进了抢救室,你能过来一下吗?"黎时的语气非常焦急。

"我马上过去。"温颜夏没有任何犹豫,尽管她现在穿着婚纱,在和季闻洲的婚礼上。

她摘掉头纱,拿掉裙撑,提着高跟鞋飞奔出会场。

新娘当众跑路,宾客一片混乱,季闻洲想跑过去拦住她,却被人群隔绝在外。

温颜夏顺利出了会场,拦了一辆出租车就往医院去。可不巧的是一路红灯,出租车司机烦躁地按着喇叭,嘟囔道:"又是这条路,旁边商场最近开业,天天搞活动,这一时半会儿是走不了了,起码要堵半个小时。"

"我在这里下车。"温颜夏扔下钱,打开车门就往医院的方向跑。

车子堵了一路,温颜夏穿着婚纱,引得司机们纷纷对她行注目礼。

温颜夏跑得气喘吁吁,喉头充盈着一股血腥味,可她一刻都没有停,高跟鞋跑掉了，脚上也磨破了皮，婚纱被路边的栏杆和车辆勾破了几道口子。她脑海里不断闪过祝君繁脸色苍白的样子，眼泪终于从眼眶里跌落。

温颜夏进了医院大门，跌跌撞撞地跑到病房。她刚出电梯，就看见站在走廊上的黎时。一股不好的预感从心底涌上来，她一步一步地走到黎时面前，强忍着泪意问他："祝君繁没事吧？"

黎时没有立刻回答她，只是伸手拦住了她的路。

温颜夏一脸不敢置信地望着他，逃避着心里那个最糟糕的答案。

她问："还……还在抢救吗？"

黎时眼里有泪光闪烁，他道："颜夏，如果他还在的话，最希望你坚强。"

"不！你骗我！"听到黎时这句话，温颜夏终于崩溃了，她浑身的力气都像是在一瞬间被抽走了，她跌坐在地上，哭着喊道，"黎时……我答应你，我不会再来找他了，我不见他。你们不要骗我好不好？"

黎时蹲下身子去扶她，一脸悲切地说道："我和你一样，同样不能接受这个事实。"

"我要去见他……"温颜夏挣扎着起来，却被黎时拦住了。

他死死地拉着她，提醒她："这件事除了医生和护士，暂时没人知道。祝君亭那边已经来过人了，君繁已经不在医院了。"

温颜夏又一次跌坐在地上，她恨自己跑得太慢，连祝君繁的最后一面都没见到。

她抱着黎时的手臂号啕大哭，就好像整个世界在她面前顷刻倒塌。她经历过的痛一遍一遍地重来，那些镌刻进她生命的人一个一个地离去。

那些她生命里永不倾倒的大山此刻全部消失不见，只在她心里留下一个个永远无法填满的巨大的空洞。

第十八章　放手

温颜夏,如果你带着你的颜氏熬过这五年,我就放过你。

● ●●● ●

温颜夏回到婚礼会场时已经是凌晨,在这之前,温婉给她打了很多个电话。温颜夏接了,告诉温婉别担心,自己马上回去。

会场里的人都走完了,温颜夏一个人在里面待了许久,直到季闻洲的电话打进来,他说:"我在城西的赛车场。"

季闻洲平时除了打拳,还喜欢赛车。那个赛车场温颜夏陪他去过一次。

她到达的时候,正好看见季闻洲那辆赛车侧着车身从她面前飞驰而过。车子在场地上转了几圈,最终停在她面前。

"对不起。"见季闻洲从车上下来,温颜夏走到他面前哑着嗓子和他道歉。

季闻洲垂着头,她看不到他的表情,只听他道:"我说过不想听到你说这三个字,你果然从来不把我的话放在心上。"他的语气失望至极。

沉默了一会儿,他忽然又道:"上车。"说着,他就将温颜夏带到了赛车的副驾驶位。

温颜夏照做，四周瞬间起哄声一片。赛车这种比赛，如果有人愿意坐在副驾驶位，相当于把命交给赛车手。

季闻洲愣了一下，但下一秒，他还是坐进了驾驶室。

巨大的发动机轰鸣声响起，充斥着温颜夏的耳膜，她甚至连防护头盔都没有戴。

季闻洲一顿操作，赛车飞快地奔驰在赛场上，温颜夏只觉得一阵头晕目眩。

季闻洲心里不痛快，有心吓吓温颜夏。

跑最后一圈的时候，他甚至加了几个竞技类的动作，车辆迅速后退，对面一辆赛车正对着他的车头迅速滑过来。

两辆车靠得极近，好像下一秒就会撞上。温颜夏紧张得指甲都嵌进了掌心。

眼看季闻洲的车快要撞上赛场的台阶，他突然猛地转了一下方向盘，往右后方退了一段距离，然后尖锐的刹车声响起，车辆终于停下。

温颜夏稍稍喘了口气，又重复了刚才上车前的那三个字："对不起。"

季闻洲看着她煞白的脸，冷笑了一声，道："怎么，你觉得坐在我的副驾驶上和我道歉，会显得更有诚意吗？"

温颜夏好半天没说话。

季闻洲掏出一枚戒指，是婚礼上原本应该戴在温颜夏手上的那枚。

他抓过温颜夏的手，要把戒指套在她手上。温颜夏的手指明显僵了一下，却没有躲开。

她本以为那枚戒指会戴在她的无名指上，但它最后出现在了她的中指上。季闻洲替她戴好戒指，然后轻轻地握了握她的手才放开。

"我可以取消这场婚礼。"他说。

"嗯？"温颜夏茫然地抬起头，她没想到他竟然这么轻易就放了手。

可季闻洲接下来的话，让她的心再次跌落谷底。他说："五年之内，致恒将成为颜氏强有力的竞争对手。温颜夏，如果你带着你的颜氏熬过这五年，我就放过你。"季闻洲的声音听不出什么感情。

是了，这才是季闻洲，冷酷无情的季闻洲。致恒和颜氏实力悬殊，根本没有可比性，可他说只要她带着颜氏熬过五年，他就放过她。温颜夏觉得，他只是想看她如何一步步地带着颜氏走入绝境。

季闻洲原本以为，只要把温颜夏留在自己身边，总有一天她会在意他。他也以为，不管多久，他都可以等。可就在她毅然决然地离开婚礼现场的时候，他忽然明白过来，不可能的，这一辈子温颜夏的心里都不可能有他的位置。

他累了，决定放过自己。

"好，我答应你。"对于季闻洲提出的条件，温颜夏坦然接受，连她自己都觉得有些意外，如果放在以前，她肯定不敢，可现在她突然想放手一搏。

反倒是季闻洲，竟然没有表现出惊讶。

半个月后，颜氏的股东大会上，黎时带着律师到来，宣布祝君繁将名下所有颜氏股权无条件赠送给温颜夏，温颜夏正式成为颜氏最大股东，接管颜氏。

周丙泉怎么也没想到，当初为了扳倒温颜夏，他将股权卖给祝君繁，现在那些股份居然又回到了温颜夏手里。他带着一帮人来闹事，可还没闹出点什么来，警方就派人过来了。温颜夏本以为是公司保安报的警，没想到警方逮捕周炳泉的理由竟然是因为颜震的命案。

原来之前在颜震命案现场发现的藻类植物会附着在人体上，慢慢破坏皮肤黏膜，然后和组织液产生反应，变成一种真菌。久而久之，被它入侵的皮肤就会产生红肿，又痛又痒。起初很多人会把它当成过敏，但其实抗过敏类药物会使它的症状加重。警方就这一特点对清江市的所有医院及皮肤诊所做了排查，最后发现周丙泉最近频繁出入皮肤科诊所，查看了他的病历之后，确定他之前接触过这类藻类，而且那片海域周边道路的监控也拍到过一个和他身形相似的人。最重要的是，周丙泉之前有一艘快艇，自从颜震出事之后，他就将它卖了。警方找到了买家，给快艇做过检测，在上面发现了血迹反应，化验之后证实那是周丙泉的血迹，而且在血迹周围发现了一些皮肤组织，经过比对，确定是颜震的。

法医的报告里提到，颜震死前用力挣扎过，口鼻都有大量血液和组织液流出。周丙泉的身上会沾到血并不奇怪。

周丙泉被带走之后，在确凿的证据面前，很快就承认了。他承认当天白天他去找颜震时发生了口角，事后想起曾经颜震对他的种种打压，所以怀恨在心。听说颜震对花粉过敏，于是当晚他坐着快艇折返，偷偷地在颜震的果汁里加了点花粉，本想给他点教训，谁知道颜震发现了，扬言要报警。周丙泉狠下心来，没有对他进行施救。案件终于水落石出，温婉总算得到了安慰。

温颜夏接管颜氏之后，已经退出和恒盛有关的项目团队，找了专业人士和盛希文进行对接。庆幸的是，在恒盛的带领之下，颜氏名下所有房地产项目已逐渐摆脱亏损状态。温颜夏原本以为祝君繁想让颜氏变成恒盛的傀儡，没想到他是在利用恒盛的资源拯救颜氏。每每思及此，她就难忍泪意。很快，季闻洲施加的打压也如期而至。面对致恒不断抛过来的难题，温颜夏几乎每次都手忙脚乱。

和致恒竞争的第一年，颜氏亏损巨大，几乎没有项目是赚到钱的，股东们纷纷感叹，颜氏几十年的基业就要毁在温颜夏手里了。

第二年，颜氏依旧亏损，但相较于第一年稍微好了一点，股东们稍稍松了口气，继续感叹几十年基业的颜氏怕是活不过明年。

第三年，颜氏不再亏损，但收入和支出基本持平，股东们觉得颜氏至少不用倒闭破产这么惨,个个都老怀安慰。

第四年,颜氏终于从致恒手里赢得了一次胜利。可温颜夏最后将到了嘴边的肉送回到了季闻洲手里。股东们恨铁不成钢,气得吹胡子瞪眼。

那是一个珠宝品牌的亚洲总代理,致恒一直在争取,但品牌方表示很欣赏颜氏的方案,所以有意抛出橄榄枝。温颜夏却拒绝了,无奈之下,品牌方只能选择了致恒。

而温颜夏之所以放弃,是因为听说了近年来一直久居国外的季老爷子病重的消息。季老爷子退下来之前,一直和那个珠宝品牌洽谈合作,但那时候该品牌觉得亚洲市场并不成熟,所以没有和致恒合作。

现在时机成熟,他却病重了。

温颜夏将这个合作拱手相让,也算是了却他一个心愿。

致恒和那个品牌签约之后,季闻洲约了温颜夏出来吃饭,问起温颜夏这么做是不是想讨好他,让他放弃继续打压颜氏。

温颜夏笑了笑,回答得十分坦然:"这是其中一点。更重要的是,关于你,我一直没有好好表达过歉意。不知道你还记不记得,我和姐姐刚认识你的时候,你特别崇拜自己的父亲。你事事以他为尊,听取他的意见。即便后来和他闹得有点不愉快,但他终究是你的父亲。我听说之前他一直有意和这个品牌合作,想让他们拓展亚洲市场,但一直没有机会。现在机会终于来了,我也想让他老人家开心一点。如果你过去看他,记得替我问候他,就说这是那个曾经点燃他后院的小丫头送的一份小小的礼物。"

季闻洲有一瞬间愣神,恍惚之间好像回到了某个烟雾缭绕的大年初一。温颜夏躲在他家那棵巨大的松树卜点燃烟花,然后火花四溅,树枝着了火,将他家老爷子气得半死。他又不好意思惩罚温颜夏这小丫头片子,只能抓着季闻洲这个亲儿子在雪地里罚了一天的站。

第五年,和致恒竞争的第五年,颜氏和致恒合作共赢,终于双双获利。

一晃几年过去，祝家的允安也到了打酱油的年纪。这一年他的生日会尤为盛大，邀请了整个幼儿园的小朋友来参加派对，秦临霜特意邀请了温颜夏。虽说家里有好几个保姆，但是一群小魔怪闹腾起来，还是将温颜夏和秦临霜累得半死。祝君亭是在派对进行到一半时才回来的，带着黎时一起，两人刚刚参加完恒盛的一个会议。

奇怪的是，自从祝君繁走后，祝君亭并没有全权接手恒盛，他对外宣称，自己只是暂时接管，就好像祝君繁会突然回来继续掌管恒盛一样。

温颜夏不明白他这么做的意义，但也不好细问。

祝君亭最近很忙，祝家的小子有段时间没见他了，一见他回来就扑到他怀里，爸爸、爸爸地叫个不停，然后带着秦临霜和他们父子俩一起玩游戏。黎时和温颜夏聊了一会儿之后，去接了个电话。再回来的时候，他告诉温颜夏，待会儿有个朋友要过来，如果温颜夏不介意，想介绍他们认识。

温颜夏笑他老土，都什么时代了还要用这种方式帮她相亲，然后便躲到了后院和孩子们一起玩。

祝君繁虽然已经离开了好几年，但她还没做好接受别人的准备，一心扑在事业上，也挺好的，她很满意现在的状态。忙的时候很充实，有空的时候她也可以带着温婉去旅游。

孩子们的精力好像是无限的，温颜夏和他们玩了一会儿就累趴了，他们却还在闹腾着。

温颜夏觉得有些口渴，正想去拿杯饮料来喝，却看见甜品台旁边一个小男孩拿着一块蛋糕往嘴里塞。

温颜夏怕他噎着，但想阻止已经来不及了。小男孩胡乱咀嚼几口就把蛋糕咽了下去，然后他一脸痛苦地开始拍打自己的胸口。

孩子是真的噎着了，温颜夏暗骂自己乌鸦嘴，一边拍着他的背，一边大声喊在场唯一的医生黎时来帮忙。

黎时还没来，一个人就走进她的视线里，那人冷静地说道："你这样不对，把他放下，我来。"说着，他从温颜夏手里接过小男孩，让他站着，自己跪在他身后，双手抱住他，让其身体前倾。接着，他一只手握拳，放在小男孩肚脐上方，另一只手抱住拳头，连续用力向小男孩的后上方冲击，几下之后，小男孩就将那块蛋糕吐了出来。

吐出蛋糕之后，小男孩又连续咳了好久，那人拿了水给他漱口，然后伸手在早已呆愣的温颜夏面前晃了晃，笑着说："这位小姐，你该不会也噎着了吧？"

温颜夏终于回过神来，她狠狠地掐了自己一把，确定眼前这个戴着金丝镜框眼镜的人不是幻觉。她掐得可真狠，疼得眼泪都落下来了，可她还是不敢确定，又掐了自己一把，却被那人拦住了。他握着她的手，调侃道："就算是刚刚没有看好孩子，你也不必如此自虐。"顿了顿，他又歪过头来若有所思地问她，"我怎么觉得这个场景有点眼熟，我们之前是不是见过？"

温颜夏还没来得及回答，黎时已经先她一步开口："我说怎么没见到你人，原来躲在这里和孩子们玩。"

黎时来到温颜夏面前，当着她的面和那人拥抱，然后他对着温颜夏道："颜夏，这就是我说过要介绍给你的朋友。"他看了一眼身旁的人，才继续道，"我这位朋友脑部动过手术，有些事情不记得了。"

"初次见面，这种事就不用交底了吧。"那人笑着捶了黎时一拳。

他伸出手，在温颜夏的手放到他手上那一刻，他自我介绍道："你好，我叫祝君繁。"

番外一　日记

祝君繁从未想过自己有一天会站在颜佳的房间里,虽然只是她工作室里的一个房间。

颜佳从前就和他说过她有写日记的习惯,还说日记本密码锁的密码是他的生日。可是还没等到祝君繁拿到那个日记本,颜佳就离开了这个世界。

当他看见书桌抽屉里躺着的那个日记本的时候,他鬼使神差地打开了那个已经显得有些破旧的密码锁。

时隔多年,颜佳写下的东西从日记变成了此刻被他捧在手里的遗言。

从其乐融融的颜家到认识祝君繁,再到 WE 的发展,每一页颜佳都写得满满当当,字里行间可以看出她的愉快和活力。可越到后面,她写下的日常变得越来越少,心情好像也越来越沮丧。

她留下的最后几篇日记里甚至写道:"好想结束这一切。"

那天，祝君繁翻完了颜佳那个日记本。

温颜夏和店员的谈话声从房间外面传来的时候，他几乎没有任何犹豫就将日记本的最后几页扯了下来，放进了自己的口袋里。

颜震出事那天，祝君繁在疗养院里见了他一面，带着那些被撕下来的日记。

郊外的疗养院里，祝君繁和颜震面对面地坐着。

在此之前，祝君繁从未想过自己可以和害死母亲的凶手如此平静地待在一个空间里。

他将那些从日记本上撕下来的只言片语一点点地展现在颜震面前，并对颜震说："你一直以为是颜夏害死了颜佳，其实颜佳早就有了轻生的念头。我让人查过，颜佳在八年前已经有了严重的抑郁症。"

颜震十分震惊。他不敢相信自己活泼乖巧的女儿竟然会有抑郁症，也不愿意相信日记上那些沮丧阴郁的文字出自颜佳之手。

祝君繁没给他多少缓冲的时间，继续道："颜佳的抑郁源自你们对她的期望。上学的时候，她一直是第一名。毕业之后，她一手创立了WE。WE成绩斐然，直到现在都还在盈利。一个人的精力是有限的，她成了你们眼中优秀的颜佳，就注定不能成为自己期望的自由的颜佳。为了做出更加傲人的成绩，为了说服你们不和季家联姻，她将自己逼得毫无退路。"说到这里，他顿了顿，再开口时声音低了几分，语气里皆是遗憾，"曾经我以为她是我的救赎，其实她更需要救赎，可惜的是，我没能帮助她。"

颜佳出事之前那段时间，应该是她最难熬的时候，可祝君繁正在接手外公留下来的遗产和庞大的商业王国。虽然两人每天都会通电话，但他每天忙于工作上的事，竟然没有发现颜佳的情绪有异样。

等到他忙完那边的一切，回国来和她见面的时候，迎接的却是她的死讯。

颜震听完祝君繁的话，脸色变得十分苍白。

他那还没完全恢复利索的手颤抖地抚摸着残破日记本上颜佳留下的字迹，最终停留在颜佳写下的那句"我的父母是很好的父母，可是我并没有变成一个十分优秀的人"上。

从小到大，不管是学习还是工作，颜佳都成绩傲人，她却说自己不是一个十分优秀的人。她从前是那样自信的人，却留下了这样自卑的文字。他看着面前的祝君繁，想起自己从前对祝家做过的种种，觉得失去最爱的女儿是他的报应。

颜震从没想过，自己对颜佳的期望和爱会变成她的负担，甚至是压垮她的最后一根稻草。他以为凭自己之力把所有好的东西都给颜佳，让她成为最优秀的人，就是对她好。可这些却变成了伤害她的元凶。

他苍老憔悴的脸上湿了大片。

颜佳去世八年，颜震只哭过两次，一次是在她的葬礼上，另一次就是此刻。

祝君繁看着面前这个因哭泣而逐渐变得佝偻的身影，沉声道："颜佳的悲剧已经酿成。而那个从一出生就是为了拯救颜佳的颜夏，你真的要掌控她的一生吗？从前她是为了颜佳活着的工具，现在你也要她为了颜氏变成季家的一个傀儡吗？"

颜震不发一言，直到祝君繁离开疗养院，颜震还是没将一些事情讲给他听。

其实早在颜夏从恒盛大楼的记者发布会上回来时，颜震就和季闻洲提过要解除两人的婚约。他看着照片上狼狈的颜夏，不是不动容的。他的女儿，他最清楚不过，从没见过她为了谁做到如此地步。颜震恳求季闻洲，求他放过颜夏。

可是季闻洲不肯，他甚至摔碎了一只杯子，威胁如果和颜夏解除婚约，一个月之内就让颜氏只剩下一个空壳。

后来，季闻洲以颜震身体虚弱为由，强行将他送到了疗养院，连温婉都不让陪同。

  从颜氏面临内忧外患开始,颜震就已经身不由己了。如果不是万不得已,他也不会把颜佳一手创立的 WE 卖给祝君繁……

  要想让颜夏拥有自由的人生,除非他彻底放弃颜氏。

  可是颜氏几十年的基业,他终究还是放不下……

番外二　祝君亭

我在瑞士躺了整整七年。

这七年里，我的母亲离开了我，我最爱的人抛弃了我。

七年后我醒来的那一刻，记忆有一大片空白，好像被厚重的灰尘掩埋了，只能想起七年前的一点点事情。我的手脚也不再灵活，它们变得僵硬，完全不听我的使唤。我身体消瘦、肌肉萎缩，甚至吃不下食物，像一个不人不鬼的怪物。

在很长的一段时间之后，我才逐渐恢复了生活能力。

在复健的那段时间里，唯一陪着我的只有我那个同父异母的哥哥，祝君繁。

算起来，在那之前我和他都没见过几次。

但如果没有他，我在瑞士不可能完成高强度的复健，也不可能在回国之后夺回君庭集团。

他和他母亲的事,我略有耳闻。

本来以为他母亲和我父亲是商业联姻,最终因为脾气不合而分开,但后来我发现事情没那么简单。即便我的父母对我和君雅隐瞒得很好,作为大哥的他也对经年往事绝口不提,但世界上没有不透风的墙,关于我母亲和父亲的过往,还是清清楚楚地展现在我面前。

正因为如此,有些事情也逐渐在我眼前变得明朗。

在完全康复之后,我进行过几次完整的身体检查,医生告诉我,我当年所受的伤虽然严重,但是后续治疗良好,昏迷七年之久基本不太可能。而我的血液检测报告也显示,曾经有很长一段时间我被人注射过镇静类药物,虽然剂量很小,不会对生命造成威胁,但是足够让当时的我在病床上一睡不起。

能做到这一点的,只有我那个同父异母的亲哥哥。

我绝不是一个圣人,如果有人要害我,我一定十倍奉还,哪怕那个人是我的哥哥。可在知道他母亲的遭遇之后,我又觉得他对我已经算是仁慈。

在我醒来之后,他将手上股份全部赠予我,帮助我夺回君庭。在我昏迷期间,他护我也算十分周全,至少没让秦文山得手。

所以,我也绝口不提自己的血液检测报告。

后来,他的身体出现了问题。

他为了温颜夏放弃了对颜家的复仇,一步步为她铺平未来的路,却不肯向她说明自己的病情。

我见过他发病时痛苦的样子,也见过他食欲不振、精神萎靡的样子。他越来越虚弱,却为了温颜夏事亲力亲为、劳心劳力。

他说他从前不信鬼神,但是为了温颜夏,他不舍得就这么离去,日夜祈求能多活几天。他说看到温颜夏和季闻洲的婚讯,他嫉妒得发狂,可是无能为力,因为是他亲手将她推开的。

我见他实在痛苦，便想把事情的真相告诉温颜夏。

可是他求我，求我别告诉温颜夏他的病情，也别告诉临霜。

我答应了。

那段时间，我们真正作为亲人扶持着彼此。

他的病也不是完全无药可医，只要他放弃国内的一切，出国治疗，还是有一线生机的。可是他不愿意去，一是不放心温颜夏，二是因为手术的成功率只有两成。

他就这样拖了很久，拖到最厉害的药物都无法缓解他的疼痛，拖到医生说控制不住他的病情。拖到最后，温颜夏还是知道了。

可他不愿意见她。尽管我和黎时都明白，温颜夏比任何止疼药都有用，可他就是不想让她看见自己苟延残喘的样子，甚至大发脾气拒绝治疗。

温颜夏和季闻洲结婚那天，本来他还不知情，可医院的护士们热烈地讨论着温颜夏身上那件价值百万的婚纱，他在病床上听到这些，受了刺激，身体各项指标不断往下掉。

医生说他的情况危急，甚至让我做好心理准备。

直到那一刻，我才明白不能再等了。

我自作主张地带走了他，然后让黎时通知了婚礼上的温颜夏。在温颜夏赶来医院的路上，我已经带着他乘坐医疗直升机飞往了异国。

阻止温颜夏的婚礼和带他去瑞士，是我仅能为他做的事。

幸运的是，他活了下来。几年过去，他的病已经没有复发的可能。

对于前尘往事，他也忘得一干二净。

我并不觉得忘记是一件坏事，至少，对他和温颜夏来说是一个新的开始。